ZHONGGUO XIAOSHUO
100 QIANG

中国小说 100 强（1978—2022）

羽 毛

鲁 敏 著

北京联合出版公司
Beijing United Publishing Co.,Ltd.

图书在版编目（CIP）数据

羽毛 / 鲁敏著. -- 北京：北京联合出版公司，2023.9
（中国小说100强）
ISBN 978-7-5596-7048-9

Ⅰ.①羽… Ⅱ.①鲁… Ⅲ.①长篇小说－中国－当代 Ⅳ.①I247.5

中国国家版本馆CIP数据核字(2023)第118003号

羽 毛

作　　者：	鲁　敏
出 品 人：	赵红仕
出版监制：	张晓冬　范晓潮
责任编辑：	周　杨
特约编辑：	和庚方　张　颖
封面设计：	武　一

北京联合出版公司出版
（北京市西城区德外大街83号楼9层　100088）
北京兴星伟业印刷有限公司印刷　新华书店经销
字数156千字　650毫米×920毫米　1/16　17印张
2023年9月第1版　2023年9月第1次印刷
ISBN 978-7-5596-7048-9
定价：58.00元

版权所有，侵权必究
未经书面许可，不得以任何方式转载、复制、翻印本书部分或全部内容。
本书若有质量问题，请与本公司图书销售中心联系调换。
电话：010-65868687

中国小说100强（1978—2022）丛书

编委会

丛书总策划

  张 明 著名出版人
  张 英 资深媒体人

编委主任

  吴义勤 中国作协副主席
       中国小说学会会长

编 委

  吴义勤 中国作协副主席、中国小说学会会长
  宗仁发 《作家》杂志主编
  谢有顺 中山大学教授、中国小说学会副会长
  顾建平 《小说选刊》副主编
  张 英 资深媒体人
  文 欢 作家、出版人

总　序

"中国小说100强"（1978—2022）是资深出版人张明先生和腾讯读书知名记者张英先生共同策划发起的一套大型文学丛书。他们邀请我和宗仁发、谢有顺、顾建平、文欢一起组成编委会，并特邀徐晨亮参与，经过认真研讨和多轮投票最终评定了100人的入选小说家目录。由于编委们大多都是长期在中国文学现场与中国文学一路同行的一线编辑、出版家、评论家和文学记者，可以说都是最专业的文学读者，因此，本套书对专业性的追求是理所当然的，编委们的个人趣味、审美爱好虽有不同，但对作家和文学本身的尊重、对小说艺术的尊重、对文学史和阅读史的尊重，决定了丛书编选的原则、方向和基本逻辑。

从文学史的角度来说，1978年以后开启的新时期文学是中国当代文学的黄金时代，不仅涌现了一批至今享誉世界的优秀作家，而且创造了许多脍炙人口的文学经典，并某种程度上改写了20世纪中国文学史的版图。而在中国新时期文学的经典家族中，小说和小说家无疑是艺术成就最高、影响力最大的部分。"中国小说100强"（1978—2022）就是试图将这个时期的具有经典性的小说家和中国小说的经典之作完整、系统地筛选和呈现出来，并以此构成对新时期文学史的某种回顾与重读、观察与评判。呈现在读者面前的这套丛书是对1978—2022年间中国当代小说发展历程的一次全面、系统的整体性回顾与检阅，是中国当代文学经典化的重要成果，从特定的角度集中展示了中国新时期文学在小说创作方面的巨大成就。需要说明的是，与1978—2022年新时期文学繁荣兴盛的局面相比，100位作家和100本书还远远不能涵盖中国当代小说的全貌，很多堪称经典的小说也许因为各种原因并未能进入。莫言、苏童、余华等作家本来都在编委投票评定的名单里，但因为他们已与某些出版社签下了专有出版合同，不允许其他出版社另出小说集，因而只能因不可抗原因而割爱，遗珠之憾实难避免，而且文学的审美本身也是多元的，我们的判断、评价、选择也许与有些读者的认知和判断是冲突的，但我们绝无把自己的标准强加于别人的意思。我们呈现的只是我们观察中国这个时期当代小说的一个角度、一种标准，我们坚持文学性、学术性、专业性、民间性，注重作家个体的生活体验、叙事能力和艺术功力，我们突破代际局限，老、中、青小说家都平等对待，王蒙、冯骥才、梁晓声、铁凝、阿来等名家名作蔚为大观，徐则臣、阿乙、弋舟、鲁敏、林森等新人新作也是目不暇接，我们特别关注文学的新生力量，尤其是近10年作品多次获国家大奖、市场人气爆棚的新生代小说家，我们禀持包容、开放、多元的审美立场，无论是专注用现实题材传达个人迥异驳杂人生经验、用心用情书写和表现时代精神的现实主义作家，还是执着于艺术探索和个体风格的实验性作家，在丛书里都是一视同仁。我们坚信我们是忠实于自己的艺术理想、艺术原则和艺术良心的，但我们并不认为自己的角度和标准是唯一的，我们期待并尊重各种各样的观察角度和文学判断。

当然，编选和出版"中国小说100强"（1978—2022）这套大型丛书，除了上述对文学史、小说史成就的整体呈现这一追求之外，我们还有更深远、更宏大的学术目标，那就是全力推进中国当代文学"经典化"的历程和"全民阅读·书香中国"建设。

从 1949 年发端的中国当代文学已经有了 70 多年的发展历程，但对这 70 多年文学的评价一直存在巨大的分歧，"极端的否定"与"极端的肯定"常常让我们看不到当代文学的真相。有人认为中国当代文学达到了前所未有的高度和水平。王蒙先生在法兰克福书展上就说：中国当代文学现在是有史以来最繁荣的时期。余秋雨、刘再复甚至认为中国当代文学的成就远远超过了现代文学。也有人极端否定中国当代文学，认为中国当代文学都是垃圾。他们认为现代文学要远远超过当代文学，中国当代文学连与现代文学比较的资格都没有。比如说，相对于鲁（迅）、郭（沫若）、茅（盾）、巴（金）、老（舍）、曹（禺）这样大师级的人物，中国当代作家都是渺小的侏儒，根本不能相提并论，两者比较就是对大师的亵渎。应该说，与对中国当代文学的肯定之声相比，对当代文学的否定和轻视显然更成气候、更为普遍也更有市场。尽管否定者各自的角度和出发点不同，但中国当代作家、作品与中外文学大师、文学经典之间不可比拟的巨大距离却是唱衰中国当代文学者的主要论据。这种判断通常沿着两个逻辑展开：一是对中外文学大师精神价值、道德价值和人格价值的夸大与拔高，对文学大师的不证自明的宗教化、神性化的崇拜。二是对文学经典的神秘化、神圣化、绝对化、空洞化的理解与阐释。在此，我们看到了一个非常有趣的悖论：当谈论经典作家和文学大师时我们总是仰视而崇拜，他们的局限我们要么视而不见要么宽容原谅，但当我们谈论身边作家和身边作品时，我们总是专注于其弱点和局限，反而对其优点视而不见。问题还不在于这种姿态本身的厚此薄彼与伦理偏见，而是这种姿态背后所蕴含的"当代虚无主义"。这种"虚无主义"的最大后果就是对当代作家作品"经典化"的阻滞，对当代文学经典化历程的阻隔与拖延。一方面，我们视当下作家作品为"无物"，拒绝对其进行"经典化"的工作，另一方面又以早就完全"经典化"了的大师和经典来作为贬低当下泥沙俱下的文学现实的依据。这种不在同一个层面上的比较，不仅毫无意义，而且只能使得文学评价上的不公正以及各种偏激的怪论愈演愈烈。

其实，说中国当代文学如何不堪或如何优秀都没有说服力。关键是要进行"经典化"的工作，只有"经典化"的工作完成了才有可能比较客观地对当代的作家作品形成文学史的判断。对当代的"经典化"不是对过往经典、大师的否定，也不是对当代文学唱赞歌，而是要建立一个既立足文学史又与时俱进并与当代文学发展同步的认识评价体系和筛选体系。当然，我们也要承认，"经典化"问题是一个非常复杂的问题，并不是凭热情和冲动一下子就能完成的，但我们至少应该完成认识论上的"转变"并真正启动这样一个"过程"。

现在媒体上流行一些对于中国当代文学经典化冷嘲热讽的稀奇古怪的言论，其核心一是否定中国当代文学有经典、有大师，其二是否定批评界、学术界有关"经典化"的主张，认为在一个无经典的时代，"经典"是怎么"化"也"化"不出来的，"经典化"是一个实实在在的"伪命题"。其实，对于文学，每个人有不同的判断、不同的理解这很正常，每一种观点也都值得尊重。但是，在"经典"和"经典化"这个问题上，我却不能不说，上述观点存在对"经典"和"经典化"的双重误解，因而具有严重的误导性和危害性。

首先，就"经典"而言，否定中国当代文学早就不是什么新鲜事，对当代文学的虚无主义态度在很多人那里早已根深蒂固。我不想争论这背后的是与非，也不想分析这种观点背后的社会基础与人性基础。我只想指出，这种观点单从学理层面上看就已陷入了三个巨大误区：

第一个误区，是对经典的神圣化和神秘化的误区。很多人把经典想象为一个绝对的、神圣的、遥远的文学存在，觉得文学经典就是一个绝对的、乌托邦化的、十全十美的、所有人都喜欢的东西。这其实是为了阻隔当代文学和"经典"这个词发生关系。因为经典既然是绝对的、神圣的、乌托邦的、十全十美的,那我们今天哪一部作品会有这样的特性呢?如果回顾一下人类文学史,有这样特性的作品好像也没有。事实上,没有一部作品可以十全十美,也没有一部作品能让所有人喜欢。在这个问题上,我们应该明确的是,"经典"不是十全十美、无可挑剔的代名词,在人类文学史上似乎并不存在毫无缺点并能被任何人所认同的"经典"。因此,对每一个时代来说,"经典"并不是指那些高不可攀的神圣的、神秘的存在,只不过是那些比较优秀、能被比较多的人喜爱的作品而已。从这个意义上说,当今中国文坛谈论"经典"时那种神圣化、莫测高深的乌托邦姿态,不过是遮蔽和否定当代文学的一种不自觉的方式,他们假定了一种遥远、神秘、绝对、完美的"经典形象",并以对此一本正经的信仰、崇拜和无限拔高,建立了一整套关于中国当代文学的伦理话语体系与道德话语体系,从而充满正义感地宣判着中国当代文学的死刑。

第二个误区,是经典会自动呈现的误区。很多人会说,是金子总是会发光的。但对文学来说,文学经典的产生有着特殊性,即,它不是一个"标签",它一定是在阅读的意义上才会产生意义和价值的,也只有在阅读的意义上才能够实现价值,没有被阅读的作品没有被发现的作品就没有价值,就不会发光。而且经典的价值本身也不是固定不变的。如果一个作品的价值一开始就是固定不变的,那这个作品的价值就一定是有限的。经典一定会在不同的时代面对不同的读者呈现出完全不同的价值。这也是所谓文学永恒性的来源。也就是说,文学的永恒性不是指它的某一个意义、某一个价值的永恒,而是指它具有意义、价值的永恒再生性,它可以不断地延伸价值,可以不断地被创造、不断地被发现,这才是经典价值的根本。所以说,经典不但不会自动呈现,而且一定要在读者的阅读或者阐释、评价中才会呈现其价值。

第三个误区，是经典命名权的误区。很多人把经典的命名视为一种特殊权力。这有两个层面的问题：一，是现代人还是后代人具有命名权；二，是权威还是普通人具有命名权。说一个时代的作品是经典，是当代人说了算还是后代人说了算？从理论上来说当然是后代人说了算。我们宁愿把一切交给时间。但是，时间本身是不可信的，它不是客观的，是意识形态化的。某种意义上，时间确会消除文学的很多污染包括意识形态的污染，时间会让我们更清楚地看清模糊的、被掩盖的真相，但是时间同时也会使文学的现场感和鲜活性受到磨损与侵蚀，甚至时间本身也难逃意识形态的污染。此外，如果把一切交给时间，还有一个前提，那就是对后代的读者要有足够的信任，要相信他们能够完成对我们这个时代文学的经典化使命。但我们对后代的读者，其实是没有信心的。我们今天已经陷入了严重的阅读危机，我们怎么能寄希望后代人有更大的阅读热情？幻想后代的人用考古的方式对我们这个时代的文学进行经典命名，这现实吗？我不相信后人对我们身处时代"考古"式的阐释会比我们亲历的"经验"更可靠，也不相信，后人对我们身处时代文学的理解会比我们亲历者更准确。我觉得，一部被后代命名为"经典"的作品，在它所处的时代也一定会是被认可为"经典"的作品，我不相信，在当代默默无闻的作品在后代会被"考古"挖掘为"经典"。也许有人会举张爱玲、钱钟书、沈从文的例子，但我要说的是，他们的文学价值早在他们生活的时代就已被认可了，只不过很长时间由于意识形态的原因我们的文学史不谈及他们罢了。此外，在经典命名的问题上，我们还要回答的是当代作家究竟为谁写作的问题。当代作家是为同代人写作还是为后代人写作？幻想同代人不阅读、不接受的作品后代人会接受，这本身就是非常乌托邦的。更何况，当代作家所表现的经验以及对世界的认识，是当代人更能理解还是后代人更能理解？当然是当代人更能理解当代作家所表达的生活和经验，更能够产生共鸣。因此，从这个角度来说，当代人对一个时代经典的命名显然比后代人更重要。第二个层面，就是普通人、普通读者和权威的关系。理论上，我们都相信文学权威对一个时代文学经典命名的重要性，权威当然更有价值。但我们又不能够迷信文学权威。如果把一个时代文学经典的命名权仅仅交给几个权威，那也是非常危险的。这个危险表现在什么地方呢？就是几个人的错误会放大为整个时代的错误，几个人的偏见会放大为整个时代的偏见。我们有很多这样的文学史教训。在这个问题上，我们既要相信权威又不能迷信权威，我们要追求文学经典评价的民主化、民主性。对一个时代文学的判断应该是全体阅读者共同参与的民主化的过程，各种文学声音都应该能够有效地发出。这个时代的文学阅读，最理想的状态应该是一种互补性的阅读。为什么叫"互补性的阅读"？因为一个批评家再敬业，再劳动模范，一个人也读不过来所有的作品。举个例子：现在我们一年有5000部以上的长篇小说，一个批评家如果很敬业，每天在家读二十四小时，他能读多少部？一天读一部，一年也只能读三百部。但他一个人读不完，不等于我们整个时代的读者都读不完。这就需要互补性阅读。所有的读者互补性地读完所有作品。在所有作品都被阅读过的情况下，所有的声音都能发出来的情况下，各种声音的碰撞、妥协、对话，就会形成对这个时代文学比较客观、科学的判断。因此，文学的经典不是由某一个"权威"命名的，而是由一个时代所有的阅读者共同命名的，可以说，每一个阅读者都是一个命名者，他都有对经典进行命名的使命、责任和"权力"。而作为一个文学研究者或一个文学出版者，参与当代文学的进程，参与当代文学经典的筛选、淘洗和确立过程，更是一种义不容辞的责任和使命。说到底，"经典"是主观的，"经典"的确立是一个持续不断的"过程"，"经典"的价值是逐步呈现的，对于一部经典作品来说，它的当代认可、当代评价是不可或缺的。尽管这种认可和评价也许有偏颇，但是没有这种认可和评价，它就无法从浩如烟海的文本世界中突围而出，它就会永久地被埋没。从这个意义上说，在当代任何一部能够被阅读、谈论的文本都是幸运的，这是它变成"经典"的必要洗礼和必然路径。

总之，我们所提倡的"经典化"不是要简单地呈现一种结果，不是要简单地对一个时代的文学作品排座次，不是要武断地指出某部作品是"经典"，某部作品不是"经典"，不是要颁发一个"谁是经典"的荣誉证书，而是要进入一个发现文学价值、感受文学价值、呈现文学价值的过程。所谓"经典化"的"化"实际上就是文学价值影响人的精神生活的过程，就是通过文学阅读发现和呈现文学价值的过程。可以说，文学的经典化过程，既是一个历史化的过程，更是一个当代化的过程。文学的经典化时时刻刻都在进行着，它需要当代人的积极参与和实践。因此，哪怕你是一个对当代文学的虚无主义者，你可以不承认当代文学有经典，但只要你还承认有文学，你还需要和相信文学，还承认当代文学对人的精神生活具有影响力，你就不应该否定当代文学经典化的重要性。没有这个"经典化"，当代文学就不会进入和影响当代人的生活，就失去了存在的意义。每一个人，哪怕你是权威，你也不能以自己的好恶剥夺他人阅读文学和享受文学的权利。

从这个意义上说，当代文学的经典化当然是一个真命题而不是一个伪命题。在一个资讯泛滥的时代，给读者以经典的指引是文学界、出版界共同的责任，而这也是我们编辑出版这套书的意义所在。

最后，感谢张明和张英先生为本套书付出的辛劳，感谢北京立丰天文化传播有限公司、北京金圣典文化有限公司的资金支持，感谢全体编委和北京联合出版公司各位编辑，感谢所有对本套丛书的出版给予大力支持的作家和他们的家人。

是为序。

吴义勤

2022年冬于北京

目 录
Contents

笑贫记____1

燕子笺____77

饥饿的怀抱____115

羽　毛____158

缺席者的婚礼____209

笑贫记

1　邵丽珍

邵丽珍有个非常顽固的习惯：喜欢问价钱。出门买东西，必定要扫雷般地把一条街上同类的东西全都问过一遍，为了探到谷底价，她会一边问一边狡猾而讨好地看着摊主：我是经常来逛的老客户了，也是真心想买，能不能多打点折？就是三十块钱一条的劣质换季短裙，她也会喋喋不休地试图便宜三五块钱，到最后，往往是对方受不了她的聒噪而让了步；就是在大商场里，对完全不想买，也不可能买的东西，她也会问价钱，一边问着，一边小心地用手摩挲着一边喃喃重复着：哦，658块，658块。似乎在体味商品的质地与营业员血红嘴唇中报出的价钱是否相称，虽然这往往会导致后者不加掩饰的厌烦或冷漠——邵丽珍对此浑然不觉，或许是觉得了也不以为意，她摇摇头暗自嘀咕：这长不过五尺的一条围巾，难道是用金线钩的……我们楼下的李阿姨，帮人家看小孩一个月才苦到400块！

400块，这是邵丽珍经常用来衡量价格高低的一个砝码，就是

200块一件的风衣,她也会说:哎哟,太贵了,要李阿姨的半个月工资!其实,她跟那位楼下的李阿姨并没有任何亲密的联系,唯一共同之处就是:她的内退工资也是400块一个月,也许她觉得间接地用别人的工资来谈论价格听上去要体面一些。

但这种类比手法事实上只是欲盖弥彰,对走在一边陪她买东西的儿子李兵来说都是一种心理上的折磨,每当这时,他就会羞愧地放慢脚步,或者转过身去假装看另一件衣服,试图从外人的视线中推翻与邵丽珍的母子关系。李兵不明白,母亲为何对价格如此敏感,就是闲聊中别人无意提起刚买了一样什么东西,她也会像嗅到什么特别的气味似的立刻打断对方:你多少钱买的?最煞风景的是,李兵或者丈夫李大海偶尔买样东西送她,她也会瞪大眼睛、几乎是有些紧张地追问:多少钱多少钱,你有没有还价?

对于还价,邵丽珍有着十分独到的理解,比如,买某样东西,如果还价便宜了十块钱,她会觉得自己赚了二十块,难道不是吗,不还价是多花十块,还价了就少花十块,这一来一去不就赚了二十块嘛!因此,对于购物中的讨价还价她向来乐此不疲,并且推己及人,严格要求家中的每个人在购物时要选择那种可以砍价的地下商场、大卖场,如果有谁把一个要价二十的马桶圈还到五块,她会乐得一整天都哼着变了调的陈旧儿歌。

——为什么会哼儿歌呢,事出有因,邵丽珍内退前在厂属幼儿园工作,后来厂里式微了,皮之不存,毛将焉附,幼儿园也随之风消云散。邵丽珍的职业生涯就此宣告终结,唯一残留的印迹便是她在开心时常常会脱口而出的走调儿歌:一个内退了下了岗的中年妇女,却在哼着旧时的儿歌,这在旁人听来,大概是有些凄凉吧。不过,邵丽珍对于内退,并没有特别地悲痛欲绝,毕竟岁数也在这里了,四十五岁了，不退又怎么样，难道还能发达了、当上个指头大的园长么？再说，退了就会死么，大街上那么多内退的，不都活得香喷喷的么？

最主要的，邵丽珍是有自知之明的，她知道自己并没有特别的本事，在幼儿园里，她只是那种专门看着小孩吃饭拉屎、穿衣睡觉的生活老师，谈不上什么专业浪费，唯一浪费的——如果非要扯出一个浪费来的话——是她残留的几分风韵。幼儿老师特有的那种假作真时真亦假的耐心活泼以及遣词造句中习惯性的儿话音，使得她比实际看上去要年轻一些，也比同龄的妇女同志要可爱一些。

只是，唉，生活多折磨人呀，它总是跟女人的气质过不去。内退下来的这半年，邵丽珍明显地向中老年之列迅速靠近了，她的嘴角开始横起几根带有戒备意味的皱纹，眼神变得更加老于世故，不自觉皱起的眉头简直像男人一样地成了一个明显的"川"字。

揽镜自照，邵丽珍并不像一般的女人那样会为年华的流逝而嘘叹不已，因为，她清楚一点，所有的外表呀，眼神呀，风度呀，等等这些外在的东西对她来说都是虚幻和没有价值的，她有更重要的事情要做——她要把她全部的注意力放在最实用的"经济"上：如何开源，让十块钱超值发挥出二十块钱的使用价值；如何节流，让本该花出去的十块钱还像小鸡崽似的待在皮夹子里一动不动。

在节流上，邵丽珍的手段较为单一，就是：小气小气再小气。能吃老豆腐坚决不吃嫩豆腐，半块豆腐就够吃的坚决不用完一块豆腐；出门坚决不买矿泉水，自己带；袜子破洞了坚决不扔，因为穿上鞋就看不出来；看过的旧报纸、用完的塑料瓶儿千万不要扔，积多了直接送到废旧站，那里的价格比上门收破烂的要高多了……

在开源上，邵丽珍的方式主要是赶场子，像演员走穴似的奔波在种种大小有奖促销活动上，并且，把它当成一个技术性的活儿、一份壮丽的事业。邵丽珍喜悦地发现，在这个时代、在这个城市，只要脸皮够厚，只要性格够大方，你会有太多的机会得到各种各样免费的小赠品。前提条件是，信息必须足够灵敏及时。为此，邵丽珍每天都要看报纸，为了节省买报费用，她一般在晚上七点吃过饭之后，一边散步一边才出门找报摊，这时候，报纸就像快要过期的牛奶或面包似的，也开始打折了，买一赠一。邵丽珍用五毛钱买来两份晚报，然后，她会坐到床上，细细地一张张看过去，发现对她有用的消息，就记在一个专门的小本子上，然后排好计划去赶场子：某日是护士节、城市解放纪念日、母亲节、读书节、大型家装节、冰洗节、啤酒节、名优特产节等等，总之，有节便有会，有会便有相应的免费咨询或大型促销活动；或者，某月某日什么店什么楼盘开业，进门就有赠品；某月某日又是什么单位成立若干周年，开门评议、有奖问答等等。此外，所有的双休日及各种土节、洋节，各大卖场或购物中心都会有各种各样名目繁多的促销赠送活动……

邵丽珍参加这些活动是很有经验的，她知道该如何达到最佳效果，达到成本的最小化、效益的最大化。她总是穿得整整齐齐的，操一口略带儿化音的普通话，表情兴致盎然、跃跃欲试，频频点头并提出各种问题、索要相关资料，做出忠实客户或潜在客户的样子，促销小姐或咨询人员们总是被她的这种态势所迷惑所折服，他们会不遗余力地拿出各种样品试用品赠品奖品往邵丽珍手中塞，最终让邵丽珍满载而归。

在历次的这些活动中，邵丽珍得到的诸如牙膏、茶杯、塑料饭盒、雨伞、小包装饼干、钥匙扣、扇子、鼠标垫、广告衫等小东西可谓不计其数，业绩辉煌时，她还通过现场抽奖得到过带短波带时钟的半导体、四轮驱动的儿童遥控汽车、全套可微波用餐具、全棉踏花夏薄被及带来显功能电话机一部……所有这些赠品,除了广告衫由李大海、李兵各人随意分穿、小食品点心当早饭吃掉、牙膏牙刷慢慢用掉外,其他的,但凡能够长期保存的,在家人面前得意地展示过一番后,邵丽珍马上会像松鼠过冬一样,很快地拖到一个别人看不到的角落里收起,为实现她隐秘的理想而添砖加瓦。

——每个人都有理想,就像每个人都有爱情。理想跟爱情一样,都是没有高下贵贱之分的,你的理想可以是去做哈佛博士做腐败官员,也可以是吃三餐饱睡回笼觉——邵丽珍的理想很具体,她如此节俭小气、开源节流,如此聚沙成塔、集腋成裘,其实全都指向一个隐秘而宏伟的终极目标、作为母亲的目标:她要时刻准备着,从大方向和小细节两个方面做好一切准备,从现金和实物两个角度入手,以应对即将到来的重大需要——李兵眼看着就要从大专毕业啦,眼看着就要找工作啦,工作是人生的基调,也是踏入社会的起点,会决定以后的恋爱婚姻,邵丽珍必须替儿子开好这个头。他们这样的家庭,没有权力后台,没有社会关系,那还能怎么办呢,自古华山一条道:靠钱去开路呗,她邵丽珍能不全力以赴吗?

2 李大海

有一阵子,李大海最讨厌别人喊他"老李",五十还不到呢,为什么就"老李"了?后来,他的一个同事,跟他倒班做门卫的小钱突然出车祸死了,小钱跟李大海搭班好几年了,彼此的性格脾气都很熟稔,连对方脸上的暗疮都一清二楚,好好的,怎么就没了呢。在小钱的追悼会上,李大海着实掉了些泪,他发自内心地唏嘘不已:多可怜哪,小钱,都没来得及等人家喊他老钱,就走了。

这以后,人家再喊他"老李",他就应得比谁都欢,每应一声,好像都能体味到生的乐趣与意义。是啊,活着多好呢,上个星期,厂里又发了一套新的制服,还带肩章,而且,连称呼都要变。早几年,李大海这位置叫传达员,后来,改成门卫,这一回,又要改成保安了,怪不得,瞧这制服,神气的!

李大海把制服拎回家,穿给邵丽珍看,邵丽珍不看肥瘦与否、合体与否,先抓着料子抻了两下,又用指甲划了划纹路,有些不屑地:连混纺都不如,是缘的!看吧,一准要起毛,不过也好,不容易皱。接着,她又问第二个问题:都保安了,是不是要涨工资?

李大海深刻地笑笑,把衣服小心地重新收起:"嗨!这世道,你还不懂?面子变的,芯子肯定不变!我们的活儿还是老三样:报纸信件收发、来往人员登记、车辆进出停靠,你说,工资怎么可能动?唉,知足了吧,没病没灾的,一家子团团圆圆的,不就行了,涨个五十一百的又能怎么样?钱呀,多一点还不如不多,要多就要多很多!"

话说到这里,李大海突然紧紧抿住嘴,生怕一不小心说出自己的秘密——他一直瞒着邵丽珍,也瞒着儿子李兵,这些日子,他一直在坚持不懈地买体育彩票。嘘,千万别说漏了嘴,要被邵丽珍知道,准会骂得唇焦舌敝石破天惊。这绝对只是他一个人的小秘密,以前,唉,死去的小钱倒是知道的,因为小钱跟他是同好之人,也是彩迷。

说起来,李大海买彩票,倒也是有些得天独厚的条件的。现在做什么事都讲究个天时、地利、人和,李大海不是那种心血来潮的人,他也是考虑了很久、考虑到方方面面的因素之后才决定投身彩票之海的。

其实,作为一家之主,作为妻子的丈夫、儿子的父亲,他何尝不知道邵丽珍的那点心事,何尝不知道儿子即将衍生出来的无底之洞,但是他又能怎么办呢?光凭每个月800块的保安费,最多能给儿子的婚事买点高级些的喜糖,其他,能做什么?

老话说得真好,马无夜草不肥,人无外财不发。可是,哪里会有什么外财掉到他李大海身上呢,像他这么胆小怕事,杀人越货什么的又干不了,又没什么特别的本事,就算去卖苦力干第二职业也没机会。门卫么,就是挂个大活人在门口耗时间的,日出夜也出,时间全都定得死死的,还能怎么办呢?

正发着愁呢,李大海有一天突然发现,就在他站岗值班的隔壁,开了个小小的彩票购买点。这不仅仅是一种地理上的方便,更主要的,是一种心理上的挑逗和刺激。

原先,在李大海看来,彩票就像手机上的彩屏、女人头上的彩发似的,是个时尚的玩意儿,他这样迟钝的人是玩不来的——可是,眼见为实,他很快发现,他错了,真正来给彩票捧场的,大多倒是像他这样落伍的中年人呢,衣着半新不旧的,神态半真不假的,心中大多怀有炽烈的财富之梦,却苦于没有通达途径,于是,上班途中、下班路上,手上拎着菜、夹着晚报,像买包烟似的,丢过来10块钱,哗哗地报出几溜数字,然后捏着小白条淡着个脸就走了。天天看,李大海就看得有些迷惑了、有些魂不守舍了。

本来,李大海还是有定力的,也是有理智的——光看他们买,看他们掏钱,李大海是不可能动心的,但问题的关键是,他们真中奖了!他们这只手昨天掏钱,那只手今天就进钱了!真的,20块的小奖是不用说的,天天有,隔三岔五的,还有人中300块、1000块!有一次,听说有个人中了500万，家里人还买了烟和巧克力到销售点来天女散花，连他们这个隔壁的传达室都发到了。那天碰巧李大海休息，是还活着的小钱收的烟和巧克力，小钱说：恭喜恭喜！我代表老李一并谢谢啦！然后你猜怎么着？那家的人可真大方，说，还有一位是吧，马上又摔下一包金南京一条德芙，那个大方劲儿！

在小钱栩栩如生的叙述中，李大海机械地吸了烟，也吃了巧克力，却没品出金南京的芬芳，也没觉出德芙的厚涩，他是彻底被震动了。他甚至莫名其妙地幻想，自己就是那个发烟发巧克力的人，在儿子的婚礼上，他向完全陌生的路人一包一包地发烟……那么气派那么男人！

李大海把脸转向小钱，喃喃地问他，也是自问："小钱，不如，咱们也去买吧，闲着也是闲着，这么方便，近水楼台还先得月呢，说不定，风水哪天就转到咱们头上了……"

小钱是没什么主见的，或许是他早也动了心，嘿嘿一笑："行，就当我是买烟抽了！"

小钱是不抽烟的，说这话只是随便打个比方，李大海却又有所触动了。是啊，他想到了这笔钱的投入，一个星期开四次奖，如果每次都买，都买五注，怎么着一个月也要160吧，哎哟，这笔钱，又从哪儿掉下来呢！人小钱可以用并不存在的烟钱来抵冲，那自己呢，自己是真抽的呀！除非，把这烟给戒了，用真正存在的烟钱来抵冲，这样一来，不是比小钱还划算吗，反正差不多是隔天一包的速度，如果给省下来，彩票钱不正出来了？

找到了这条舍身饲虎的资金渠道，李大海真是喜忧半参、感慨万千，唉，这烟，都陪了他二十多年啦。从年轻时开始，他就有三样好，一是喜欢吃炒蚕豆，越铁越硬越有劲，嚼得牙齿都发热，可是呢，牙齿慢慢不中用了，现在呢，根本就不能碰了，这个爱好也就自然死亡了；二呢，是喜欢听个京戏，《打虎上山》《智斗》《夜奔》什么的可谓百听不厌，可惜呢，除了春节联欢晚会还能听个只言片语，基本上也没什么机会，收音机里打开来就是医药广告和路况信息，根本没他想听的，得了，这个爱好也算是名存实亡了；第三，就是好个烟，忙的时候，无聊的时候，含在嘴上吞云吐雾一番，也算是赛活神仙了——本以为，这个爱好会一直陪着自己进棺材的，没想到吧，得，它也寿终正寝了。罢了，好这个好那个，最后就归一个好吧，就好一个彩票，好歹这还是有个盼头的，是一种风险投资呢！就算投资失败，说起来，还好听些——支持体育事业，前些日子得了奥运金牌的那些运动员，一个人就要奖上百十来万呢，钱哪儿来呢，说不定就有咱这彩票的功劳哪！

　　不过，最最委屈的是，如此巨大的牺牲还得瞒着邵丽珍，要让她知道，准会心疼死，10块钱就换回个小白条儿，第二天开完奖就立马成了一文不名的废纸……算了，打死也不说，打死也不能让她知道，直到哪天中大奖——中奖之后，第一件事，去买烟，一口气抽一包；第二件事，去告诉邵丽珍这个惊天的秘密，顺便提醒她，以后买东西不要还价了。

3　李兵

　　人们总有一种观念，认为像李兵这样的孩子——因为从小在物质上的缺乏与寡淡——他们会对外界较为敏感，同时气质偏向忧郁孤傲。

不知是大家的误会，还是李兵本来就是个例外，他实在是个太平常的孩子，平常得都些憨了，跟敏感啊忧郁啊这些带有智力因素的气质天生无缘。

唯一不出人意料的是，他成绩不行，跟家境绝对匹配，永远处在班上的第三世界，加上个子很高，永远都被老师放在最后一排，任其自生自灭。李兵倒也自得其乐，因为在后排，他可以把全班男生的小动作和女生的背影尽收眼底，可谓风光无限。初中三年、高中三年，跟别的差生不同，他从没觉得上学是一桩苦差，或者说，他善于苦中寻乐的本领比之父母而言已是青出于蓝而胜于蓝……

接着，顺理成章地，挨到高中毕业，凭着不算太赖的长相，加上高高的个子，即使分数惨不忍睹，李兵还是较为顺利地进了一所职业大专，念的是宾馆服务，总之将来是要在服务行业看别人脸色混饭吃的。这样的专业男生总也招不够，在一大群花枝招展的女生里，李兵倒显得有些玉树临风了。

物以稀为贵。在班上，现在的李兵是很吃香的，他性格又好，女生们只要是有些体力活，挂窗帘、装灯泡、搬桌子，就是到楼下买个西瓜，也要叫上李兵，给他个"效劳"的机会一路送到宿舍。一来二去地，李兵的女生缘越发地旺盛起来，加上又是少男少女，又是管教相对松散的职业大专，免不了就有些秋波暗送、香帕相赠的浪漫举动——李兵虽然大大咧咧，这方面倒也有些阵脚，不会因为受宠若惊而照单全收。

他呢，心中早就有一个人啦。谁呢，不是最漂亮的班花，不是最爱笑的那个，也不是最爱哭的这个。喏，是小沫，顶不爱说话、顶不爱打扮却又顶惹人注意的那个。

在恋爱上，人人都是有天分和直觉的，李兵也是，是他自己发现了小沫。

　　小沫这个女生呢，倒是很少叫李兵帮忙。只有一次，在校门口碰到的，小沫正夹着床长长的席子往里走。她穿着件及踝的裙子，另一只手还拎着包，走起路来有些跌跌撞撞的样子，李兵呢，帮忙都帮成习惯了，几乎是条件反射地，就走上去准备帮忙。小沫也怪，并不像别的女生那样是理所当然的神气，她淡红了脸，跟李兵客气了一阵，看看自己拿着也实在是有些不堪，这才小声道谢着把席子给了李兵。

　　见小沫这样拘束，李兵也就没有多说，一路无话地径直往她宿舍走。他知道，这席子一定从家里带来的，虽说她家就在郊区，但辗转带床席子也是有些麻烦了，目的无非是一个——省钱。这种情形，于李兵并不陌生，他在这学校里的各项用度，也都是经过邵丽珍的百般算计的，能用家中现成的坚决不买一样，包括五毛钱一个的肥皂盒。这么一想，再看看小沫，就更多了几分亲切了，再想想她平常的衣着，虽然合身齐整，倒也的确没有什么时新的，好在她身形苗条，神情淡泊，倒也别有些令人注目的风度。

　　到宿舍楼下，小沫坚决地推辞了李兵要送上楼的要求，一再地谢了之后，又有些多此一举地加了一句："主要，是睡不惯新席子，觉得戳得慌，所以就从家里拿了床旧的……"

　　李兵倒也机灵，当然听出小沫的意思，马上接口替她装门面，用着随便的口气："是呀，你们女生，就是娇气。我听说，你上铺的那位，睡觉还要抱着条旧枕巾闻，那块枕巾，她是从小闻到大的是不是……"

　　李兵替小沫搭了台子，她反倒不领情，大概是怪李兵太聪明了，冷冷地等李兵说完，便转身走了。

　　倒是李兵，站在楼下，好一阵没动。他想起小沫更多的好来。

首先，小沫的功课好，这对资深差生李兵是最具有杀伤力的，特别是礼仪课，看她的一举一动，简直就是种享受；其次，她很自立、知趣，尽管家境不好，尽管身形细长，却瓷实得很，在那些娇生惯养、花钱如水的女生里，显出特别的宝贵，比金子还宝贵；再者，她很耐看，一头黑发一看就是从来没染过也没烫过的，小鼻梁挺尖挺尖的……就算她性格有些孤僻又怎么样，李兵就喜欢她努力保持的高傲，她冷冷淡淡的表情，简直比班上任何一个女生都动人——李兵可以感知也可以确认：他的爱情之种发芽了。还有，说得实际点儿，从那床席子就可以看出，她的家庭环境及成长过程，一定跟自己很接近，这真是最好不过的门当户对呀。那不就结了，开始追吧，李兵相信，他一生中最重要的时段已经到来了。

前面咱们说过，李兵从小就是那种不识愁滋味的孩子，本以为他这辈子也就该这样一直乐呵呵直到壮年直到中年直到老年，可是不对，一个人的性格和气魄，其实是从青春期，准确地说是从恋爱期才开始完备成熟的。这平生第一场恋爱，终于让李兵第一次尝到了辗转反侧、长夜难眠的苦闷情愁。

——是的，他失恋了，他被小沫拒绝了。

没有想到吧，万万没有想到吧，在无数次巧合和有意的接触之后，在无数次的铺垫和无数次的犹豫之后，一直等到二年级的下学期，当19岁的李兵终于鼓起勇气对小沫说出他平生第一次的求爱宣言之后，小沫竟然眼睛眨都不眨地摇摇头，并清晰地说出三个字：不可能。

她说得那么轻描淡写却又斩钉截铁，就像一个从不吃辣的人在拒绝一盘夫妻肺片似的：这是想都不要想的事！

为什么？李兵是完全呆住了，小沫的声音很轻，可是那种气势却如千军万马，他感到了巨大的失败，连上学时考倒数第一都没这么失败过：自己就真的那么、那么一无是处？

"不是你本人的问题。你人挺好，班上好多女生都喜欢你。但我不适合你。"小沫总算调用了一点女孩子的体贴之心，虚虚地安慰了一下李兵。

接着，她顿了一下，轻轻呼了一口气："我将来，一定是要嫁个有钱人的。"

不等李兵发问，她又自顾往下诠释："婚姻不能等、靠、要，不能相信什么机缘，而要靠自己去找、去寻、去争取。李兵，你应该知道，人，其实是分上、中、下的。我知道，我们家里的情况都差不多，个人的智力和发展前景也差不多，大致上，都是属于'下'，如果我们结婚，就是'下'加上'下'，你想想，那有什么结果，必定还是继续处在'下'的位置上；但如果，能够找到'中'，或者'上'，那样，命运的得数就不一样了，最起码，会向'中上'那个阶层靠近……反正，我是打定主意，一定要找到'上'才与之结婚，这样，我的生活就会稳妥顺当地升两个台阶。所以，我跟你，是不可能的……我倒建议你，也要好好考虑这个问题，最起码要找个'中'以上的女孩结婚，才不可惜了你的这副热心肠和好皮囊。"

小沫的口气仍是淡淡的，却老熟冷静，一口一个"结婚"，让刚刚陷入初恋情愫的李兵不胜惶恐。再说，他也从来没想到那么远，难道"结婚"就是一种加法么，而且，她怎么就能确定，"上"或者"中"会愿意跟她这个"下"相加呢……李兵呆住了，一时不知该说什么才好。

小沫却还有些意犹未尽，大概这也是她心中埋得很深的夙愿了，正好有机会说出来，索性吐个痛快了："你知道我为什么选择这个专业吗？很简单，我将来就要争取分到五星级宾馆，这样，就会有许多工作上的机会，去结识'上'那一层的人……你一定听说过，五星级饭店特别是涉外饭店的女孩子是最做不长的，因为她们往往很早就嫁人了，很多外面回来办事的华人，最喜欢年轻温顺的中国女孩子，虽说他们年纪是大一点，经济上却一点都不含糊的……"小沫的声音低了下来，显然，是沉醉到某种幻化的镜像里去了……

李兵这才想起他进行了一半的求爱宣言，他做事还是喜欢有头有尾、对彼此都有个交代的，要不然，就太不严肃了。于是，他试着问小沫："那么，我就真的一点机会都没有了吗？"他的声音听上去有些喑哑，这反倒显得恰如其分了。

"哦……这个，这样，如果你能在市区挣到一套四居室的大房子，外加一辆赛欧或海马，我会再考虑考虑。"

显然，这绝对是个玩笑般的约定，她想，对李兵这样的好孩子，说一个不可能达到的条件，就是拒绝的最佳方式吧，大家都不伤面子。

一边说着，小沫笑起来，难得的一笑，突然就那么迷人，让李兵感到了发自内心的沉痛。他不知道，忘掉这个笑容，需要多长时间。

4　邵丽珍、李大海与李兵

首先是邵丽珍，她注意到了儿子李兵的魂不守舍、神思恍惚。这种情绪，在他们这个三口之家是很罕见的，就是当初她内退回家，就是老李牙疼得几天吃不了饭，都没有这样呀？生活中能有什么过不去的，非要整天愁眉苦脸呢？

接着当然是李大海，他也注意到了，于是悄悄地问起邵丽珍。邵丽珍到底还有些灵气，她略略想了一下，接着没好气地翻翻眼睛：

"我看呀，千愁万愁，归到一条，就是个钱字。有钱万事足，无钱万事休。"

李大海不信，他也喜欢钱，但不像邵丽珍这样，好像钱就成了大海，生活里所有的小溪小河都要奔了那个方向去。夫妻俩一合计，反正他们家从来也不讲究什么心理距离、个人隐私的，吃饭桌上，就直通通地问起李兵。

到底还是个孩子，也是直爽惯了的性子，做儿子的果真放下碗筷，竹筒倒豆般把小沫的理论和最后的答复原样贩给了邵丽珍和李大海。

一会儿"上"一会儿"中"一会儿"下"地听了一通，李大海义愤填膺地哼了一声："这种势利的女孩子，不成也罢，真要结婚了，还不知怎么样呢！"

邵丽珍却反倒是面有所动，嘴中也啧啧有声起来："志气高，这孩子志气高，穷人家的孩子，能有这番肚肠也不容易了……"

听得邵丽珍的口气，李大海闭起嘴巴，一般情况下，他都很尊重妻子，认为她比自己高明。

邵丽珍接着往下说："李兵，你也别太上心了，婚姻上的事，本来就是靠缘分的……她说的那些个条件，又是大房子又是小轿车的，明着是说笑话的，你可别当真，该怎么过活还要怎么过活……不过，这孩子倒是点了我一下，婚姻不能等、靠、要，这道理真是深刻哩。别的事情，不也一样，但凡有点想法，想要达到目标，不能光凭死办法，光走老路子，而要寻找捷径、主动出击，也许就能事半功倍了……"邵丽珍陷入了沉思，她是想到了自己点点滴滴抠下来的那些钱物，唉，凭这点东西，想要帮李兵找份好的工作、找个好的媳妇、结个像样的婚，恐怕根本就无济于事，那个叫什么沫的说得不错，应该"傍"个什么人才好，像她这样的下层之家，要是也能"傍"上个上层的，什么事不就都一帆风顺了吗？

一边的李大海也暗暗点起头，邵丽珍两句话就像报纸上社会新闻的编者按似的，一下子也点中了他的穴位，他不能不想到自己苦苦经营着的彩票。

连头带尾算起来，他的彩票之路也走了有大半年了。他是个细心人，把打印号码的彩票条儿一张张都留得好好的，用大夹子夹着，一张白条就是10块钱，不知不觉地，大夹子里就夹了两寸厚的白条儿了。小钱没死的时候，也学老李这样夹着，两只大铁夹子并排放在抽屉里，好像在悄悄比赛似的，不过，小钱只夹到一寸，人就没了，但他的铁夹子还在，继续陪着老李一天天变厚的铁夹子。有时，李大海发了痴，会把铁夹子拿出来，摸索摸索那叠毫无用处的白纸，一边想：如果，是两寸厚的人民币，就算都是10块吧，也不少钱哪，就算中了一些小奖又怎么样，最多的才20块，能做什么……这一想，他就心疼起来，心疼自己白白戒掉的烟，心疼自己白白花掉的这些钱。

但方才邵丽珍的一番话让李大海若有所悟了，的确，哪怕就是买彩这样纯粹是碰运气的事，也需要经营，寻找捷径入门。前面那些日子，他纯粹是闭着眼睛瞎买，每次都要随机，买回来看也不看的，只等第二天开奖再一一核对，而小钱呢，更是呆，永远只盯着自己的生日买，而且五组都一样——要中就要多中些，发个大财——他笑嘻嘻地说，好像他是个大富大贵之人，他的生辰时日就是现成的吉祥号儿似的。不行，以后不能这样买了，得算计，得思考，得动脑筋。

李大海想得心潮澎湃，恨不得马上就轮到他值班，可以静下心来好好研究彩票号码里的奥秘。

夫妻两个各怀心事，事情的主角李兵反倒被冷落了，他静寥寥地等了一会儿，重新拿起碗筷吃起饭来。一边吃一边慢慢地想：就连母亲，也认定，小沫只是开个玩笑，是肯定不会跟我好的。那幢房子那辆车，就真的那么不可能？我就不信……

到底是少年人，李兵在心底里暗暗发起狠来，准备等到工作后用力赚大钱，然后带了房钥匙车钥匙再去找小沫——这个狠其实发得有些盲目，有些自不量力，就像小时候被老师揪了耳朵、被老李打了屁股后发狠长大了一定加倍报复似的，他哪里知道世事的困苦、赚钱的不易，毕业能找份工作就算阿弥陀佛了。就算能像父母亲这样一辈子刻意用力、省吃俭用的，到头来，能落下几个钱？最多买个卫生间买个车前轮吧……

不管怎么说，李兵的初恋及失恋就算是这样过去了。李兵慢慢地也重新高兴过来，只是无人时偶尔发发呆，眼睛看着空处，略有些焦灼，一副无所事事无从下手的样子。是啊，就算他是个有志气有长性的，又能从哪里下手呢？

5 邵丽珍

在被小沫的理论唤醒后不久，邵丽珍就真的找到发财致富的捷径了。不，准确地说，是好运气主动找上门来了，嘭嘭嘭地敲门敲得山响，压过邵丽珍激动的心跳——没想到呀，天下会有这么好的事儿，她，一个下岗了快三年的厂办幼儿园生活老师，居然有人找上门来送给她一份工作，而且还是专业对口的老本行：看小孩吃喝拉撒睡觉穿衣。

那是一个条件很好的私立幼儿园，对外叫剑佛国际（双语）幼稚园，每个班才收15名小孩，每星期还有老外来陪孩子用英语做游戏，每周吃一次西餐，还有专门的礼仪课，用广告上的话说是大家风范、贵族气质等等，总之，名声很响，收费很高。不知怎的，他们竟然打听到邵丽珍家里，一个月600块，还管中饭晚饭，但工作时间很长，从早上七点到晚上最后一个孩子被接走。

时间长有什么关系？时间算什么，睡觉就睡掉了，发呆就发掉了，难道还能变成钱？邵丽珍想想真是睡着了都要笑醒了，600块，比现在的内退工资还要高呢，她得还多少价才能积下这笔钱呀！两边一加，一个月就有1000块了！这不是捡了个大皮夹子么！想一想又有些犯毛，这么好的一件事，为什么会找到我哩？会不会有哪里不对呢？算了，不要想那么多了，收拾收拾去上班吧，别让到手的金戒指从指缝里滑掉！

为了稳妥起见，邵丽珍暂时先瞒着老李和儿子。白天家里没人，她把这一季的衣服全都找出来，没几件中看的，样子也都过了时，但邵丽珍还是有灵感的，想了想，自己动手，把一件米色V领衫的下摆改成斜角，配上一条永不过时的黑裙子，脖子上挂块似真似假的玉坠，皮肤白白的，再收起腹挺起胸，啧，真的不错，一看就有些幼儿园老师的样子。

当天下午，又悄悄地去理了个发，不是三块的那种囫囵头，而是精剪，不洗不吹花了六块，这个价格是邵丽珍自己谈的，她理直气壮地：你们洗剪吹一共是十块，那么，我洗好了来，然后回家自己吹，你就收中间一段剪头钱不就行了，六块算是多的了，但我告诉你，要精剪，不要糊弄我！

这么着一收拾，第二天，等李大海一走，邵丽珍就精精神神地去报到了。到了那里，一眼看到原先厂办幼儿园的园长——矮矮胖胖的胡光兰，正忙忙碌碌地接待三两个同样是来报到的中年妇女。这一下，邵丽珍心里就有底了，一问，果真是胡光兰荐的自己。

胡光兰现在是园里生活部的小头目，语气里一点不掩饰她的功劳："是啊，我是早就在这里做的，今年园里规模扩大了，新增了三个班，要添人，园长说了，一是要人长得齐整利落些，让家长看了欢喜、放心；二是要原先在幼教岗上的，有经验，有耐心，这里的孩子，都是99钻的铂金，一根毫毛都不能少；第三呢，要有熟人推荐作保，不能弄些不知深浅、心术不正的人来，万一出了什么事，也好顺藤摸瓜。你瞧，这三个条件一说，我第一个就想到了你。你瞧瞧你，这三年在家歇得，都有些胖了，不过，更显年轻啦！"

很快就签了正经八百的合同，并且领了两套工作服，邵丽珍又开心地笑了，本来还发愁上班的行头呢，好，这个大问题又解决了，天哪，真是一点成本都没有呀！

第二天，邵丽珍就正式上班了，还有半个月就要开学了，她得跟另外两个搭班老师一起布置她们的小（五）班。不过才三年没上班，邵丽珍却激动得难以自持，这二次就业简直比年轻时第一天上班还激动呢！她感到整个人都膨胀了一小圈，有种焕发新生的意思，她感到，在通向理想的大路上，她拐了一个大弯——钱不是省出来的，不是还价还出来的，而是出门赚出来的——这个弯子一拐，真是眼前豁然开朗了！

第一天下班回家，她用从来没有过的大方采买了些生熟菜蔬，做了一桌菜庆贺了一下，还到王记铺斩了半只盐水鸭，跟李大海、李兵喝了点小酒，一家三口都吃得嘴油油的喝得脸红红的。邵丽珍举着酒杯反反复复地说："没想到没想到，枯木又逢春、老树又发芽了……"酒精点燃了潜能，邵丽珍的口才也变得好起来，两个成语用得漂亮妥帖。

到底是多少年的积习了，这边在喝酒，邵丽珍也没忘记在心里算计：虽然今天是这样敞开来大吃大喝了，这个月的伙食费也还有结余，因为她马上开始在双语幼稚园吃饭了，而李大海，也可以在单位里吃工作饭，再等李兵一开学，家里就基本不用开伙了，下个月、下下个月，除了星期天儿子回家，都基本不用开伙了，瞧瞧，这又省下不少，一来一去的，不等于是又赚了！

双语幼稚园主要的还都是中国的老师讲中国的话，只有到了星期三，邵丽珍才会看见一个牛高马大的外国女人，穿着白色的无袖背心，胸脯鼓鼓的，走龙灯一般地在每个教室又叫又跳地带上二十分钟，一会儿"我开？"一会儿"卡么噢！比比！"。

邵丽珍觉得很有些意思，站在一边听听看看，嘴里也痒痒的，晚上回家，跟李大海开起玩笑，也会这样说："再给你盛一碗汤，我开？"或者对李兵说："卡么噢！比比！把身上的裤子脱下来我来洗，快点！卡么噢！"

一家人笑笑闹闹的，开心极了——对这样的生活，邵丽珍是发自内心地感到满足，她由衷地感叹，想起平常在马路上看到的那些无精打采的人、报上天天登着的那些闹着跳楼自杀的人、成天愁眉苦脸的那些领导干部、成天喊头疼心累说要过劳死的那些小白领大白领，跟他们比起来，自己真的是幸福死了。

6　李大海

邵丽珍重新上班之后，李大海也开始有意识地要了不少夜班，每上一个大夜班，他就可以吃一顿免费餐，可以比白班多拿 10 块，最最主要的，他可以得到一大段安静的不被打扰的时间。

　　门岗这里，白班是太吵了，找人的、上访的、问路的、打听厕所的、讨钱要饭的、想打电话的、卖报的、推销的、送货的、走错地儿的，川流不息，好像全世界的人都要从他这扇大门过似的，他可怎么有心思有时间静静地考虑他的彩票问题呢？

　　只有晚班，凌晨一点以后，安安静静的，电话不响，大门不动，车子睡觉，除了洒水车在大街上散步，整个城市都开始打盹了，而李大海，却泡好一杯浓茶，睁大眼睛，拿出计算机，铺开一张白纸，开始寻找他理想中的那串如意彩票号——大奖之号。

　　李大海只是初中毕业，对数字也没有特别的敏感，但是，当一个人把全部的注意力和热切期望都投放到一个点上的时候，他，就会变得富有想象力和创造力。

　　李大海庆幸自己在保留旧号码条的同时还保留了每期的开奖号，当时，也只是为了核对方便，他把开奖号都顺势抄在了号码条正面的右下角，每次，一边抄一边就先沮丧起来，认为这次肯定又是空门……但现在，这些号码倒是起了大用场，它们可以为李大海研究开奖号的规律提供最一手的翔实资料——如果，开奖号有规律的话。

　　七位数，像七个小矮人一样，在李大海面前的白纸上跳舞，一会儿7跳到了前面，一会儿0又唱起了主角，看得李大海眼花缭乱，简直无法下手。李大海随手拿起一份报纸，证券版上整条整条的图表忽然给了他莫大的启示，他一边挠头一边艰难地逐一分析，终于依样画葫芦地也给每个数字都画了一个专门的曲线布阵图，把今年以来的中奖号相应地一一标到各个图表上，看看，它们到底是按照什么调子跳舞的，是《夜奔》呢还是《打虎上山》。

　　这样一排，虽然眼睛有些受累，头脑有些不够用，但李大海还是很愉悦的,他感到自己找到了一个新思路,一个突破口。尽管这些数字的规律有些忽上忽下的不着边、老跑调,但没问题,李大海相信,功夫不负有心人、一分耕耘一分收获,那些老话难道会说错吗?他以前一点心思没花过,完全是望天收,现在这样下了功夫了,就一定会有成效的。

很快地,按照曲线的发展规律,李大海算出了下期开奖应该出现的七位数字,为了减少误差所造成的偏失,李大海又分别加一、减一编了两组姐妹号,这样,他就有了三组经过精心计算的号码。

对于剩下的两组号码,李大海颇费踌躇。他想起了死去的小钱、小钱买生日的习惯,他又想起了报上的消息,买家里电话号码的、买门牌号码的、买手机尾号的、买车牌号的、买医疗卡号的等等。以前,他对这些都还有些不屑,认为人算不如天算,这会儿想想,却忽略了他们的真诚之心——一个人,经年累月地只盯着七个同样的数字,光凭这份心意,说不定就感动了财神爷呢!那么,自己选两个什么固定的号呢?

李大海喝了半缸子深黑的茶水,又看了两张不知谁丢下的过期报纸,心里面却一直在慢慢地盘算。最终,他放下报纸,决定好了:这两组号码,就盯着邵丽珍和那个叫什么沫的女孩,分别用她们的生日来编号码。李大海认识的人不多,那个什么沫,连认识也谈不上,在有限的这些熟人和亲人里,他感到,邵丽珍和那个沫,都是精明的人、有头脑的人,就算沾一下她们的光,借她们的出生时日用一下吧。

邵丽珍的生日好办,倒背如流;那个沫的生日,哦,对了!他想起来了,他也应该是知道的。就在两个星期前,李兵曾经跟自己支支吾吾地要过钱。

要钱干什么？

买东西。

买什么？

花。

李大海是最不喜欢人花钱买花的，就为了看两眼，花那么百十来块的，有什么意思，还不能一直看，两三天后就败了，难看死了。

买花做什么？

送人。

送谁？

……

是那个沫？

……嗯。

为什么？

明天她生日。二十岁……是大生日。

你还不死心？

别告诉妈。

李大海翻翻日历，查出那天的日子，又往前倒算二十年，行了，第五组号码也出来了。

不过，唉，看来李兵这孩子还犯着迷糊呢，还想着跟那个沫有发展？哼，除非他老子我中大奖，否则，根本没戏！这么一想，又回到问题的起点了，李大海几乎有了一种任重道远之感。他郑重而虔诚地在纸上写下五排数字，然后一心一意地等着天色发白、早市大开，他会第一个冲到旁边的销售点，递上10块钱。

7　李兵与小沫

对李兵来说，给小沫的生日送花，其实是具有象征性的。这表明，他并没有放弃，他还在维系，他要提醒小沫他的存在，以及她那个承诺的存在。

小沫没有拒绝，仍是那么半咸不淡地对李兵笑笑："谢谢。我一直就喜欢鲜花，只是从没买过。以后，等我结了婚，家里天天都要换鲜花，补上我前面这些年欠下的花儿。"

看上去，小沫倒是喜欢跟李兵说话的，大概也是平常孤僻惯了，没什么朋友，反正跟李兵也谈开了，反倒没什么掩饰。

"你喜欢花吗？"她接着问。一边整理花枝，修长的指头出现在娇嫩的花朵边，相得益彰。

"不喜欢。我们全家都不喜欢，太浪费了，就是看看嘛，过两天就枯了。"李兵跟李大海简直一个腔调。

小沫看看他，他的诚实挺可爱的。不过她并不动心，这又怎么样呢，诚实难道能当饭吃当钱用？她只是笑笑，继续打击李兵："不奇怪，没钱人都这样，对花没感觉，我家里人也是。李兵，等你哪天开始喜欢鲜花了，你呀，才真正算是脱离贫困线了。"

说这话的时候，他们的实习期已经快要结束了，再过一两个月，大家也就要真正毕业做树倒猢狲散了。李兵站在小沫身边，看着她的侧影，一时竟有些悲凉，预感到他跟小沫的交往会随着毕业而完全烟消云散。

见他不说话，小沫又另外起了个头："工作有着落了吗？"

"怎么可能呢，反正还早呢……到时再说吧。"李兵有些怏怏的。工作就意味着分离，到时候，他跟小沫连同学都不是了。

"你知道吗？我有可能进兴源饭店。"小沫压低声音，甚至还往四周看了看，尽管周围空无一人。她的眼神亮亮的，为自己提前透露的这个秘密感到兴奋。

"兴源！怎么会的？"这下子连李兵的眼睛也亮起来。这是家货真价实的五星呀，他们实习时就有同学分在那里，因为是无偿实习，当时兴源一下子要了他们班八个同学，不过兴源离学校很远，有同学还不乐意去呢，因为大家都知道，实习跟找工作完全是两回事，去了完全是白卖劳动力……对了，想起来了，小沫也是在那里实习的！难道她竟有本事在短短两个月的实习期内让兴源的人力部看中她？

李兵看看小沫，后者却不看他，眼睛只盯着远处，神情突然有些高深莫测："是啊，怎么会他们就要了我的？而别的七个同学门儿都没有？所有的人都会像你一样吃惊。李兵，你不会猜到，我花了多少力气动了多少脑筋想了多少办法，这两个月，是我人生最关键的两个月，因为它将决定我的工作，而我的工作又将决定我所接触人群的层次，而这些人群里，必定会有我将来的丈夫……所以，我必须走好这第一步，定一个高调……从进兴源实习的第一天，我就在寻找一个关键人物，然后，我开始千方百计地设法碰到他，认识他，靠近他，贴近他……最终，我搞定了他，于是，我的工作也就搞定了！"

搞定。李兵在心底里轻轻重复着这个词，这是个已经成为许多人口头禅的流行词，就是李兵自己，在做完一道冗长的计算题之后，也会打着响指干脆地说："搞定。"可是现在，听听这个词，它突然显得多么复杂、多么暧昧！搞定，她手无寸铁，可是她搞定了那个人，并通过他搞定了工作……

李兵现在彻底沉默下来，不知是应该热烈地恭喜小沫，还是应该替她失去的某些东西默默致哀。

小沫见他不响，并不介意，只是收回目光，仍是那么淡然地笑笑："李兵，我知道你在想什么？大多数人都会跟你想的一样，因为大多数人都缺乏想象力和充沛的智慧，总喜欢把事情往旧路子里想……这样吧，尽管我做了什么其实跟你完全没有关系，但我还是可以告诉你，信不信由你——我还是我，这两个月，除了累一点之外，我什么也没失去。搞定一个男人，并不见得总要通过那条路。还有很多种方法，比如，他的家庭，他的秘密，他的弱点，他的理想……这说来有些抽象，要因人因时而异，一时半会儿说不清楚的。"

李兵虽说是放松了一口气，却对两人的前景感到更加绝望了。他现在可以明确地知道，小沫跟自己是不一样的人，为了达到一个目的，她是可以不择手段的。她的取舍价值观超出了李兵所能理解的程度。

"李兵，别发傻了，有空赶紧想办法找工作，别在我这儿浪费时间了……其实，跟你说这么多，就是想让你知道：我跟你绝对是不合适的、不可能的。大家能够同学一场，已经算不错了。"小沫又转开脸去看着远处。李兵无法知道，她在说最后一句话时，是否感到了一丝惆怅和疼痛。

8　邵丽珍、波波和波波爸爸

邵丽珍因为是生活老师，是死活要等到最后一个孩子走的，然后才能搞卫生打扫、关闭电器、锁门走人。真正上了班，她才知道，要送走最后一个孩子，顺利地回家，还真是不那么容易，这600块，真的是用时间一分分堆出来的。

其实她班上，大部分的孩子都在五点半以前就被接走了，只有一个叫波波的，总是最后一个，等等等，要等到六点半，有时要等到七点，最长的一次竟然等到了九点半。波波的联系册上有他家里的电话，家里打了没人接，再打家里人的手机号码——所谓家里人，也就是他爸爸——通了很久才有人接，声音急急的，总是说："不好意思，有点事，很快就来。"

园里有规定的，只能打一次电话，不要总是去烦家长，像在催人家似的，要服务好，让家长没有后顾之忧，本园的家长都是在忙大事的……

于是，邵丽珍就得跟波波两两相对，坐在有些空旷了的教室里。邵丽珍是闲不住的人，加上也是看波波可怜，就给他读故事，和他做游戏、聊聊天。波波的性子有些内向，开始很闷，慢慢地就熟些了，会跟前跟后地缠住邵丽珍不放，小嘴也开始讲东讲西了，邵丽珍再稍微问问，终于知道，原来波波的爸爸妈妈是已经离了婚的，妈妈已经另外结了婚，现在他跟着爸爸，而爸爸，好像是做生意的还是干什么，总之，是很忙的那种人，于是乎，波波就成了幼儿园的留守宝宝。

邵丽珍这下子更觉得波波招人疼了，有时晚上怕波波太饿，就从下午茶里给他留一两块点心和一根香蕉，天冷天热了，也会比别的孩子更惦记些给他加减衣服，越发地，波波是跟邵丽珍更加亲热了。

这一天，仍是在等波波爸爸，邵丽珍在跟波波搭积木玩儿，突然地，波波就哭起来，像大人那样地哭，眼泪一滴一滴的，把邵丽珍给心疼的。同时，她又有些担心给波波爸爸撞见了会误会，第二天要是告到园里，恐怕就要扣工资了。

怎么了？邵丽珍连忙抱起小波波。

我爸爸昨天不要我跟他睡了……

哦，为什么呀？

他要跟别人睡……

别人是谁呀？

是许阿姨……她还把妈妈的照片扔到垃圾桶……邵老师，要是，今天爸爸还让我一个人睡，我怎么办？夜里黑黑的，全都黑黑的……

波波的泪像小河水一样地流下来，搞得邵丽珍也泪汪汪的，这样大的事情，这样小的孩子，真的是太难为波波了……可是，这样的事，是任何人也帮不了波波的。

正陪波波伤心着呢，波波爸爸恰巧来了。邵丽珍胡乱抹一下眼，看看墙上的钟，才六点半，今天倒来得早了。

波波的爸爸中等身量，瘦瘦的，戴着副金丝边眼镜，有些儒雅气，一口好听的普通话，像个大学老师，看见邵丽珍总是极为客气地打招呼，看上去根本不像做生意的样子，也不像很有钱的样子。

波波爸爸看见邵丽珍和波波两人的样子，也有些不安了："怎么了，波波，让邵老师不高兴了？"

波波往邵丽珍后面躲躲，半是撒娇半是赌气地："才不是，是你让邵老师不高兴了！"

"是吧？是不是说爸爸总来这么迟呀……"

邵丽珍一听这话可不干了，这是哪儿跟哪儿呀。这么些天，她什么时候说过半个不字，多冤哪，瞧波波这话说的。这一急，她也就不顾什么了："不是，波波爸爸，您别听孩子瞎说，其实，刚才，波波是说，他昨天晚上一个人睡他害怕，我是……觉得孩子怪可怜的……"

"哦，这样……"波波爸爸的脸色稍稍有些暗了，静了一会儿，又沉吟着重新开了口,"邵老师,今天我来得早,要不这样,您再迟会儿回去,我们三个人出去吃个晚饭怎么样?"

"哦不不不,我们早吃过了,您是知道的,幼儿园里供应晚饭的……再说,我也要回家了。你把波波带着就行,他晚上吃得不是太好……"

"邵老师,说真的,我是早就想请您吃饭了,波波在家里整天就是邵老师邵老师的,您待他很好,每天晚上又帮我照看这么久,我一直想谢谢来着……您要不去,就说明您是真的嫌我接得太迟了。"

波波爸爸那里说着,波波也在一边拍手跳脚地助阵,邵丽珍见他说得恳切,也不好过分推辞,心里也觉得很舒坦,毕竟,这份感谢她也不是完全受之有愧。

波波家的车子是明黄色的,波波爸爸打开后面的门对邵丽珍做了个手势——车子的鲜亮颜色让邵丽珍感到刺眼,波波爸爸的动作更让她感到局促不安,嗨,自己又不是那些养尊处优的年轻女人,还当真大剌剌地钻进钻出?想要拒绝,却又觉得太小家子气,左右为难之中,波波爸爸已绕到前面的驾驶室去了,没有办法了,现在再推辞也来不及了。

邵丽珍别别扭扭地抬腿跨了进去,马上闻到车子里一股淡淡的香水味,前面,波波爸爸摇上窗户,打开了音响,一个外国女人细声细气地唱起了什么。邵丽珍马上觉得闷热起来,背上密密地出了一层汗,却不好说什么,只坐得笔直,紧紧盯着前面。说实话,她现在倒有些后悔起来,跟波波爸爸又不太熟,竟然这么没主意的,当真就坐进小车,当真就跟了去吃饭,要受这份洋罪……吃这顿饭有什么意思呢,能养块肉挂在下巴上?

邵丽珍还在责怪着自己,不觉中车子忽然停了。波波爸爸边停车边说:"到了,波波,下去给邵老师开门!你是男子汉是不是,要给女士服务。"

进了饭店,邵丽珍这下是真的后悔起来。饭店里到处都亮晶晶的香喷喷的,好像还有音乐,吃饭的人挺少,说话声音也挺低,偶尔有些人在走动,都穿得特别好看、高档。邵丽珍对价钱是有数的,她又不是绝对的土包子,好东西也是一眼就能看出来的。这一看,她就感到自己整个人都没办法待了。

下班后,她就脱了幼儿园的工作服,身上现在是自己的衣服。她今天没有专门收拾,穿得太那个了,一条黑裤子,都跳纱了,因为是黑色的,就一直没理会,而且有些肥了,一点样子没有;上面是件旧T恤,好几年前买的,也不是什么全棉,因此有些起球,领子也变了形,软软地趴在脖子上……邵丽珍几乎是艰难地穿过门厅,她感到,那些正在吃饭的人都停止了交谈和咀嚼,全都悄悄地盯着她,认为她一定是走错了地方。

波波爸爸带着邵丽珍停在一个临窗的小台子前,服务生马上殷勤地替他们三人拉开座,还捏捏波波的小鼻子,接着很熟稔地招呼道:"蔡总,给您留好座了。"

邵丽珍算是听明白了,波波爸爸是特地预订好的呢。加上服务生很是客气,她才慢慢地从方才的难堪中摆脱出来。她看着走来走去的服务生,觉得他们身上的雪白衬衫、黑色领结很是神气,不免有些失神地想:"唉,要是以后,李兵也能在这样漂亮干净的地方工作就好了,侍候人算什么,说到底,哪份工作不是侍候别人呀……"

正瞎想着,桌上倒一个个地开始上菜了。波波爸爸仍是很客气地:"邵老师,我简单订了几样,也不知您喜欢吃什么,如果不合胃口,我们再添几样……"

"哎哟,波波爸爸,看您说的,我什么都吃的。"邵丽珍连忙摇手,一边夹了一大筷她所不认识的菜，表示自己真的不挑食。

这个波波爸爸，说话怎么就这么好听呢，慢慢的、轻轻的，在邵丽珍周围，很少碰到这样的人呢，她真有些不习惯呢。不过，这菜，味道有些怪，倒也不难吃，饮料是果汁，她才喝下去半杯，旁边的服务生就悄没声息地替她加满了。邵丽珍觉得很不过意，想要喝又不太敢了，因为一喝，那小伙子就又给她加，这样喝下去，她都能喝饱了。

波波爸爸倒没怎么吃，看上去，他倒像是要谈什么事儿似的："呃，邵老师，我家波波真的很喜欢你，你们真挺投缘的……今天，其实，我是想跟您商量商量，看看您方便不方便……"

"嗯，波波爸爸，您说您说。"邵丽珍也停下筷子。真的，这个波波爸爸，就是太客气了。不过，人家这么把自己当人，有什么事不能帮的呢！

"……嗯，邵老师，主要是波波的事。跟他妈妈离婚之后，我前前后后找过不下七八个保姆，都不行……如果可能的话，不知您愿不愿意帮我带带他，就是晚上放了学到早晨上学这一段……"

……邵丽珍抬起头，好像不能确定波波爸爸到底是什么意思。从晚上到早晨？

"……主要，我真的是太忙了，特别是晚上，总归是有些应酬的……我的意思是，你能不能晚上就直接带着波波回家，一起住在我们家，双休日您就回去休息……您放心，我家的房子还比较大……"

"那……我回去……考虑一下……"

"喏，这是我的名片，邵老师，波波真的很需要你，希望您能帮我这个忙……"

重新骑在自己的自行车上，骑在迎面而来的微凉的街风里，骑在飘着纸片和塑料袋的马路上,邵丽珍的脑袋好像才完全清醒过来。她一边骑车一边细细地思量。

波波爸爸说得再客气再诚恳再迫切,都改变不了一个事实:她到他家——说得好听点是家政工、钟点工,实际上就是保姆、阿姨、是电视里经常出现的用人王妈用人张妈,这对邵丽珍的自尊来说,还是有一些挑战的;可是,现在不是想替儿子多攒点钱吗,现成的这份兼工在面前,不做的话不是傻子么?要面子干什么?面子难道还能生钱?

再说,不接下来的话,还不是要每晚坐在教室等得天黑黑,与其这样,还不如就把波波直接送回家,第二天再带了上班,波波爸爸一个男同志,工作又忙,带着小孩子多不容易,就当帮个忙也应该呀,反正,波波跟自己很要好,并不会太难带的……

不过,有一点,晚上不回家过夜,李大海会不会有想法呢。嗨,要说起来,他那个门卫岗,不也是整天上夜班么,根本着不了家,再说,周六周日也是放假的,再回家跟他亲热也不迟呀……

人哪,睡在哪里不是睡?都是黑麻麻眼睛一闭口角流水,最多旁边多了个小孩子而已,这样睡睡觉也能挣份工钱,这不是天上掉下来的好事吗,有什么好犹豫的……

当然,波波他爸爸是离婚的,家里没有女主人,我这样上门去照顾孩子,很有些不方便吧,万一别人会说闲话呢……哦,想起来了,波波不是说过,他爸爸带阿姨回家来一起睡的,这样就对了,那样年轻的男人,迟早会再婚。行了,这不就没什么问题了……反正,最多三年么,孩子上小学了也就可以告一段落了,到时候,想找人家挣这份钱也找不到了呢……

这样一波三伏地想着,邵丽珍心里慢慢笃定起来,又想起要看看波波爸爸的名片,于是性急地停下来,支了车子借着路灯重新看了一遍:"大河贸易有限公司总经理蔡亮。"贸易公司,那是做什么的呢?邵丽珍感到很不切实,但总经理三个字总是没错的,有这么个头衔在这里,这个波波爸爸看来还是有点本事的。

不知为何,想到这里,邵丽珍突然心有所动,她想起了儿子李兵的工作。这段时间,李兵有些像热锅上的蚂蚁,整天紧着个脸,一到双休天就出去到人才市场瞎转,回来则长吁短叹,却也不肯多说,小小的孩子,倒有些老成气了。也难怪,失恋的事,已经够难为他的了,工作又在天上飘,他怎么吃得消呢!要是,要是这个波波爸爸,这个蔡总经理能帮上这个忙,给他指条路、带个道儿多好呢……

但是,又怎么开口去跟人家说呢,好像交换什么似的,有些拿捏的意思,这样是最不好的,邵丽珍并不喜欢;再说,什么事都还没做呢,倒想到要人家帮忙,工作又不是一般的事……

不不,就只是存这个心吧,跟谁都不要说,特别是李兵和大海,免得大家一起空欢喜一场。不管怎么说,先好好地把这事儿接下来,再不济,不也多挣一份工钱么,波波那孩子,也有个着落了……

夜风好像变大了些,吹得邵丽珍的裤子边直抖,邵丽珍都觉得有些冷了,她赶紧牢牢地捏住蔡亮的名片,生怕一阵风给吹掉了。不早了,回家吧,她把名片塞进兜里,按了按,硬硬的,重新跨上车往家骑。

9　李大海

夜里十一点了,这是李大海开始工作的时间,他要替明天早上的彩票号开始新一轮的演算与推理。

浓茶、纸、笔、计算机、号码夹子，全都一一地铺在面前，李大海却突然没心思算了。他看看表，又看看电话，接着拿出波波爸爸的名片，这是他问邵丽珍要的："放我这儿吧，万一晚上有事要找你。家里没电话，要打也只能在单位打。"

名片不像一开始那么挺括了，边角有些软了，因为被李大海看过太多次，翻来覆去地看，正面的中文、背面的英文、传真号码、公司网址一一看了个遍。

说实话，李大海一向都不是个小气的男人，再说，邵丽珍也一向是个本分的妻子，一切都妥妥帖帖的，他几乎从未体验过这种……没由来的、不踏实的、轻微的空虚与妒忌之感。

当然，他知道是多虑了，就像邵丽珍点着他脑袋骂的那样："哎哟，你个老猴子，还真当我是个宝呀，也不想想我什么年纪了，这脸上都糙得能磨刀了……人家蔡总，波波爸爸，年轻人哪，我都可以做他老娘了，你呀，真是的，杞人忧天，儿子，我这成语用得不错吧……哎呀，说一千道一万，还不是为了给家里多挣几个钱……"

"多少钱？"他冷不丁地问邵丽珍。

"这个，还没谈呢……人家说得那么客气，我总不能开口就钱呀钱的……不过我想应该不会少的……"邵丽珍的口气也有些不确定起来。

是啊，真要说哪里不对劲，就是这点不对劲，这太不像邵丽珍的风格了，哪有不问清楚工钱就答应做的……看上去，她倒是根本不介意工钱高低似的，那她到底图什么呢，是什么让她一下子就决定去了呢……

李大海想着想着就有些不踏实了，谁说邵丽珍老了的？她皮肤一向挺白，特别是身上，滑得像豆腐似的，虽说胖了些，可是很匀称，比起外面那些瘦得像麻秆儿的年轻姑娘，她才真像个女人哪……还有，她很温柔，虽说嘴碎了些、小气了些，可是很少发脾气，跟她在一起，特别自由自在；再有，她那么能干，烧的那个菜呀，收拾起家务来呀，那种贤惠的样子、那个利索的劲儿是天下男人都要当个宝的……

万一，那个波波的爸爸，也发现她的这些长处怎么办？年纪算什么？李大海在传达室，因为管邮件收发，报纸看得是最多的，这样的事情报上登得可多了。现代人是什么都不顾的，老夫少妻不稀奇，少夫老妻也不稀奇，三十岁的小伙子照娶六十岁的老太呢，何况，他们也差不了几岁，最多十五吧，那算什么，而且我家邵丽珍这么好……

深夜的李大海被自己的想法搞得心神不宁、忧心忡忡了，真的，这个晚上，他没有办法再跟那七个数字一起跳舞了，他得专门用来想心思。

李大海没精打采地看着桌上的东西，托着腮帮子傻坐着，是啊，就是算出个大奖来又怎么样，如果邵丽珍有什么事的话，还不如一家人这样紧巴巴地过日子，反倒显得暖和呢……

李大海看看电话，又看看时间，已经十二点半了，不方便再给那个蔡总经理家打电话了，不过，就是打了又怎么样，当面都能撒谎的，更何况是电话……

正发着呆，忽然听到远处有什么人在尖叫，再仔细听听，是女人的声音，李大海一个激灵，大概是出什么事了，他知道，斜对面有条很深的巷子，路灯经常被人故意搞坏……

李大海想也不想地拿出岗上备用的一根电棒，一下子往对面巷子冲去。果真，一到巷子口，叫声就更凄切了。李大海直通通地跑了快五十米，果然看到有两个男的正把一个姑娘往角落里逼，尽管没了路灯，借着主干道的光，还是能看见，那姑娘的衣服已经被拉扯得差不多了。李大海气得血直往头上涌，又怕误伤了那女孩，索性把电棒一扔，大喝一声就往那两个人扑过去。没想到，其中有一个男人是带了刀子的，李大海只觉得寒光一闪，胳膊上就被刺了一下……那姑娘倒还机灵，顾不上整理衣衫，爬起来只管拢着嘴放声尖叫，接着，又捡起地上的电棒往李大海手里塞……这时，巷子口又出现几个人影……不过，李大海身上已经被划了两三刀了……

人慢慢地更加多了，事情很快就结了，110也来了，两个家伙被扎了起来，惊魂甫定的姑娘被披上了衣服，又有人打电话给电视台和报社，接着，有人扛着摄像机拖着话筒线到处找人采访……

李大海早就趁乱回到了岗上，虽说是救人，擅离职守也是不合适的……看看自己身上，两刀在胳膊上，一刀在手背上，伤口其实并不深，也不是很疼了，只是看上去有些瘆人……但是李大海高兴极了，他想起来，这下子，他可以理直气壮地往那个蔡总经理家里打电话了。这样想着，他真的打起了电话，太好了，邵丽珍到蔡总经理家有二十天了吧，这个电话，他也就想了二十天了……

深夜的电话大概是很吓人吧。电话响了很久，才听到邵丽珍有些惊吓的声音："喂——"

"老婆，是我……你还好吧。"李大海从来没这样叫过邵丽珍，可是，这会儿，他就很肉麻地叫出来了。

"怎么了，老李……怎么了，你是不是有什么事？这两天，我老做噩梦……"

"也没什么，刚才……被人划了几刀……没关系，就一点点……主要是，这些天总是不放心你……丽珍，你还好吧……"

"那你快点去医院，还打什么电话……大海，我出不去呀，波波爸爸出差了，我不能把孩子一个人留下来……"电话里传出掩饰不住的抽泣声，这是李大海最熟悉的女人的哭声，有好多年没听到了。邵丽珍一向是乐观的，可是，听听看，现在，她为自己哭了……

李大海的头有些昏了，也有点渴，不过，他真的放心了，也满意了，他几乎是有些享受地听着邵丽珍的抽泣声……

这时候，外面却喧哗起来，电视台的记者们终于成功地找到了做好事不留名的好人。

……他面色苍白、伤口流血却还在坚守岗位，他表情憨厚、不善言辞，因为有了他，一个少女仍然得以保持纯真灿烂的笑，他是我们这个城市最需要也最稀缺的见义勇为者——记者们开始编撰一些陈词滥调，同时，他们准备推荐李大海为本周的身边人物……

任何人都想不到吧，当李大海第二天躺在家里休息，而专门请了一天假的邵丽珍正抹着眼泪炖着乌鱼汤的时候，有人送钱来了，是见义勇为基金会，不知道有多少，装在一个红色的小信封里，有人简短地讲话，有人跟李大海亲切地握手，有人拍照，有人鼓掌，李大海和邵丽珍拥挤的卧室里忽然像个什么小舞台似的充满着热烈的主流气息。

人全走光了之后，李大海连忙催着邵丽珍数钱，太好了，好人好报，老话说得太对了，他本来还有些懊恼呢，今天没买成彩票，万一，漏了个大奖呢……现在看看，得，专门管彩票的财神爷也看到自己做好事了吧，这不，就把个什么奖给送来了……

邵丽珍更是迫不及待地，她闻了闻两只手，还有些乌鱼的腥气，于是又按住性子专门去厨房打了肥皂洗过，然后才坐到床边郑重地抽出来一张张地数，像刚刚学会数数的孩子似的：一、二、三、四……二十。整整2000块。

这么多！夫妻俩都愣住了，好像被这钱吓住了似的，2000块，抵李大海三个月的班呢！邵丽珍这下是真的笑起来，一边又舔着唾沫重数了一遍:"我知道为什么会奖励这么多钱,老李,你不知道,刚才,有个办事的人悄悄地跟我说过,你救的那姑娘,好像是什么区长家的千金呢,总之,是个官儿家的……哎哟哟,老李,我今天真高兴,不过,你要快些把伤口养好才是真的。乌鱼你尽管吃,晚上快下市了我再去买一条,那时就便宜多了……"

10　邵丽珍

邵丽珍没想到,没过几天,她又接到一个信封,她又将要重复数钱这个动作了。没错,是出差刚刚回来的波波爸爸蔡亮经理给的,这也是她内退以来所兼第二份小工的工钱。

事实上,自从邵丽珍答应接了这份晚间带波波睡觉的差事并带了些简单的衣物登门上岗之后,蔡亮经理当天晚上就出差了,好像他的飞机票是掐着邵丽珍上班的点买的似的,他用半个小时的时间跟邵丽珍交代了家里的器物用具及衣食摆放,又丢给她 1000 块钱家用,然后,几乎就是迫不及待地拎着电脑和行李消失了。接下来的这一个月,蔡亮经理就不断重复着回来、出差的动作,好像他要把他前一阵所欠下的差全都补出完似的,家里完全成了机场里的转机等候处。

对邵丽珍来说,她反倒很喜欢,尽管她因此搭上了三个双休日、失去了在各个商场促销点赶场子的小利小惠、遭到了李大海一番抱怨,但在这个除了人什么都不缺的大房子里,她感到很愉快,她可以完全自由自在地按照自己的想法去安排她跟波波的日常生活——这一点,正是邵丽珍的拿手好戏。

从幼儿园回家，尽管已吃过晚饭，邵丽珍还会再做一点夜宵给波波加点营养，比如肉丝豆腐羹啦，虾米菜面啦，芝麻燕麦粥，等等，都是极家常的东西，波波竟然像从未吃过如此美味似的，总把小肚撑得圆圆的方才心满意足。一问，他妈妈竟是很少下厨的，要改善伙食了就只管带波波下馆子吃麦当劳，这倒让邵丽珍在心中暗自感叹了半天：唉，有钱人，连小孩子家的都吃腻了馆子……

接着，波波开始看动画片，这时邵丽珍就在厨房洗洗淘淘、准备第二天的早饭点心，又到阳台上弄弄波波的花和金鱼，看看时间不早，就带着波波洗洗漱漱、讲讲故事，在八点以前把小人哄得睡着了，再出来把满地的玩具收拾收拾、把卫生间满地的水抹抹，接着洗衣服、搞卫生——说句笑话，邵丽珍真觉得自己像是在做个梦，梦里重新嫁了个什么人，然后又生了个小儿子，正从头开始当妈妈呢……

像绝大多数中年妇女一样，邵丽珍对家务还是有着热情的，也是有着天性的，看不惯的看不顺的马上就要做完做好。波波的家，上档次的好东西是多，却放得东一处西一处，全都没了样子，反正家里没有女主人，邵丽珍索性就由着自己的性子来，她把进门的鞋柜调了个方向，又从书房里找出两个小小的彩色瓷人放在上面，再加个小板凳，这样，进门出门的人就有地方从从容容地坐下，一边看瓷人一边换鞋；接着，因为嫌家中人少，就把孤零零的餐桌从中间移到墙边，使得走道更加宽敞；厨房里是一体化的高档橱柜，为了好看，什么都放在柜子里，邵丽珍图个方便，便把那些果篮、菜筐、汤锅、餐具架什么的都移到了台面上，新买的黄瓜茄子也随意放着，这样一来，反倒显得热闹了，有了些烟火气；夫妻的主卧室和书房，因为少人来往，平常只带着抹抹灰，顺便把那些乱放的衣服、摊开的报纸、颠倒的书刊之类一一拾掇了——其实，按照当初波波爸爸的说法，他只是请邵丽珍来带带波波，但现在，邵丽珍的所作所为，已经远远超过一开始的约定了。邵丽珍倒也没特别觉得什么，都是费点小力气花点小心思的事情，就算图个眼前清静吧……

但显然，波波爸爸蔡亮经理却被这久违的、扑面而来的家庭氛围给打动了，每一个细节上和局部上的变化都给了他莫大的冲击。特别是最近，月底这次出差回来。

他是晚上到的家，事先也没打电话，邵丽珍正在厨房忙着做桂花赤豆元宵，伸头见是男主人回来了，看看时间不早，于是又加了些在锅里，另外又起油锅摊了两张葱花鸡蛋煎饼。

蔡亮一头扎到卫生间洗了一通，才慢慢地出来，虽然洗了澡换了衣服，却还是满脸的倦色，这一阵子跑，显得又黑又瘦了。蔡亮走过餐厅准备回房间，看到桌上的两碗一碟，又嗅了嗅鼻子，神色惊异，邵丽珍不知他什么意思，有些不好意思地解释道："平常，怕波波晚饭没吃好，晚上就随便做点……正好看您回来，就多做了些……趁热吃吧，这鸡蛋饼凉了就不香了……"

蔡亮似乎是愣了一下，没说什么，只是顺从地坐下，慢慢地喝了两小碗元宵，又一声不响地吃起了煎饼，吃完一块，又夹起了第二块。邵丽珍见了，心里挺高兴，看来，自己的手艺还真的不错呀，人家蔡总经理，什么没吃过！波波却在一旁嚷着说他没有了，邵丽珍连忙哄着，许诺明天一早保证给他做双份，才把波波送到小房间看电视去了。

回来正准备收拾碗筷呢，却发现蔡亮坐在桌前不吃了，筷子上还有半块煎饼，他坐那里夹着煎饼，一动不动，也不继续吃也不放下。

邵丽珍手上拿着抹布，半侧下头仔细一看，波波爸爸竟然一声不响地在流眼泪，两只眼睛也不闭，只管让泪往下滴。

"波波爸爸……蔡……蔡经理？"邵丽珍吓住了。不知他这是怎么回事，难道，他突然想起了什么？

蔡亮终于意识到自己的失态了，他放下筷子，摇摇头自我解嘲地笑笑："不好意思，邵老师，我是多少年没有在家里吃到这么好吃的东西了，多少年了，都是客里似家家似客呀……没事了没事了，可能因为最近比较累吧，一直在外边。"说着就匆匆地站起来，到客厅去了。

邵丽珍有些不放心，方才波波爸爸讲的话也不大懂得，把碗洗了之后，又削了两个梨子，切好了放在碟子里送去，顺便把这个月的菜金和家用清单带给波波爸爸。

蔡亮月头上丢下的1000块钱，邵丽珍只用了500块不到，其中还包括波波交到幼儿园的托管费、牛奶费等。她的精打细算可谓登峰造极，她有些掩饰不住的得意之情，希望得到蔡亮的肯定。这个期望不过分，她知道，克扣主人菜金是钟点工们一向爱玩的专业手腕，像她这样以节省为美德的大概很是少见吧。

蔡亮却只大概看了看，略略点了点头，接着从包里拿出一个早就备好的信封："邵老师，辛苦了，这是这个月的工钱。邵老师，您一来，这家突然就又像个家了，我每趟回来都能感觉到……"接着，他又把剩下的菜金也装了进去，"邵老师，另外，这500块，您去买身家常衣裳吧，我看，您这条裤子，都穿得有些旧了……"

邵丽珍有些不好意思，心里一热，刚才得不到表扬的懊恼也没了，又不知说些什么客气话才好，也就那么直直地接过信封和另外500块，讷讷地道声谢谢，平常的活泼开朗劲儿都不知跑到哪里去了，更不用说当面数钱了。

因为邵丽珍很久没有回去，波波爸爸便让她当天晚上回家休息，第二天他自己送波波上学。于是，邵丽珍又赶着把衣服洗了晾上，把波波第二天的衣服准备好，然后，才匆匆地往家里赶。

这样，一直到回家的路上，邵丽珍才有机会拆开那信封数钱。这个动作她很喜欢，有种未知的激动和期待在里面；而且，比之上次拆见义勇为基金的信封来，这次，好像更多了几份熟稔和亲切似的。

打开来一数，又是2000块！2000块，在有些人眼里，也许算不上什么吧，但在邵丽珍看来，就是一大笔了，快抵得上人家做干部的一个月工资了吧！邵丽珍呆住了，呆在黄色的路灯下，吃惊得脸色也都发黄了，都不知该怎么办了。

上次，老李是流了血、吃了苦的，特别对那个被救的女孩子来说，也算是生与死的区别了，拿那2000块，也算应该，但这次，凭什么呢，她都做了什么呢，能拿这么多？

她想起一个月前的情景来，也是在这样的路灯下，她拿着蔡亮的名片，当时的百转千回，最终还是决定做了这份工……这么一想，她都感到心情很复杂了，不知是该高兴还是不高兴。

她犹豫着，想立刻掉头回去退给波波爸爸一部分，又怕他们早就睡下了，敲了门又要推推让让的，但这么着拿回家吧，不就等于是接受了？而且，拿回家的话，李大海那里也会说不过去，凭什么人家给这么多工钱？

邵丽珍想了又想，调用她的智慧和经验盘算了又盘算，最终决定先这么着收下，以后托蔡亮替儿子找工作时再把这些钱当作公关费还给蔡经理。李大海那里，先不说，包括那500块衣裳钱，一共瞒下1500块，就说是500好了。这也不少了，够让他高兴的，毕竟，他的牺牲也很大，已经多少日子都没给他暖过热被窝了，虽说老夫老妻，也不能这么生疏呀……

11　李兵与小沫

大部分的招聘广告上都这样写着：女性，25岁以下，身高一米六以上，身体健康，容貌秀丽，有经验者优先。

班上的女生们不管长得如何，这时节都不得不精心梳妆打扮起来，像那些卖水果的要图个好卖相似的，说来虽然有些难听，不过没办法，这是服务业里的潜规则，不管是饭菜还是房间还是人，卖相是最重要的。一些二三流的旅馆也就趁机辞了那些年老色衰的，补充些新鲜面孔装点门面。这样，大部分的女生，慢慢地就有了眉目。男生呢，本来人数就少，当初进这行也是因为家里有些社会关系可以调用，他们呢，基本走的就是内部路线，托人啦，请客啦，送礼啦，也大概有了些路数。

全班里，排来排去，最没起色的反倒就是李兵了，学校给他的一摞推荐信很快就用光了，却总是不断地碰壁，没见一个回音的，他这时才相信，一个大男人，想要在宾馆服务业里找到碗饭吃，的确很难。

而小沫那里，倒是十天一个进度，兴源饭店的人力资源部已经有人来过学校，接着又通知小沫去签合同，接着，又停下来了，说是要等正式的毕业文凭，但总之呢，是铁板钉钉，绝对没有问题。全班人都羡慕得眼珠掉地了，兴源可是正宗的老牌的五星呀，有些女生，因为强烈的妒忌，都不肯跟小沫交好了。

跟失败者一样，成功者也是需要倾谈的吧。不过，小沫在班上，因为性格上的冷淡，却没什么好朋友，加上从前在李兵那里已养成了倾谈的习惯，这样，很自然地，一帆风顺的小沫还是来找李兵聊天。

那次送上生日鲜花反被小沫奚落了一顿之后，李兵本来是想给自己发个毒誓的，不要再践骨头了，不要再痴心妄想了，不要再像只小狗似的盯着她的行踪和气息了，一切都将是白费，等她一脚跨入兴源，就全都结束了。

但是，当小沫又来找他时，他却完全没有了一点主张，脚都软了似的，只管稀里糊涂地跟着她出门了。

两个人不远不近地顺着操场遛，小沫先开了口，像是给这次的谈话定性："其实呀，同学关系是最轻松也是最有生命力的，李兵，你想，一男一女，要是做了恋人什么的，又是怄气又是赔罪，又是送东西又是请吃饭，那才真叫没意思呢，我看我们现在这样就最好，同学么，大家就说说话谈谈心……"

接着，小沫以身作则，先谈起了心，关于即将跟兴源签订的合约，关于她可能要分配到的部门，关于那个部门的工作服样式，关于她发式可能要发生的变化，等等，口气里带着些轻微的几乎是撒娇式的炫耀，却又完全是絮絮叨叨的，带着女孩子常见的那种小心思小花招……

李兵着迷地听着，心中又是高兴又是伤心，唉，越跟她交往，就越是感到她的可爱。小沫其实一点也不像看上去那么冷淡，真是说到话题上，简直就跟小鸟似的，叽叽喳喳个没完，小脑袋转来转去，灵活优美，叫李兵都忍不住想要伸出手去摸摸她的脑袋……可是，怎么可能呢，尽管他的手离她的发梢也就只有几十厘米的距离，可是，就这几十厘米，他可能一辈子都无法抵达吧……

600米的操场，她一个人就讲了四圈。直到第四圈快结束，她才像一个终于抵达终点的运动员似的，带着略显疲惫的表情把头转向李兵："咦，你怎么不说话呢，你不要总埋着个脑袋听我说呀……"

李兵其实还是蛮能说的，也挺想说的，可是，该说些什么才好呢，小沫总有那么多的新鲜事儿、那么多的好事儿，自己这里，有什么呢？要不就说说家里吧，总不能真的就像个傻瓜似的一言不发。

　　于是，李兵说起了母亲邵丽珍的小气、节俭，高超的讨价还价水平，在大小促销活动中沙里淘金的灵感，以及，她被重新反聘的好运气。当然了，还包括最近的这次到学生家里做保姆，等等，这一说，也就说了三圈600米，为了让小沫感兴趣，李兵用了一种略带调侃的语气，好像关于母亲的一切都非常有趣非常好笑似的……

　　不过，就这样拉拉杂杂地说着说着，李兵却突然在故作幽默的叙述中感到了母亲生活的辛苦和单调，她所有这些细碎的、成效甚微的努力，以至夜不归宿，最终，她为了什么，不就为了一样，替自己攒钱找工作么……可是，看看自己吧，都在做些什么呢，还在无所事事地儿女情长、围着一个根本看不上自己的女孩转……

　　李兵的脸色慢慢就暗了下来，叙述变得干巴巴的，最后，他的声音消失在空气里，像一滴水消失在沙漠里似的。

　　他们沉默地继续绕着600米的操场转。李兵不想再说什么了，就算小沫想要听什么他也不想再说了。他暗暗地想，明天，就降低一个台阶，就算一颗星都没有的饭店，就算进去是洗盘子抹地也认了，挣一分钱是一分钱，就算丢份儿又怎么样，跟小沫又没关系。

　　他这里默默地想着，没想到小沫倒开口了，又有些淡淡的了："李兵，你妈妈真是个好妈妈，你呀，将来娶了媳妇，记好了，不准忘了娘……其实，我妈我爸也差不多，全是这样，以为钱是一分一分省出来的，我呢，就是要让他们知道，钱不是省出来的，是想办法想出来的，是抄近路挣出来的……"

12　李大海

周末,看好了中央商场里搞的买两百赠八十,又经过若干算计,邵丽珍花了两百块给李大海和儿子各买了件新衬衫,她想:李兵要找工作了,需要些好衣服撑撑场面;老李么,一直都寒寒碜碜的,总是穿促销广告衫,再不穿些好的,就怕都要老得穿不出样子了。

衬衫当然打了些折,商场里挂大红标签的,却是正宗的国产名牌,有防伪标签有正式发票,邵丽珍很少在大商场买东西,因此,一切都很计较,连商场的拎袋都多要了两份,要是服装也能送货的话,估计她会叫人家送上门——的确,这次,邵丽珍是消费得狠了,她简直认为自己应该享受大客户待遇了——除了李大海和儿子的衬衫,用送来的八十块赠券,再加上二十块,她给自己买了条弹力裤子、一件短袖毛衣,也算搞定了一套衣服。

裤子是弹力的,发了胖也能穿,站起蹲下都不吃力,做事特别方便,看上去也蛮有样子,邵丽珍真的很中意,讲了半天,只讲到九五折,这让邵丽珍很不高兴,但是,想到波波爸爸说起她裤子太旧的话,一咬牙还是买了;幸而,在毛衣上,因为有些过了季,再通过一番曲折的交涉,她得到了一个满意的价格,在大商场,能取得这样的成绩,很令她自豪。

从前,每次买东西,邵丽珍都会心情不好,一会儿觉得价没还到位,一会儿认为质量肯定有问题不经用不经穿,一会儿又折腾着是不是去退货或者换货等等,其实就是一条,花钱了,心里舍不得。不过,这次，虽然是前所未有的大手笔，她却好像花得很开心，回来的路上，一直都在小声地哼着儿歌。你想啊，呆子都算得过来，那位蔡总经理给的500块置装费，她才花了300不到，就给全家人都买上新衣了，还是品牌的，这样精打细算的好主妇，哪里找去？这下好了，也算对得住老李了，他这辈子还真没穿过什么好衣服。

虽然添了件新衬衣，李大海却一点都不高兴，非常的不高兴。表面上，他看上去仍是若无其事的，邵丽珍叫他试衣便试，叫他脱衣便脱，嘴里也连声称谢，叫着好，甚至还和着邵丽珍，开些玩笑。可心里头，他却清醒着呢，他暗暗地观察邵丽珍，一边观察一边思考、推理。

首先，邵丽珍为什么要买新衣服？这么些年，特别是内退下来的这几年，她不是一直坚持"把旧衣穿破"么，就是要买，也一准是到大卖场，那种二十块一件的，今天这是做什么？而且上面下面各一件，一套穿起来，对着镜子照来照去没个完了？为什么会这样呢，她以前不是说过，在幼儿园里都是穿工作服的么……除非一条，她是下班后到那个蔡总经理家穿。

再者，为什么又要给自己和儿子买呢。儿子要找工作，倒也真有些必需，可是我这半号老头了，有什么必要？最年轻最英俊最爱打扮时都没穿过名牌衣服，都快到头了，还买什么衣服，怎么拦她都不听，就偏偏要给自己买？她这是怎么了？她以前不是说过，门卫，要什么好衬衫，天天站岗值班，就露出一个衬衫领子……除非一条，就像报上的情感专版经常登的，她对自己有歉疚之心，她做了什么对不起我的事？哎哟，想到这一步，李大海的心口都要疼起来……

不过，他还是忍住疼往下想，还有第三个不对劲儿的，邵丽珍她，花了这么些钱,为什么还会哼儿歌呢?太反常了,她现在怎么这么把钱不当钱了?追根究底地想一想,不是她不在乎钱,而是她对这个家不在乎了,对李兵的前途不在乎了,她已经不再替家里攒钱啦……

李大海是越想越闷气,前些日子好不容易养好的刀伤都要隐隐作痛了,索性,也就借口伤口痛,一吃过晚饭就上床躺着了。

其实睡也是睡不着的,不免又想起了昨天邵丽珍拿回家的那500块钱工钱,唉,来得快,也去得快呀,今天这一花,都去了一小半了,邵丽珍她都不知道心疼呢,听听,还在外面跟李兵有说有笑的……不知怎么的,李大海突然就起了疑意,鬼使神差地就去翻起了邵丽珍的包,果然呢,他猜得一点不错,邵丽珍没跟他说实话:她包里还有1700多块呢,她只是花了个零头而已……

这些钱,哪儿来的?想都不用想,猜都不用猜,傻子都知道……

李大海抱起心口,真的疼得倒在了床上。

13 邵丽珍与波波爸爸

星期一上班,邵丽珍有一些激动,她知道自己挺可笑的,这身衣服,样式上又没什么特别,到了幼儿园就得罩上工作服,但就是,有那么点激动,为新衣服而激动。特别是到了下班,到她驮着波波往他家里骑的时候,这种激动到达了一个顶点。对了,可能还有一个原因,今天,她给波波带了样玩具:一辆四轮驱动的遥控汽车,这是邵丽珍在一次大型有奖问答中碰巧得来的,她心细,连包装盒都保存得好好的呢,用拎袋装好,根本看不出是在家里放了两年的东西。她一直没告诉波波，估计等会儿回家呀，那小家伙要乐翻了天，光因为这个，也该激动呀，带了波波这么长时间，她真的是有感情的。

到了家，蔡亮还没回来，邵丽珍倒也没有失望，她有数的，蔡亮不可能这个时候回来，即使不出差，他不是还要有应酬，要不然，人家请自己做什么？这样也好，她就有时间从容地准备宵夜了，她想起上次蔡亮吃元宵后说的那些话，想起来，都有些可怜呢。

邵丽珍用遥控汽车安置好波波，立即开始淘米，她准备用高压锅做顿杂粮稀饭，大米小米赤豆绿豆花生，有些腊八粥的意思，快出锅的时候，再撒上一层炒熟的芝麻，黏黏稠稠的，真真香煞人。

蔡亮倒像是掐好了钟点似的，这锅里正好熟了，那里波波开始犯馋瘾了，就听到大门钥匙响，他回来了。

"波波，出来洗手，你爸爸回来了！"邵丽珍摸摸头又整整衣服，开始往餐厅端稀饭，为了下饭，她下班时还买了点辣白菜，这是特地替蔡亮准备的，波波不吃辣。

才端出一碗饭，邵丽珍就愣住了。进门的不是一个人，而是两个人。另一个是个年轻修长的女人，妆化得很好，连表情都给遮住了，她冷冷地冲邵丽珍点点头，径自在沙发上坐下。邵丽珍有些犹豫，不知该不该也招呼那个女人一起喝稀饭。

蔡亮好像也变了一个人似的，对餐桌上香煞人的稀饭视而不见，更不要说邵丽珍今天特意穿上的新毛衣新裤子了，只对邵丽珍简短地吩咐道："麻烦您给我们倒两杯果汁到房间。"又对着波波："叫阿姨好。"

波波却不干了，只当没听见，反倒故意地拿出一大筒玩具倒在卧室前的过道里，又尖叫着对爸爸发威："不准进房间，不准睡觉，陪我吃东西。你不是说过，邵老师做的宵夜是天下最好吃的东西吗？"

蔡亮脸色微微地红了，但也不是生气，他回头看了看邵丽珍，眼神复杂委婉，带着无奈与恳切，邵丽珍一下子看懂了，心中一阵叹息，连忙上前去哄哭闹的波波，把他领开。

那女人趁机踮起脚从一大堆玩具中径直走到卧室不再出来。蔡亮紧随着进去，邵丽珍送果汁的时候，听到他正极为低声下气地对那女人解释着波波的脾气。这让邵丽珍有些生气，唉，这个蔡总经理，怎么对谁对什么事都这么客气呢！真是的。

稀饭剩下很多，邵丽珍一边往冰箱里放，一边感叹自己没有脑子，噢，人家蔡总客气地夸一下你的厨艺，还就当真啦！再好吃再拿手，不就是元宵不就是稀饭么，还能比得过那些大饭店里大厨子的海鲜鲍鱼？

这天，邵丽珍早早地带着波波上床睡了，眼不见心不烦，睡着了就好了。半夜里，却突然被一阵争吵声惊醒，看看表，快两点了，正是最好睡觉的时候，他们这时候吵什么呢？

邵丽珍坐起来一点，却还是听不清，正准备躺下，却忽然听到大卧室开门的声音，那女人一边使劲砸着什么一边骂："什么东西，你以为我的床就那么好上的呀？不结婚拉倒，你以为我真想跟你结婚呀！哼，没门，你等着，不拿出三十万，我找人收拾你……"

接着，是一声惊天动地的摔门声，摔得那么重，连梦中的波波都被惊得浑身一抖。

邵丽珍等了一会儿，外面悄无声息，门缝里却还透出外面的灯光，估计蔡亮是回房间了，却忘了关灯。邵丽珍想了想，反正也是睡不着了，不如起来吧，把外面收拾收拾，不知那女人刚才摔什么东西了，可别等到白天划着波波的手。

邵丽珍于是整整齐齐地穿上衣服，蹑手蹑脚地出了卧室。

出来了，却发现波波爸爸根本没睡，正一个人抱着头坐在沙发上呢，他人不胖，沙发又大，坐在那里，显得空荡荡的孤零零的，看上去特别那个。

唉，邵丽珍在心里叹口气，却又不知道说什么好。

她看了看地上，哎呀，这女人真是的，摔的是她昨天刚带给波波的遥控汽车呀！拿孩子撒什么气，什么不好摔，偏偏摔这个！波波才玩了一个晚上，电池也是邵丽珍才从超市新买的，浪费了多可惜呀！

邵丽珍本来想不说话不打扰蔡亮想事的，这会儿却还是忍不住拿起遥控汽车的残骸抱怨起来："哎呀，看看，波波明天早天起来不知要怎么闹呢？"

蔡亮像被吓了一跳似的，抬起头看着邵丽珍。隔了一会儿，他才慢慢地、仍像从前那么礼貌地说："这汽车是您买的吧，叫您破费了……最近，我都好长时间没给波波买玩具了……邵老师，您多担待些，我心里是最有数的……"

邵丽珍一听，又不知说什么好了，再说下去，人家蔡总还以为我跟他要玩具钱呢，他给的那2000块，不知能买多少玩具哩。唉，也是作孽呀，没个女人帮着持家，赚再多的钱都花不到地方。

邵丽珍怕自己再说出什么不好的，索性闭了嘴，一心只是扫地抹地。两天没来，家里还真有些脏，抹了两遍，水才清了些。

第三遍抹到沙发边上，蔡亮突然说："坐坐，邵老师，您坐坐，我想跟您说说话儿。"

邵丽珍于是坐到侧面的单人沙发上，手里还捏着抹布。说实话，她喜欢把事情一气呵成地干完了拉倒，这地，还有半边就全抹完了，她是真想一边把地抹完一边听他说话，可听他声音软软的，只得依了他，就这么闲坐着了。

"邵老师……你也看到了……唉，本来，我是想替波波找个新妈妈的……就这么件事，怎么就这么难呢？一开始，她们倒都笑眯眯的，好像我是天下第一的钻石王老五似的，可是一看到孩子，就都变了脸，好像我又成了天下一字号的大骗子似的，马上扑腾着要这个钱那个费的……邵老师，我真想不通，再找个老婆，怎么就这么难呢？"

"波波爸爸……别这么想，世上么，只有剩饭剩菜，没有剩男剩女，您要找的那个人，可能还没碰上呢……波波这么好的孩子，命里该有个疼他的妈妈。"

"……其实，要是我一个人过活，就什么都不在乎了，现代的这些女人，把自己当什么了，当鱼饵了当本钱了，总想着钓个什么似的赌个什么似的，其实，我对她们真的是一点胃口都没有了……要是我一个人过，真连钱都不想挣了，整天这么忙来忙去的，到底为什么？到底有什么意思？真的，我什么都不想烦了……反正，人在世上这一遭，从本质上讲就是独来独往的……"蔡亮露出些知识分子的感叹，越说声音越低了。

"波波爸爸，真奇怪，您怎么会这么想呢？您想想，除了婚姻上不太顺心，其他的您哪儿不比别人强？儿子有了，大房子有了，汽车有了，又是自己开公司替自己挣钱，没事儿出出差东游西逛，到哪儿都有人尊敬您求着您，就是饭店服务员看到您都点头哈腰的，多好呀这。我要是您，恐怕笑都要笑得睡不着了，您还这样没精打采的，真是的！"邵丽珍都说得有些激动了，她是打心眼里觉得不可思议，这个蔡总经理，真是想不开哩。

蔡亮听着，没有说话，却露出些哑然失笑的样子，他当然不能指望邵丽珍理解他的痛苦，这种精神上的煎熬与焦灼，跟他的车他的房有什么关系呢？但是，邵丽珍所说的，好像又有什么地方有点道理，打动了他。

　　静了一会儿，邵丽珍都准备站起来接着抹地了，蔡亮却又开了口，像是在对邵丽珍的观点进行某种求证似的："那您呢，邵老师，这么一天干到晚的，在幼儿园忙了一天，晚上到我家还接着做事，都没个空闲的享乐的时辰，这么辛苦，您觉得有没有意思？到最后您图个什么呢？"

　　邵丽珍倒是愣也没愣地脱口而出："怎么没意思呢？意思大着呢，挣到钱就是最大的意思。我呀，心浅得很，没什么大的想头，就是我身体好，我家老李我家儿子身体好，这就齐了，然后，我们全家一个共同目标，多挣点钱、少花点钱，然后，给儿子找份工作。你不知道，我家儿子学的是宾馆服务，可难了，这社会，如果没关系，也只能是靠钱铺路的。找到好工作他才能找到好媳妇呢，这都是一环套一环的，所以呢，我目标明确得很，精神劲儿大着呢，怎么会觉得没意思呢？……当然，蔡总，我也知道，我这是典型的穷快活，像我们这样的，在城里，就算是贫民吧，一家人每个月挣的还不够人家在馆子里的一顿饭钱呢，可是我才不为这个丧气哩。人呢，不能想自己缺什么，而要想自己有什么……您说，比起外面的那些个民工、收破烂儿的、扫大街的，嗳，我倒觉得我活得真不错呢！您说是不是？"

　　蔡亮一声不响地听着，最终又露出些笑来，不过这次不是哑然失笑，而是若有所思的笑。看上去，他并没有完全被邵丽珍说服，但明显地，他的脸色要比刚才好多了。

　　邵丽珍这下是真的开心了，她没想到，自己这个没什么文化的还能给人家大经理讲道理，虽然现在是有点困了，但这个大早起得，还真值！她打起精神又站起来接着抹地了。

　　蔡亮大概也是累了，就势躺在沙发上，眼睛半闭不开的，像要蒙眬睡去。

邵丽珍终于把地抹完了,看看蔡亮大概是睡了,就找了条毯子加到他身上,没想到,蔡亮却没睡着,他正睁着眼呢,他看着走近了的邵丽珍,突然说:"我看到了,你今天穿的是套新衣服,嗯,不错,挺好看挺精神的……下次就要这样,听我的,对自己好点儿,买些好衣服穿穿……邵老师呀,你不知道你有多好,一定要对自己好点儿……"

蔡亮一边说着,顺着毛毯角就来拉邵丽珍的手:"您也睡会儿呀,您就一点不累吗?您不如分点精气神给我吧……唉,要是,您是我家的人就好了,您不知道,我太累了,一点劲儿没有……"

蔡亮说着说着就真的睡着了,邵丽珍倒被他吓得跌坐在沙发边上,一只手却还是被他抓住了。想要抽走,他却握得更紧了。

邵丽珍索性真的倚在沙发靠背上半闭眼打盹了,她不是困,是不想惊醒波波爸爸。她知道,他握着自己的手有些不对,但这又绝对不是那种男女间的意思,到底是什么意思呢,她心里明白却说不清楚,总之,她心里感到酸酸的软软的,一种很奇特的感觉。

看看睡梦中的蔡亮,借着窗外渐渐明亮起来的晨光,她不由自主地伸出手去,轻轻地拍了拍盖在蔡亮身上的毯子,像在拍一个生了病的孩子似的。

14 李大海与邵丽珍

现在,李大海感到了另外一种充实。他简直都感到时间不够用了。晚上守夜值班,他仍是一如既往地计算彩票,跟那个七个数字小人跳舞，在漫长的夜晚中期待财神爷的临幸。但到了早上七点，下班之后，接下来的一整个白天，他就开始进行另一种更为复杂的抽象思维了——他要对邵丽珍其人其事进行暗中的观察、研究。

不过，邵丽珍总不在家，她白天上班，晚上也上班，家里面除了空气，什么也没有，怎么来推理呢？李大海像个新入门的侦查员似的，有些盲目地在家里到处乱翻，他翻出了许多邵丽珍的旧衣服，有些都是很多年以前的了，现在再也不穿了，可是她还仔仔细细地叠得整整齐齐，塞得衣橱里满满登登像是不知有多少衣服似的，唉，傻女人哪。李大海艰难地在衣服堆里搜索着，却没有再发现任何可疑之处，连一毛钱一块钱都没有，更不要说什么私房存折了……那么，她那多出来的1500块到底是怎么回事？她把钱放哪儿去了，整天上班下班带在包里？她就这么刻意这么辛苦地防着我？

李大海不甘心，又用凳子站起来，到搭在客厅顶上的搁板上乱翻。这里也是邵丽珍的天地，但凡从外面得了些什么好东西，她都会用两层塑料袋包好放进去收好，说留着以后李兵结婚成家时用。

两层的搁板被邵丽珍塞得密不透风，每一寸空间都得到了最充分的利用……搁板上光线暗淡，可是李大海不以为意，他小心地打开一盏新台灯，包好；打开一个双层微波饭盒，包好；再打开一套玻璃茶具，再包好……唉，也没什么呀，样样儿的都见过，连邵丽珍当时拿在手上炫耀的表情都记得……这算怎么回事哩，难道，那家伙，除了钱竟没有别的东西吗？

突然地，李大海发现了一点问题，在双层搁板的上方，居然空出个地方，在挤挤挨挨的搁板中，显得有些触目，很明显地，这里是少了样什么东西……按说李大海是有些粗枝大叶的，按说多了什么能够一眼看出，少了什么却是很难发现的，可真是怪呀，这也真是天助老李,这会儿,他竟然一个闪电地就想了起来。对,是少样东西,不是别的,是辆四轮驱动的儿童遥控汽车!不会错的,李大海印象深着呢,那小车挺好玩的,不要说自己了,连李兵小时候都从没玩过,邵丽珍拿回来的那天,他跟李兵还玩了一下子呢,没到一分钟,就被邵丽珍收回了,细心把轮子用软抹布擦干净……看看,她竟然把这个送人了,没说的,肯定是送给那家的小孩了,她怎么会这样呢,还当真用了心思!还讨好起人家小孩了!

李大海心里面那个滋味呀……真像滚水开了锅似的!真想马上叫邵丽珍回来把事说个清楚!

等等等,每天度日如年、如坐针毡地等,又想邵丽珍回来,又害怕邵丽珍回来,唉,真是百转千回。

这期间,想都想不到的,李大海竟然意外地中了一个300块的三等奖,而且果然就是他利用那套曲线分布图算出来的其中一组,这是个好兆头,最起码证明他的方法在某种程度上是有科学依据的……但是,捧着那300块大洋,李大海却没有想象中的激动,甚至埋怨起财神爷来:这奖来得真不是时候,既不是锦上添花,也不是雪中送炭,反而有点幸灾乐祸的意思,不是有句话说,情场失意、赌场得意么,这是不是更说明,邵丽珍那里有问题呢?

终于,星期五的晚上,邵丽珍回来了,浑身喜气洋洋地回来了,大包小包地回来了。她买了老李最爱吃的油炸花生、鸭四件,又买了李兵爱吃的夫妻肺片、凤爪,这几样东西,平常也不是不买,但最多只买其中的两样儿,还要等人家快打烊了才去买,这样,价格上、分量上都好占点便宜——看起来,她跟上个星期一样,又开始发癫了,这样甩开来买,真是不想过日子了。

李大海在一边冷眼看着,没有说话,只看她还要做出什么惊人之举,对家人越好,只说明她心里越有鬼。李兵呢,因为恋爱无望、工作无果,更是有些蔫蔫的,看到他最爱吃的东西都没有打起精神——这爷儿俩,跟邵丽珍的情绪都跟不上拍。

　　邵丽珍毫不在意,只管兴致勃勃地在桌上布着菜,又倒了三杯啤酒:"来,都坐下,看看你们,我一个星期不在家,怎么都不会笑啦?下面,我宣布一个重要消息,保准你们嘴巴一直笑到耳朵根!"

　　邵丽珍故意卖关子,停下,看着丈夫、儿子。后两者却不配合,仍是木着脸,只盯着桌上五颜六色的熟菜。

　　邵丽珍"嗨"了一声,只得自顾亮出谜底:"那我说啦——你们听好啦——李兵,妈替你找到工作了!兴源大酒店西餐部!"

　　李兵果真先笑起来,笑到一半,又小心翼翼地停下,轻声细语地,怕吓着什么似的:"妈,你不会是开玩笑吧?就是⋯⋯那个五星的⋯⋯兴源?"

　　"就是那家呀,38层楼的那家,怎么了?"邵丽珍瞪起眼睛。

　　"那就是小沫工作的地方呀!妈呀,打死我都不敢想呀,我以为我这辈子都不会进它的大门了呢!哦,对了,听说,那里小费还能拿到美元呢!"李兵毕竟还是个孩子,马上手舞足蹈起来,也不晓得问问这工作的出处。

　　"儿子,西餐部,就是白衬衫黑领结的那种吧,你这模样这身量,穿起来不知会多精神多气派呢!到时候,不知道会有多少姑娘倒过来追你呢!省得你整天小沫小沫的!"邵丽珍一边给李兵拿凤爪,一边笑眯眯地盯着他左看右看,像世上所有母亲一样,认为儿子是真正的英俊少年。

　　李大海到底忍不住了,冷不丁地突然问:"我说,这工作是天上掉下来的？白捡的？"

邵丽珍一下子听出些什么，但因为情绪一片大好，她只是不满地瞟瞟李大海，半拖着声音："当然不是啦，这年头，当然是要靠熟人帮忙喽。"

"熟人帮忙！真了不起呀，帮了一份工作！工作呀，不是帮你搭手抬个东西下雨收件衣裳，邵丽珍，我倒挺好奇，想问问，谁？谁跟你有这么深的交情，能帮这么个大忙？嗯？"李大海也瞟着邵丽珍，那表情要多酸有多酸，酸得都不像他了。

邵丽珍气得忍不住笑起来："你倒说说，我认识几个有本事的人？除了波波爸爸，还有谁？人家蔡总好心帮忙，难道还帮出罪来了，看你那个样子！"

听邵丽珍爽爽快快地说出了，李大海这下是不酸了，却明确地把脸沉下来："哼，我就猜到是他！老人家说过，世界上，没有无缘无故的爱，也没有无缘无故的恨，同样的道理，世界上也没有无缘无故的帮忙，我倒想再问问你，凭什么，他要帮咱们这么大一个忙？"

李兵在一旁不乐意了："爸，你干什么？这不是很简单的问题么，肯定是给人家钱了呗！有了钱，什么忙不能帮！这是小孩子都知道的。"

"说得好呀儿子，我也是跟你一样这么想的，也希望是那样……可是呢，正好相反！邵丽珍，你别跟我说你是送了个遥控汽车就把人家蔡总给感动了吧？我还没么傻！你说说，你包里多出来的那1500块钱是怎么回事？也是工钱吗？"

邵丽珍这个气呀这个冤呀！这个李大海，他倒不声不响地翻起我的包来了，查起家里的东西来了，他真把我当什么了，还在背后来这一套！邵丽珍心口直跳，嗓子发干，手心发痒，想要掀桌子，又舍不得满桌的菜，都还没动几口呢！想要喊几嗓子，又不知喊什么！想要打人，可是打谁呢，一打倒真像恼羞成怒似的……

她就白着个脸憋在那里，像棵突然被寒流冻僵了的禾苗似的，动弹不得。表面上是停滞了、冻僵了，心里却是滚烫的、沸腾的，像是倒片似的想起波波爸爸来。唉，那样的人，才是真正善解人意的男子汉呢……她发自内心地感到遗憾，为什么，李大海会这么误解自己呢，他难道还不如一个外人么……

这个波波爸爸，真是蛮健忘的，在那个半夜三更的谈心之后，那个半梦半醒的拉手之后，他第二天倒完全像个没事人似的，仍旧客客气气的，又礼貌又和气。

邵丽珍自然是知趣的，也是只字不提，更像个没事人，但她在心里偷偷笑着呢。她看得清清楚楚，嘿，这个蔡总经理，还害羞呢，他都不好意思承认，他曾经向一个保姆诉过苦、求过助，这也太说不过去了吧……

不过，邵丽珍可以感觉到，在那个晚上之后，他们简直都有些像一家人了，那种默契、关照、和谐，完全浑然天成。很明显地，他现在回家的时间提前多了，回来跟波波玩一会儿，然后，两个人会洗干净手，齐齐地坐在桌边满怀期望地等待邵丽珍的夜宵，接着，他们大家一起心满意足地享用，一边有一搭没一搭地说话。最近，蔡亮的公司很顺，一个月签下的单子就抵得上前面半年的呢……天气已经很冷了，外面有呼呼的风声，他们却吃得热乎乎的，接着，他们准备睡觉，各人的被窝里，也都热乎乎的，邵丽珍早灌好热水袋在里面焐着呢……

有一天，蔡亮一边喝着银耳羹，一边慢慢吞吞地开了口："噢，邵老师，想起个事，那天夜里，你好像说过你儿子是学宾馆服务的吧，我托人帮了个忙，兴源宾馆那里可以添个人，西餐部，回去问问你家儿子，看看合不合适……"

蔡亮的声音那么轻描淡写，可在邵丽珍听来，却如同惊雷滚过耳边，她真不敢相信。她处心积虑了这么久，却一直不知如何开口、不知有无可能、不知结果如何的这件事，人家蔡经理竟然自觉自愿、悄没声息地就给办了，办成了，办妥了，办出这么漂漂亮亮的个结果来，兴源大酒店！那是外国人都去住的大酒店呢，38层，走到哪儿都能看见的！邵丽珍激动得都想跪下来了！真的，要不是波波在一边，她真能跪下来。

邵丽珍有些结结巴巴的，手里的碗在滴水都不觉察："波波爸爸……蔡经理，要多少钱跟人家打点，您可别自己垫着，我这里有，我们家专门备着这份子钱呢，专款专用，短不了……再说，您上个月给我那么多，我正好要退些给您……"

波波爸爸一仰头把银耳喝完："嗨，要什么钱，几句话的事，我也帮过对方一些忙，邵老师，有些事情不用钱也可以办到……有些事呢，却花多少钱也买不来，比如，您对我这家里、对我整个生活的帮助，包括对波波一心一意的照料，这就是用钱买不来的……总之，关于您的工钱，就不用再提这码事了……邵老师，你信不信，在我心里，都不把你当外人了……"

蔡亮放下碗，露出眼睛，那么温和亲切地看着邵丽珍，不知为什么，简直让她都要哭了……

邵丽珍仍是白着脸一言不发，好像完全沉浸在对蔡亮一言一行的回味中了……或者，她是在考虑，如何把事情说清楚。的确，他这个忙是帮得大了，他的工钱是给得多了，他跟她之间是超出一般的雇佣关系，但那又绝对不是李大海说的那样……可是，怎么才能说得清呢，特别是那个夜里,她为什么会那样任蔡亮握着手就睡着了……

李兵出门了,她不知道;李大海喝醉了,她也不知道,她就那么坐在那里,仍旧像棵冻僵了的小树苗似的。

也不知又过了多久,小树苗才开始挪动了,慢慢地往床上挪。邵丽珍想:还是睡一睡吧,睡一觉可能就好了……睡一觉问题就解决了,以前,有好多过不去的事儿不都是这样的么……

15　李兵与小沫

李兵乘兴连夜就去找小沫。夜色明亮,特别是快到兴源酒店的那条路,好像连路灯也神采奕奕的。李兵抬头看看那38层的高楼,上面的灯光星星点点的,衬着淡蓝色的亮化线条,有股不俗的韵味,就像小沫的眼神。

算起来,小沫到兴源的客房部上班已经快两个月了,这两个月,小沫就给李兵打过一次电话,请他到学校跟老师说件事情。电话里,李兵像是无意识地,问起了小沫的排班,小沫呢,也就轻描淡写地飞快地说了一下,星期一休息,周二周三中班,周四周五夜班,周六周日是白班。李兵自然是过耳不忘了,马上牢牢地记在心里,不过,他却一直没有去找过小沫,去干什么呢?什么破事儿也没有,难道就去跟她说:工作……还没……什么消息……

但今天不同了,今天李兵是有事儿,有大事要告诉小沫了……星期五,是夜班,她应该在的吧,上去看看行不行呢?会不会妨碍她工作呢?听到这个消息,她会怎么想呢?会不会改变她的那些主意呢,毕竟，我将来不会比她差多少……李兵在兴源附近的小路上激动地来回踱步、踌躇满志，似有千言万语要跟小沫说。

想了想，为了稳妥起见，李兵打了客房三部的电话，接电话的那姑娘倒也干脆，就两个字："不在。"

"那她，现在的班是怎么排的？"李兵有一点点沮丧，既因为小沫不在，又因为小沫没有把班次的变动告诉自己。看来，她压根就没指望自己会到酒店来找她。

"排班？哦，你还不知道，她现在是楼层领班助理，上长白班的……"

李兵轻轻地挂了电话，唉，小沫呀，真是能耐，才两个月工夫，就脱颖而出啦。怪不得那个姑娘的语气里带着妒意，也许，她又是找到了什么关键人物并通过其达到自己的目标吧……

好不容易才赶到这里，李兵不想马上就转身回家，他想在马路边休息一会儿，慢慢想些事情，同时仔细地看看发着蓝光的兴源，这里，将是他与小沫一起上班的地方，会上很多年呢，直到退休……

李兵在马路牙子边坐了下来，一声不响地开始发起呆。

坐了不多久，突然地，他都以为自己是出现了幻觉——前面那不是小沫吗？！李兵定睛看了又看，没有错，她这件黑白连衣裙他印象很深，还有她的条纹包……李兵仓促地站起来，把手举到半空，想引起小沫的注意，但是等一等，别乱动……她不是一个人，她身边走着另一个男人，个子不高，但比较胖，猛一看上去，好像不是很年轻……男人熟练地带着小沫的腰，一起出了兴源往马路的另一边拐去。

李兵重新坐到马路牙子上，想起来自己至今都还没碰过小沫的手呢，这个男人，倒大模大样地搂着她的腰了……虽是这样想着，李兵倒也没有特别的难过，他只是为小沫的效率感到吃惊，真是工作爱情两不误呀……

李兵看看表,还早呢,估计家里面父亲的酒还没醒,而母亲,肯定已经睡熟了,这时候回去也没意思,还不如就这样坐坐吧。

没坐一会儿,李兵感到自己又出现幻觉了——他又看到小沫了,而且,就在自己跟前,离自己不到两尺远,正一言不发地盯着自己。

李兵用力地互相拍了拍自己的手,有一点疼。不是幻觉。

小沫盯着李兵看了一会儿,然后才像是忍无可忍地开了口:"你怎么想起来的,到我单位里来?叫别人看见了算怎么回事?你刚才也都看到了,我都已经有男朋友了……"

虽然小沫是在责怪自己,李兵却高兴起来,瞧,这趟没白来,不是见到小沫了吗。

李兵高兴得都有些语无伦次、答非所问了:"你把他支走啦?太好了,坐我自行车后面吧,我要跟你说个事。对了,你换了工作换了班怎么不跟我说一声,你什么时候做的楼层助理呀,真挺了不起的……"

"行了,李兵,别跟我碎碎叨叨的,我马上就要走的,宿舍里还有衣服,待会儿还要看书……我们之间,我不是早跟你说清楚……"

李兵心情很好,拉着小沫就往后座上推:"我知道我知道,我这就送你回去……但是,小沫,很不巧呀,我让都让不开你,你躲也躲不开我,以后,我们之间就要常常见面了……小沫,你信不信,我也要到兴源上班了!"李兵兴奋地停下车,回过头,紧紧地盯着小沫,他想看清楚小沫的表情。

小沫最多只是愣了一秒钟,脸上却几乎没什么表情:"很好。这下,你可以更加清楚地看到我的奋斗之路:我是如何一点一滴地改变自己的命运的;如何以一个普通服务员的身份成为客房部三部领班,然后再往上做;如何找到'人上人'的那个意中人,然后与之结婚……"

"是吗？就是刚才那位吗？"

"当然不是，我怎么可能看上他！都三十五岁的人了，还黄金王老五呢，连车子都没买……"

"那你……我看你们好像蛮要好的……他都搂着你了……"李兵小声地说。

"嗳，李兵，不要这样天真好不好，你不知道有句话叫'骑马找马'么，恋爱这件事也一样，不能闲着傻等，要保证自己有一个最起码的退路……"

李兵不知道再说什么好了，索性也就不说了，他要全心全意地享受小沫的重量——他还从没有用自行车带过小沫呢，她坐在后面，半侧着身子，带着些向外倾的重，这重量，如此之轻，如此之静，带着些甜丝丝的味道，让他都不知道该怎么骑了……

李兵甚至幻想起来，以后，说不定，他会经常这样带着小沫下班呢……当然，她会继续她的"骑马找马"，可是，那又有什么关系，人一下子不能要得太多，也不要看得太远，能够天天儿地在兴源见到她，已经是很好了……

16　邵丽珍与李大海

已经是星期日的晚上了，明天邵丽珍一上班，又要一个礼拜不回家了。可是李大海和邵丽珍还在冷战，还没开口说话。

李大海现在也有些后悔了，其实，他知道，邵丽珍不是那种轻浮的人，自己是有些冤枉她了，也不该当着儿子的面说那些。但是，她为什么就不能解释一下呢，哪怕就是发个脾气、象征性地赌咒发誓一下，都可以，这么着死活不开口，倒真像有点什么似的……唉，真是的，总不能叫个大丈夫去跟她赔小心吧……

邵丽珍也有些急，这趟回来，都还没跟李大海好好亲热一下，再出去上一个星期的班，他还不该憋坏了……自己低个头也没什么，可是这个老犟头，明明是他不信任人么，凭什么该自己先开口呢……

思量了好久，邵丽珍才想起个话题儿，这个话题儿真妙呀，还可以趁机说他一顿呢。

于是，趁着晚饭后李兵到厨房洗碗的当儿，邵丽珍拿出吵架的样子，用很重的语气开了口："李大海，我倒也想问你一件事，这大半年来，你为什么不抽烟了？"

本来，见邵丽珍主动开口，李大海是心中暗喜的，但听得她问到烟的事，不由一惊，不知她到底知道些什么，语气明显地有些虚了："噢……现在主要在单位抽，省得你老说被子枕头有股子烟味……"

"在单位抽？那倒也真神奇，怎么浑身上下连一丝烟味都没有，瞧瞧，连指甲盖都这么清清白白的，你倒有些什么秘方呀怎么弄得这么干净？"邵丽珍斜着眼睛尽情讽刺着，李大海坐立不安的样子真让她出了口气。

"我……很少抽，基本不抽了……"

"戒了？真了不起，这么伟大的事怎么不在家里宣传一下？还有，你每天省下一包烟钱，那省下来的银子呢，怎么没往家里拿一分……是不是有什么见不得人的出处呀？"

"没有，我没做什么对不起你的事儿……"李大海这下是彻底被打倒了，他感到了躁热，一种百口莫辩的委屈。

邵丽珍开始往理论高度上升华了："李大海，你倒说说，你花什么钱怎么花钱，我倒疑心过什么没有？说过半个字没有？夫妻之间，最起码的，这点包容和信任的气概还是要有的……反过来看，我这里辛辛苦苦替家里省钱，替李兵寻路子找工作，你倒说那些不三不四的话……你就不怕把我搞得心寒了，从此什么都撒手不管？李大海，你真是要把我活活气死了才高兴是不是？"

"没有，你别生气了……是我不好……"李大海笨拙起来，真要把邵丽珍气坏了，那可怎么是好。

邵丽珍这才滴下些眼泪来，从星期五李大海跟她翻脸到现在，第一次滴下泪。其实这会儿，她心里面已经不那么难受了。这泪呢，有些表演和撒娇的意思，嘴里还一边继续数落着："唉，大海呀，你想，我们是那种有好运气的人么，你那样一天天地买下去，全是打水漂呀……"

李大海找来毛巾给邵丽珍擦泪，心中却是百般的不明白：保密工作不做得挺好的么，邵丽珍她怎么就知道自己在买彩票的呢？她什么时候知道的呢？

直到晚上，在床上亲热过之后，邵丽珍才告诉一脸狐疑的李大海："傻瓜，还记得那次记者采访你见义勇为的么，不是配了你的彩色照片，第二天上了班，我细细地找来报纸左看右看，正好看到你满桌堆的那些东西，计算器呀，过期彩票呀，旧报纸啦，正好又想到你不声不响地戒了烟……老李呀，你为什么不跟我说呢，真把我不当人……"

"不还是怕你骂吗，说我糟蹋钱……不过，丽珍，你等着，我真的有信心，财神爷会帮我的。等有一天，当你看到我又抽上烟了，不用我说话，你一看就会知道，我中大奖了，500万的特等奖……"

17　邵丽珍与波波爸爸

因为李兵的工作，邵丽珍在波波家干得更加有滋有味了。她是个容易感激的人，她想，就是这样替波波家一直做下去又怎么样？一分工钱都不拿又怎么样？波波爸爸的这份情谊，怎么也是还不尽的……

没想到的是，这份报答的心意竟然快要到头了——

这天晚上，快到五点的时候，没等邵丽珍带着波波回家，波波爸爸已开着明黄的车子到幼儿园，说是要请邵丽珍吃饭。

毕竟现在是熟了，邵丽珍也不推辞，收拾了东西、拿了波波的外套便上了车。第二次坐到小车上，她感觉倒是不那么惶恐了，甚至，她都开始隔着车窗悠闲地往外边看，正是下班时分，慢车道上全是埋着头伸着脖子用劲儿蹬的人，邵丽珍看着，不免有些感叹，好像第一次明确地感到小车子与自行车的区别……

仍是上次的那家餐厅，仍是那次的位置，仍是上次那个彬彬有礼的侍者，要不是波波长高了半个头，真让邵丽珍感到有些恍若梦境了——瞧瞧，就连波波爸爸，也跟上次一样，有些心事的样子——注意到这一点，邵丽珍终于领悟过来：波波爸爸今晚肯定是有话要讲的。

果然，吃了一半，波波爸爸放下了筷子："这半年来，邵老师，真是难为你了……都不知怎么谢才好……"

邵丽珍听出这话有些潜台词，竟然有曲终人散的意思，她睁大眼睛，一点不掩饰心中的诧怪，难道她有什么地方做得不好么，终于忍了忍，没有说话，只等波波爸爸继续。

"是这样……邵老师，我要搬家了，到外地去……是山东烟台……波波么，当然跟我一起走……"

"好好的，你的公司又这么好，波波在这里也挺好，为什么……"邵丽珍操起闲心来，按说，这不是她应该过问的事，不过她只是天生的热心肠，何况是跟波波有关的呢，她甚至都觉得，这事儿应该大家再商量商量才对。

"工作么，反正是做贸易，到哪里都可以重新开始……主要的，是我在烟台，有个同班同学，我们原来就谈过，后来因为分在两地，断了……最近恢复了联系，她还没结婚，所以……"说这话的时候，波波爸爸低下了头，好像有些不好意思，又好像怕邵丽珍生气。停了一会儿，又多此一举加了一句："哦，她不好看的，还没您好看。不过，也挺会烧菜的，关键是像您一样善良，喜欢孩子……"

"哦，那太好了那太好了……"邵丽珍胡乱点起头来，一边在心里笑话波波爸爸，解释这么多干什么……可是，真的，不知怎的，竟然就有那么一种奇怪的失落：以后的生活中不会再碰上这么客气这么懂礼貌的男人啦，这个蔡总经理，不会再像从前那样等着吃自己做的宵夜啦，不会再提醒着自己去添件衣裳啦，不会再在半夜里跟自己谈心事啦……

很奇怪地，邵丽珍发现自己哭了起来，好像刚刚喝下去的茶水现在全都变成眼泪，怎么也拦不住。

对面的蔡亮有些慌了，连忙递过纸巾，邵丽珍自己也有些发窘，掩饰地一把拉过波波："我是舍不得离开这孩子……"一边痛快地让眼泪成串成串地掉下来。

"邵老师，要是您有兴趣的话……我给你介绍另外一家继续做下去，是我一个生意上的朋友，他也是要请个晚上帮忙的阿姨，早晚两顿饭，另外，还要照顾一条小狗，洗把澡，遛一遍狗……只是，那个朋友的脾气稍微差点，我有些怕你不习惯……不过，他家的工钱是顶高的……"

邵丽珍早擦净了泪，平静下来，摇摇头："算了，蔡经理，谢谢你，你帮了我那么大的忙，现在都没有机会回报了……你们要搬走了，我也就歇了吧，晚上回家好好陪陪我家老头子……我记得您说过，有些东西，钱是买不来的……说起来，我也挺对不起我家老李的，说了您不信，这么些年，我都从来没给他做过那么多宵夜呢，不怪他总生我的气……"

18　李兵与小沫

李兵的工作服是西式的，小领结是黑白格子的，特别洋气；小沫呢，因是楼层领班助理，工作服也不再是那种滚花边的民族服，而是全黑的西装套裙，看上去特别精神。有一次，他们在员工餐厅吃饭时碰到，于是坐到一起，对面正好是面镜子，李兵高兴地在镜子里对小沫咧开嘴："瞧，我们看上去多般配，这身衣服，真像是婚纱照上的礼服似的……"

小沫也在镜子里撇撇嘴："哼，瞧你那点见识，有穿成这样儿去拍照的吗？我呀，那婚纱是最起码要十五米以上，找两对花童托着……"说着，放下筷子，开始喝汤。

李兵倒是细心的："嗳，怎么就吃这么点儿？下午还要上班呢！"

小沫皱皱眉："不知怎的，最近食欲很差，看到油腻的就反胃，而且浑身没力气……算了，吃不下就吃不下吧，权当减肥，你看我，最近这脸，好像胖出一圈似的。"

李兵从镜子里回过头，侧身看看小沫："不对吧，哪里是胖，倒像有些肿呢……你看你，脸色蜡黄蜡黄的……要不，请个假，我陪你到医院看看……"

"请个假！亏你说得出的！别拖我后腿呀，第一年一定要全勤，听说，到年底，老总是要亲自接见全勤员工的……"

——心高气傲的小沫没有想到，不要说全勤了，就是半勤，就是偶尔上个班，她都做不到了。半个月之后，浑身浮肿的小沫突然晕倒在兴源大酒店的员工专用电梯里，送到医院一查：急性乙肝并发肝腹水，来势凶猛，一个星期开出两张病危通知书，通知家人做好心理准备。

一番慰问和探望之后，因为还在一年的试用期，又因为她病情的特殊性，兴源理直气壮地与小沫解除了劳动合同。那些兴源的同事、那些曾经追过小沫的男孩、包括那个曾经搂着小沫腰肢的胖男子，他们，全都从小沫的身边消失了，像被一阵狂风给刮没了似的，只剩下李兵，像荒原上的最后一棵树。

小沫的父母本是认命的人，只会整天守在病房里抹泪，哀叹小沫的命薄，想着一天八百多块的住院费，最后也是白搭，小声商量着把小沫接回家算了……

李兵却是疯了一般地拦下来，又咬着牙说一切费用由他来。小沫的父母其实也看出李兵的家道，也知是年轻人一时情迷，又是为着女儿好的，于是便允了，不过他们心里清楚，像小沫现在这样的花费，光凭李兵，也是撑不了几天的。情有什么用，他们对小沫的情分，不比李兵还重么，没有了钱，就全都轻飘飘的了。老两口互相搀着也就把小沫丢给了李兵。

于是，现在，便只有李兵守着小沫了；小沫从昏迷中醒来，看到的便只有李兵了。

很奇怪地，她竟然跟李兵说起件从前的事儿："李兵，还记得有一次我跟你说过的话么，一套大房子一辆小汽车什么的……"

"记得，小沫，你放心，我会慢慢儿地挣的……"

"当时，我是开玩笑的，想把你吓回去呢……不过，这会儿想想，当真了也不是什么坏事……只不过，我知道你的速度，也知道我的时辰……我是等不到了……"

"没关系，你又没什么大毛病……我保证一天天守在这里，直到你好了为止。你好了不要我也没关系……我保证不生气，因为我本来……就配不上你……"

小沫是明白的，她看看李兵，看了一会儿，又跟从前一样，眼神里慢慢生出几分漠然："你这样算什么呢……叫我感动？我再感动也没有用了……想想呢，其实死了也没什么，迟早的事儿，只是有些不服气，我都不知道，我最终会奋斗到哪一步？李兵，你倒说说看，如果我一直活着，没病没灾的，最终我会过着怎么样的生活？"

李兵早哭出声来，好像一点都不在乎男人气了，他顺着小沫的意思往下说，并发挥了他最大的想象力："你……会在兴源成为最好的领班，然后，会有别的酒店来挖你，你没去，于是总经理会提拔你到总经理办公室……这时候，在客户中，你认识了一个又有钱又有前途又对你好的男人，然后，你跟他结了婚，住到东郊的别墅里，开着自己的小车上班……"

小沫好心情地听着，都露出些满意的笑了："不错，你还是最懂我心思的，帮我设计得很好……可是，你说说，为什么就全都不能了呢？……如果，能让我实现一些目标，然后再死，我也会乐意的，我笑着去死哩……"

李兵抹了把脸，换上乐观的腔调："这点小毛病怎么就会死了呢，你瞎说什么，我打听过了，你这种情况，换个肝也就成了，安全度过观察期，也就好了，还跟好人一样，你想做什么都成……"

"换肝，对，倒是好主意，有40万就成，不过，谁有呢……要是我家里有30万，他们会看着我死吗？再说你，我知道你是最舍不得我的，可是，没有40万，到最后还不得看着我咽气？……李兵，以后你可要记住，钱是最好的东西，比爱情什么的都还好几百倍几千倍呢，这是我早就知道的，所以……跟你说个实话吧，其实，我是挺喜欢你的，喜欢听你说那些傻不唧叽的话，喜欢你被我说得一愣一愣的，喜欢吹着夜风坐在你自行车后面，可是，有什么用呢……我早知道，爱情是没用的，钱才是最有用的……所以，你要趁早明白了这个道理，一来，不要怪我从前无情，二来，自己今后也要学会做个无情的人……"

19　邵丽珍

不过，李兵还是听不了小沫的话，他做不了无情的人，仍旧一个人倔犟地想办法东挪西借地一天天给小沫在医院里撑着。很快地，周围能借的几个朋友都借过了，借过也又都用光了……没有办法，虽然明知会得到一顿数落，虽然明知也拿不出多少钱，李兵还是不得不跟父母两个开口了。这些天他瘦得厉害，衣服穿在身上像挂在衣服架子上，开了口，就低下头像等候发落似的。

邵丽珍看着儿子，又是心疼又是生气："嗳，儿子，我说，从头到尾，那个小沫姑娘算得上是你的女朋友吗？你是跟她正经八百地约会过呢，还是带回来给咱们见过面？人家早红口白牙地回绝了你，你还在自个儿迷迷糊糊……倒不是妈妈绝情，你倒冷静地想想，这肝腹水不是别的，花再多的钱，就是多拖两天的事，换不了肝，全白花……退一万步，就算能把她给治好，她就真的肯跟了你嫁给你么，你也不想想，她那心有多高……"

李大海在旁边咂着嘴阻止邵丽珍说下去。

邵丽珍自知说得有些过了，却用眼睛白白他："你也别光咂嘴，有什么好主意，你倒说说看……"

李大海叹了几口气："丽珍，你不是跟我说过，那个波波爸爸也就是那个蔡总，曾经跟你说过，有些东西，花再多的钱都是值的……我看李兵对那个小沫，实在是撒不开手，怎么能让人家活蹦乱跳的一个姑娘就那么回家等死呢？花些钱，也算是买个心安，要不然，李兵以后怕是很难再谈朋友……"

李兵仍是低着头一言不发，好像邵丽珍不答应他就不准备抬头似的。

"好吧好吧，反正，儿子，这些钱我也都是替你攒的，你爱花在哪里就花在哪里吧……"邵丽珍略带些烦躁地说完，迅速进了里间，好像生怕再待一会儿自己就会反悔似的，她在里间翻出存折，有四千一张的，有两千一张的，还有五百一张的，一起捧到李兵面前……

这些存单，邵丽珍平常无事会经常点数点数，一遍一遍地加，虽然每次的总数都一样，但是，她就喜欢那个累加的过程……唉，这下罢了，平常是一毛一毛地抠，连买斤青菜都要还价，连路上看到个空饮料瓶儿都要捡起来卖钱,现在却是一眨眼工夫全都送出……

邵丽珍别过脸去,不再看那几张存折了,她生怕自己再看下去,就会没出息地哭起来。

李大海看出邵丽珍的难过,咽了咽唾沫,干巴巴地劝了一句:"算了算了,别这样,留得青山在,咱们再慢慢儿地从头攒起吧……你放心,那玩意儿,我也不打算再买了,咱们的运气,大概真的不可能好了……"

邵丽珍现在确信,一人一条命,她就是个劳碌的命、烦神的命,是不可能有闲情儿闲工夫、不可能真正过轻松日子的。前面这几年,儿子的工作问题如影随形,好不容易这事解决了,波波那里也了了手,算是功成身退了。本以为会安安闲闲地跟李大海一起过些舒泰日子,谁知道,小沫这事又如藤萝上身了……她倒也不知道气了,反正兵来将挡,水来土掩,日子不还是得一天天过?

邵丽珍现在成了医院的常客——为了节省些伙食费,邵丽珍每天中午、晚上各送一顿饭到医院。得肝病的人,饮食还特别讲究,不能太荤腥又要有营养,邵丽珍要花上十二分的心思才能做出小沫能吃爱吃的饭菜。

伙食费是省了,医药费更是个大头,为了科学地节约这一开支,邵丽珍潜在的公关才能又派上了用场。她从家里翻出从前在促销会上得到的那些小玩意儿,反正都是几十块一样的,都很实用,送给医生护士小姐们,显得很亲切。很快地,邵丽珍就跟整个楼层的医护人员都熟悉了,大家也看出邵丽珍家中的不易,手下行个方便,尽量开些效果相近但价格却低得多的药;加上邵丽珍勤快,经常地帮着护士们干这干那,人家一高兴,免了李兵每晚的陪床钱……这样,一天下来,倒是能省上两百多。

虽是如此，钱还是像决堤的水似的一泻而下，邵丽珍拿出的那些钱，再过两天就要见底了。邵丽珍掐指算算——这是算了不知多少回的了——李大海每月800，自己的400块内退工资加幼儿园工资600块，李兵在兴源见习期的工资950，统共2750块，就算一个月全家人都封上嘴巴不吃不喝，再加上小沫家每月捎来的800块，也才够小沫一个星期的医药费呀……

唉，早知这样，当初就该接了蔡总介绍的那个活儿，去替人家的小狗洗澡，那样的话，一个月也该多出个大几百吧……不行，还是不够，也许真不该听了老李的，当真应了李兵，当真让小沫这样靠药物撑着……可是，人家那也是一条命哪，怎么能当真就闭眼不管了……现在这样，眼看着就空了，接下去怎么办？难道还指望天上掉下包钱来砸着脑门……

这天，邵丽珍送完饭食出了医院，都舍不得坐公交车了，只顺着人行道慢慢儿地走，一边想着心思。

前面那些天，小沫倒也算是配合，毕竟是要条生路的，该抽水就抽水，该挂水就挂水，该吃药就吃药，但是最近，饮食上突然就弱了，送过去的菜常常原封不动，问起李兵，孩子就开始哭了，说小沫其实是不想再拖着一家子人了，又说她怕报答不了邵丽珍那样一分分抠下的钱……唉，这孩子，这样懂事、招人心疼，真不该是个心比天高命比纸薄的命呀。不行，还得找个空再劝劝她，别自己先泄了气，要不然，前面那些钱，不真的白花了……刚才，好说歹说，小沫是喝了些鱼汤，又让李兵吃了半条鱼，保温桶里还有半条鱼，她打算带回去重新用酱油爆一下，给李大海当晚饭菜。唉，这样一家人都耗着，又没什么好东西吃，连李大海最近都瘦了……

正这样想着，突然看见李大海迎面走来，走得急急的，好像有什么不得了的事似的。邵丽珍站下来，胸口突突地跳起来。李大海今天是怎么了，怎么看上去有些不一样呢——邵丽珍眯起眼睛仔细地看着，终于看出个不一样来——李大海的左手里，细细的夹着样什么东西呢，一边走，那手一边上下甩动着……

邵丽珍不敢再往前了，心咚咚的像在敲大鼓，她吓得停下来。由于是逆光，她看不见李大海的表情，也看不清老李那手里拿着的，那……到底是不是一根烟呢——他是愁闷得重新抽起了烟呢，还是已经中了那个500万大奖呢，有了那个500万，什么事不都结了么……不对呀，李大海不是说过，他不再买那玩意儿的，哪里又会中什么奖呢？不过，会不会，他仍然在瞒着自己买呢……

邵丽珍望得眼睛都有些酸了，算了，她闭起眼，她想，就闭三秒钟，等她再次睁开，她就可以看到李大海的表情啦，就可以看到他手里拿着的是不是一根香烟了……

2004年9月14日

燕子笺

一

　　小学里的束校长，该算作是东坝的知识分子吧，人们普遍这样认为，他自己，在衣着、举止、气度等方面，亦颇有自知与自觉的意识。

　　他有两套中山装，一套瓦灰，一套藏青，在他认为重要的场合，轮流上身。他脚上的布鞋，鞋底与鞋帮间外围那一圈，长年保持着不可思议的白。

　　他一到学校就戴上蓝黑色护袖，下班后离校，这护袖常常忘了取下，人们在路上碰到，注意到他袖口下端的一圈白粉笔灰，觉得他真是特别的"校长"了。

　　他骑自行车，碰到再小的沟坎，也必要下车缓缓推着过，那推车的模样，形容不出的斯文与镇定。

　　快过年时，他替乡邻们写对联，贴在门上，连不识字的走过，都会站下来看，并觉得特别的好。

束校长一直希望，他能像个真正文雅的知识分子那样，读些千古书，想些千古事，可是不行啊，他的烦恼，实在太那个了！

比如，厕所问题。

东坝小学没有厕所，但有两百多名学生、八个教师、一个校长。谁都是吃五谷杂粮、有进有出的，没办法，他们就一直在学校附近的杜老头家借厕所用。

杜老头，人老，他的精明也很老。在东坝，谁都知道，人粪是最好的肥料，比猪屎羊屎都养地，比花钱买的尿素划算，有这么多的人去他家方便，应算是捡了大便宜吧。可是不，杜老头不这么认为：娘的！这些小东西，正在长身体呢，但凡有点养分的都被他们吸收光了，出来的，光是臭、特别臭，却一点都不肥。还有啊，这些崽子，屙屎撒尿的都不好好蹲，三个坑都给用得没法下脚，每天倒要费水冲刷好几遍……娘的，谁叫咱家靠小学近？唉，就当是做善事，总不能叫他们把屎夹在裤裆里念书吧！

杜老头每次见到束校长，都会这样用语粗俗地大声抱怨上一大通，次数多了，束校长便开始觉得惭愧，似乎他真的欠下了杜老头一大笔。但能怎么办呢，只能这样欠着。

总之每天，东坝小学的课间十分钟总是这样的风景：一下课，钟声尚未停下，孩子们就连跑带跳地穿过一片掩映在绿荫之中的窄路直奔杜老头家的后院，排队，男生一批女生一批轮流使用，男生还好说，女生就特别麻烦，又是裤腰带又是裤眼儿的，摸索老半天，特别是那些一二年级的，动不动裤腰带就打死结了，只得眼泪汪汪地等高年级的女生帮忙……外面等着的男生就不耐烦了，嘭嘭嘭地拍起用竹片做的门板，越是催里面越是急，那根长布条腰带像死了似的怎么也解不开，为此，真有不少倒霉的孩子不得不红着脸去跟老师告假，叉着双脚回家换那尿湿的裤子……

好不容易一个个都解决问题了，轻松了的孩子恢复了劲头儿，他们抓紧时间在杜老头家四处乱窜，做各样的试验和恶作剧：抓一把白米撒到水缸里，在灶膛里放一块砖头，把母鸡捉起来捆住翅膀，在杜老头的水烟杆里塞根火柴……诸如此类，皆是最富创造性与娱乐性的课间活动。

在地里做活的杜老头直到收工回家才会发现这种种怪现状，自然怒不可遏，总站到后院门口，隔着弯弯的小径，王八羔子小兔崽子什么的一阵放声大骂，正在上课的学生听到他们设下的炸弹已准时爆炸，得意地在下面咕咕乱笑，讲台上的老师不得不停下来花费几分钟来训斥一番——如此情景，日日上演，已成为老师们的心头肉刺。

特别是束校长，虽然明知是学生不懂事不争气，可他就不喜欢听杜老头这样骂。他自己骂没关系，老师们骂也没关系，可外人骂，不行的，他总觉得像在扇他的耳光，百般地委屈、失颜面。

故而，就因了这厕所，束校长对杜老头怀有较为复杂的感情，一方面是欠，另一方面是怨。总之，除非不得已，束校长总有些绕着杜老头，避免正面相逢。

当然，他自己也是要上厕所的，包括其他八个教师——多么无奈啊，这个厕所，搞得他们多少失去了些神秘感。虽则他们总是等上了课再去，以免跟那些熬不住的孩子抢地方，这样子，还多少能保留些不紧不慢的夫子风度。可是，真不巧，在去往杜老头家后院的路上，总是会碰到他们不想碰到的人：男老师会碰上杜家秀气的小媳妇；女老师会碰上高中毕业的小会计；当然更多的，是那些半熟不熟的村民，他们迎面走过来，尊敬地放慢脚步，用那种体己的声调客气而亲热地说着："老师啊，上厕所哪？"。听听，这是什么话。

也曾打过报告给上面申请经费的，可张干事说了，哎呀，别的小学都是打报告要求买课桌买地球仪买油墨机，噢，你们东坝小学倒要钱盖厕所——厕所，对一个小学来说，不是必需品，而是奢侈品，明白吗？

明白了。越明白便越丧气。总之，厕所问题，让束校长困扰极了。

作为知识分子，束校长解忧的办法，自然也跟东坝的人们不大一样——东坝人会蹲下来抽上几口烟，或喝上点陈皮米酒，或是关了门睡上一觉。这些，束校长皆不喜，他一般是在学校教室后面的"瓢地"慢慢走上一圈。

东坝小学没有围墙。教室前面就是操场，操场前面就是大路，而两排教室之后，则是块不大不小、状若水瓢的空地。这"瓢地"，因背着阴，不远处临着河滩，当中间又竖着根电线杆，故是不成用的，只听任它胡乱地长了些草，堆了些不知何时留下来的旧砖石、碎贝壳。杜老头家的鸡们常在此四处觅食，偶尔有人把羊牵来吃草。那电线杆下，只要有狗儿经过，都要抬了腿出恭。

曾经，束校长是想过，这块瓢地，应当种上桃与柳，槐或榆也可，总之，春来了，有红有绿；秋来了，有落叶与果实，让学生们来观察，然后做作文，顺便，还可以跟学生讲讲"十年树木、百年树人"的道理，该多好——这是为公。要是完全照他本人的意思，就单种竹子，一天天瞧着它茂密起来，连成一片，风过处，飒飒有声，就是叫唐朝的诗人来瞧了，怕都是对得起的！

但一直没有弄。束校长实在也算是很典型的知识分子：许多事情，头脑里想得比谁都美，只是就一直停在头脑里，没有行动的。

不过，这会儿站在这里看看，瞧眼前这完全天然的野趣，倒也真符合束校长的心境。他的心里，跟这地一样，乱，野，没有主题。

　　束校长正站在瓢地那里惆怅着呢，伊老师来了。
　　这伊老师，在东坝小学，相当于师爷那样的角色。跟束校长的诗意与文人气相比，他算是入世的，并且，他有个最大的特点：会体恤人，别人无论想什么，他必定猜得一清二楚。比如现在，他就知道，束校长又在烦扰起厕所的事了。
　　"校长，我呢，倒是有个主意。"伊老师往左右各走了几步，然后停下来，望着眼前这散漫的空地，"一直地，我就在动这片地的主意，动了很久了。不如，我们用上它种庄稼吧，自生自产，有了收获，卖出钱来，然后再用那钱建厕所。"
　　"把这片地，弄成田？"束校长实在太惊讶了，都不好意思回头看伊老师了。这伊老师，怎么这样的俗气起来！老师要有老师的样子，学校也要有学校的样子，好好的空地，哪怕就这样空着，也不能变成"田"啊，那成何体统，太可笑了！
　　伊老师一本正经，特别沉得住气，他知道束校长耳朵根子最软不过。
　　"束校长，我也知道，学校里种庄稼，有些不像样子。但我们东坝小学，真的就打算永远都没有属于自己的厕所吗？等、靠、要，都不行的，拖一年就是耽误一年！还不如利用这现成的空地，自力更生，趁早行动起来，只要积下钱了，这厕所，眨个眼，说盖就能盖起来！"
　　伊老师用手在半空中一划拉，画了条大角度的弧线，如同神笔马良，好像眼前就立刻有了两间干干净净的厕所：红砖青瓦，左右分别写着白白的两个大字：男、女。并且，能瞧出来，是束校长的手笔。

还能瞧见，师生们正在堂皇地、从容地进进出出，享用着东坝小学自己的厕所！

束校长的眼光也顺着伊老师的手臂划了一圈，是啊，他亦是瞧见那厕所了——但，不是裸着的红砖，那太简陋，他是要刷一层白石灰的，白墙上的"男、女"二字，倒可以用红色来写；并且，不能忘了，还是要种几丛竹子！

束校长有些沉醉了，他没有吱声，只是很矛盾地盯着眼前的空地。

唉，人世间的许多体面，为何总要用不体面去换呢。一只黑狗突然跑来，停在电线杆下，看看束校长、伊老师两个人，犹豫了一下，还是抬腿照常撒下一泡尿。

束校长忽然想道："可是，这片地，真要种上什么了，能卖出几个钱？真能够就盖上厕所了？要攒几年？"于经济上面，束校长总有些糊涂，主要的，是他喜欢并纵容着自己的这种糊涂，觉得正好有点文人的样子。

"哦，这个，我看看，这瓢地，总有五六分的样子吧，具体的账我回去可以弄出来，但大概估计下子，我看三四年足够了。"伊老师知道束校长还有五年就到退休年龄了，他断断不会碰那个敏感数字。

——其实，伊老师心里有数，聚沙成塔，但这沙与那塔间的距离，有些漫长了，三四年怕是不行，毕竟才六分地嘛，边边角角的，中间还有根大电线杆子。但他只能把预计往短里头压、往肥里头塞，说得乐观一些。

"再说，校长啊，东坝小学又不是办一年就关门的，这可是子孙万代都要受惠的事情，人家古人还讲个愚公移山呢，咱们这点志气要有的!你呢,不要怕难为情,孔子只说过,君子远庖厨,可没说远茅坑啊!"

束校长一直对古人的事情、古人的语录最为信服,伊老师真算是切中要害,一连串搬出典故来,束校长的耳根果然如期地软了:"可是,哪个来弄呢,毕竟,这么大一块地,也是烦的,也是吃力气的。"束校长有自知,真叫他弄地,行业有别,那实在是斯文扫地,他干不了。

"我来弄好了,六分地,小意思,带着就弄掉了。人闲着也是荒废,再说,力气省下来,又不能当钱卖!"伊老师见他的主意得到采纳,高兴极了,什么难处都不在话下。他随口大包大揽,完全忘了一点——他就算在自己家,也是个很少下地的人。

头顶上忽然一阵叽喳的鸟叫,他们一起抬头,那高高的电线上,正停着一小群麻雀,此时已是深秋,燕子们早飞离东坝去了南方。可束校长总情愿那是燕子,瞧瞧,细伶伶的线,上面几只,下面几只,左边几只,右边几只,有疏有密,燕子与线谱,这样搭着,才对。

二

清理那块歪斜的瓢形六分地,颇费了些劲。束校长穿上了他的瓦灰色中山装,像要主持会议,形式上虽是隆重的,但他出不了任何的气力。好在野草本来便是枯的,砖石杂物么,伊老师则发动高年级的孩子们动手。这些半大不大的孩子,平常家里使唤,不免龇牙咧嘴,可在学校,那个卖力劲儿,反正不要上课,怎么的都是好的,何况伊老师还发动各个班级搞劳动竞赛——一个小半天,也就弄齐整了,齐整得都嫌不过瘾似的,孩子们纷纷围上来询问:"下次还有什么活儿?还是给我们比赛干吧!"

把个伊老师给欣慰得,暗中直冲束校长使眼色。怪不得说人多力量大呢,想想看,不用说六分地,就是六亩地,又算什么!

杜老头也在一边赶着热闹,指指点点出主意。从一开始就是这样,听说要把这瓢地给弄成田,杜老头竟比哪个都高兴、都积极:"早该着的呀!白白地空着,太糟蹋了!我就一直心疼呢。"为了表示支持,他主动吆喝出一头牛来,拉着犁,深深地把地掀了三遍,每走一遍,他都情不自禁地蹲下来,用手指捻那土疙瘩:"娘的,看看这土!真黑!真黑呀!"

束校长有些不好意思接杜老头的话儿,这老头儿还根本不知道,这土里,几年之后,是要长出厕所来的,将来,就再也没有人到他家的茅坑去送肥了。哼,别看他一直那样骂骂咧咧的,可真的,肥就是肥啊,好比钱就是钱,等孩子们不去他家屙屎了,他肯定会非常失落的!不过说真的,束校长同时也感到一阵快要翻身似的喜悦——到那时,就再也不会感到欠着杜老头了,再不用听着他骂学生了……

却说这地,半大不小的,种点什么好呢?老师们七嘴八舌地商量,带着点置办家业的喜气洋洋,可实际上,个个儿都是半调子的农业家,主张乱得很。

伊老师在家里仔细问过女人,这会儿,张口就来,好像深思熟虑:"不要一年三熟了,弄个两熟便好。眼下正好先下油菜籽,明年芒种前后,收了菜籽,便种黄豆与花生,十月份掘了花生、拔了黄豆,再撒油菜籽,如此循环往复,都是好伺弄、好收获、好售卖的庄稼,坐

羽 毛

稳了就是收成，也最能出价钱。"

束校长听凭伊老师主张，他只点个头，从大方向上把握一下，故意地与那片地保持着谨慎的距离似的。反正，在束校长想来，只要不种麦子不种玉米不种棉花，便不能完全地算个农田，他的心里，便要好过一些。这一点，伊老师看来是早就有体谅了，他提议的那几样作物，都是东坝人种在边角处、斜坡处的小玩意儿，不大作数的。

杜老头伸头在一边听，也很赞同，他热心地贡献出一大捧精选的油菜籽儿，却不是白给，只提出一个要求：明年把油菜秆子归他做柴火。行，这个买卖，轻巧，两头方便。

确实，只要天气作了主，油菜啊，是种很懂事的作物。闷声不响，没两个星期，撒过种子的那个小方块儿便绿了，先是矮矮地、齐整地，像毯子，很快便乱了，叶子东一片西一片支棱着，十分的拥挤——这便是要移栽了，要把它们一棵棵均匀地分布到整块六分地上去。

这可是个"蹲活儿"。"蹲活儿"得女人家才擅长，真要让伊老师像朵大蘑菇般地在瓢地上蹲着，太不好看了。伊老师向束校长告难。他们两个把学校里的三个女教师翻来覆去地想了几遍，怎么都开不了口。说实在的，做教师么，总是挺讲究样子的，特别在学生面前，好像一蹲地，就跟他们的家长一样了，以后再用普通话讲课，味道就不对了。

可那菜苗儿，却不肯体谅人，一天天大了，要跳起来似的。杜老头也急得不行，半路上碰到上厕所的伊老师，截下来问清楚情况，杜老头一拍腿："早说嘛！"

他遣来他家的小儿媳，连着两个早晨，一直蹲在地里，头深深地埋着。偶尔也走神发呆——学生们在教室里念书，虽不大整齐，她仍是侧了耳听,露出佩服而享受的表情。

束校长呢,他这天正好手上没课,就专门在地两头拉线。他这人做事,就是太仔细,虽然瓢地的形状不大好,可他就是要求那菜行一定要横平竖直,像学生打的格子,而那菜秧,好比是安放在格子中间的生字。好在就六分地,那小媳妇又是耐心的,或者也是因为稀奇——全东坝都没有人这样的:拉线栽菜,把种地当作绣花。瞧瞧,校长就是校长啊,多么不一样。

伊老师呢,由着束校长去折腾,他只负责对新落地的苗秧儿浇水施肥。那水,是从不远处的河里来的;那肥,自然是从杜老头家来的。杜老头倒也说了公道话:"哪里来哪里去啊,这肥,本就是你们的。"他让伊老师用细勺,来来回回地慢浇,伊老师的动作有些笨,总泼泼洒洒,可他却竭力装得从容,像把瓢地做黑板,长柄勺做粉笔,板书出几行算式。

淡淡的臭味在空中飘开来,学生们的读书声倒更带劲儿似的——这里的孩子,放学走在路上,甚或回到家里,常常都会闻到这味儿的,实在不觉得什么。

可浇完了地,伊老师很不放心,他让学生闻他的衣服,并在袖口、裤脚处细细地检查,生怕留下味道或水迹。嗨,他呀,是不敢让女人知道他在学校里做活。他在家里,还挺金贵,女人不舍得他吃苦的。

庄稼是最有良心的,转两天一瞧,那几十来行油菜秧,就整整齐齐如出操的士兵了。束校长给学生训话时,有时会拿这些菜秧儿做比方:"你们惭愧不惭愧?难道就不能学学那些菜秧,站得稳稳的,从不乱动……再说那菜,吃的什么喝的什么,可怎么就长得那样绿?而你们,天天儿地这么多老师跟在后面喂,可看看这个平均分!看看这个最高分！看看这个最低分！"

给校长这么一说，那些学生，再看到那块瓢形的菜地，倒敬畏起来，言语、步子，都收敛了，回到教室，看看黑板上的生字生词，心血来潮了，跟菜秧赌气一般，突然摇头晃脑，大声念起来。

毕竟菜秧娇嫩，为了防止鸡啊羊的捣乱，束校长背着手转了几圈，想出招儿来。他四处搜罗了些竹棍子，剪得一样的长短，然后找来红塑料绳，在瓢地周围，扎起了一圈半人高的竹篱笆——瓢地弯了，篱笆便弯，瓢地直了，篱笆便直，金镶玉一般地、水绕山一般地，弄得特别妥帖、清秀。

总之，比起东坝其他所有的田地，这六分地，就是与众不同，一看就是学校的，就是知识分子的，就是束校长领导下的。就连瓢地当间杵着的那根电线杆儿呀，看上去，也特别富有志向，笔直地连着电线，一直通向最远处。

不仅外边的人们夸，就是东坝小学的老师们自己，也是自豪的、珍重的。这里，现在成了他们的另一处活动场所，没事便到瓢地来散散步、聊聊天，好像这倒不是块菜地，而是个供人超脱的去处，有点桃花源的意思，着实流连忘返。

特别是站定了，看那不言不语、正准备度过严冬的菜苗，竟会感到一种辽阔的寄托，但到底辽阔到哪里、寄托了什么，却又很模糊了。当然，也会想到这瓢地所肩负的厕所之任，不过这想法相当隐秘——束校长特地跟每个老师都交代了，关于这片地的如意算盘与远大理想，要保密，等到钱数凑得大概齐了、厕所有眉有目了，再给学生们一个惊喜。君子行事，敏于行讷于言，这是最起码的修为。

那些被蒙在鼓里的学生，只在高一声低一声乱乱地读书，准备期末考试了，准备放寒假了，准备过大年了。这片地啊，就先放着吧，由它慢慢长去。

三

开了学，二月里下了两场雨，恍然一瞬间，那些油菜就蹿出个儿、就抽出苞薹了，再隔上半月，就黄灿灿、就香喷喷了，蝴蝶、蜜蜂一阵阵地乱飞——说实话，真俗气透顶，束校长感到有些不满似的。以他的审美来看，他更喜欢菜秧，那份秀气与含蓄！可瞧瞧这油菜花，一开出来，便是疯狂的、不节制的，甚至可以说，是妖艳的。

阿嚏！阿嚏！浓郁的带着花粉的风儿吹过，束校长连打两个喷嚏。

可是在拍毕业照的时候，这片油菜地，倒是出足了风头。

每年四月，乡里照相馆的摄影师都会很隆重地扛着带三角架带黑罩的照相设备，带着做背景用的白幔布上门服务，替六年级学生拍毕业照，个人的、集体的、三朋两友的等等。这是六年级学生在毕业之前最为激动人心的重大活动，就连低年级的学生也会跟着一起乐，踮起脚尖围成人墙，看那些毕业生动作僵硬地坐到摄影师指定的板凳上，头发用水梳得贴在脑门上，对着黑洞洞的镜头摆出一个极不自然的、振作的假笑……

可今年，因为有了这瓢地里的菜花，嘿，毕业照倒拍出新花样来了。

自然，是那见多识广的摄影师起的意。说起这位摄影师，自然，那是另一个人物，简直算得上是东坝的艺术家。他的眼光与作风，人们就算再不理解，也一定要强迫自己理解，因为，他代表一种风尚与潮流，是极其进步的……这当中，总有许多有趣的故事，此处且按下不表。只说这个四月，正是这位摄影师，带着个助手，拍完了常规的标准照后，他四处转了转，突然瞧见这片开疯了的菜花地，眼睛陡地一亮，捋一捋半长不长的头发，两只手搭成一个框子，在眼睛前面忽远忽近地移动，突然一打响指——这么个动作，派头极了——他大声倡议："同学们，搞点艺术照嘛！"

  他拉出一个毕业班的女生做示范，那女生发育得早，个子高，身形也有了意思，虽是扭捏，虽是脸色通红，却还是配合得好的：可不是哪个人都会有这种机会的！

  摄影师从教师办公室找来一本杂志卷成管状，让女生半握着放在胸前，又让她把头发夹到耳后，然后半侧过头，向着远方深思着什么似的。而背景，自然喽，就是这围有篱笆、开满菜花的瓢地。

  不得了，看看！简直就是《大众电影》的封面嘛。

  毕业班的女生们马上受到了感染，三个一群、五个一伙地也把她们的生活照及同窗照也移到了这六分地跟前，有的拿本《新华字典》，有的拿本精装日记本，有的特意回头含羞一笑。做这些动作，女生们甚至想到了龚雪、林芳兵……她们这时肯定还想不到，或者想到了也不愿去想——照片冲出来拿回家，劳作了一天的家长看了，恐怕是要骂上几句的："花了那许多钱，怎么还是站在泥地前拍？还拍油菜花？这有什么好拍的！糟践啊！"

  这么一来，可不嘛，摄影师今年开的照相单子比哪年都多！他高兴极了，一个劲儿地夸奖这块瓢地，一出口便成章："如诗如画！风景这边独好！束校长，你太有眼光了，我是上下左右到处跑的，走过那么多小学，还从来没见过哪所小学里种地呢！"

他主动提出来，要给全体老师免费拍照片："你们啊，也站在这菜花跟前儿，但不要拿字典或报纸，我建议，每人夹一个蓝色的硬壳讲义夹，做出大步流星的样子，你们还记得那幅画吧，《毛主席去安源》，对，就按那个样子……"

伊老师内心十分的甜蜜，饱涨得都要溢出来了，从学生们别出心裁的生活照开始，到老师们的免费照——这一切，难道不正是因为他当初的一个点子，才使瓢地变得这样闪闪发亮……但他一点不张狂，反倒愈加地往后缩，等到其他的老师都拍了，他才上去"做动作"：臂下夹着讲义，另一只手往后摆，一只脚提起来，寓动于静，自然而豪迈。

所有的老师都拍完了，偏偏束校长死活不肯照，大家替他把护袖扯下了、把头发上都抹过水了，他也不照；并且，他的表情忽然就有些涣散了，虽是竭力掩饰着，可谁都瞧出，他是巴不得那摄影师赶紧收了家伙，结束这一切……

好不容易，得意的摄影师、闹哄哄的学生们全散了，赶紧地，伊老师找到束校长，后者还站在那块瓢地边上。

这回他没猜着校长的心思："怎么了，哪里不对？"

束校长抬起头，眼睛往那电线杆子上瞧——热乎乎的春天来了，现在，那电线上站着的，可是真正的黑尾巴燕子，或飞或停，姿势伶俐。

"伊老师，你没听到？那摄影师方才说，他在全县上下到处走，从没见过哪所小学里有开田种地的呢！"

"这又怎么了？这个问题，一开始，我们就知道的啊。"

"但上面不知道啊。你说，他们，若是知道了，会怎么看这片地呢？"

伊老师也把嘴唇紧紧抿起来。一块不成样子的闲地,种上作物,是天经地义的,还真没想那么多。难道这还有错了?

四

说话间也就到了六月。

而六月,对小学校来说,是有些不寻常的,第一是因为儿童节在这个月的开头,第二是因为期末考试在这个月的月尾。因此,这个月,总有些悲喜交加、热闹紧张的意思。不仅对孩子们如此,对老师也同样,对校长尤其是这样。因为照乡里的惯例,每年此时,都要搞一场"六一文艺会演",全乡的小学,不论大小,都要参与进去,每家出两个节目。

自然,这是个其乐融融的活动,但身在其中,总是费脑筋,要想节目要选人才,束校长得亲手抓——别的老师,每个人,右手有两班的主课,左手有三个班的副课,还就数他做校长的,左右两只手都是能空出来的,故而,学校里,敲钟是他,早晚考勤是他,检查卫生是他,大考小考刻钢板印卷子还是他。总之,教师们没有时间做的事,就都是束校长的事。

因此,束校长一下子便忙起来了,忙得几乎完全忘了那瓢地了。他把"文艺会演"放到心尖上了——学生做操时他挨个儿地看,找身条儿好的;上课时他趴窗户口看,找面孔大方的;晨读时他罩着耳朵听,找声音洪亮的;上音乐课时他坐到教室后听,找个五音齐全的。其实,这些学生,他个个都熟,但仍是要慎重,逼着自己用新鲜的眼光去重新考量，以图新的发掘……照他的想法，两个节目，背一首诗吧，唱一支歌吧，能怎么的，图不了新鲜、冒进，但能热闹了，参与了，便好。

他这里在上下求索呢，伊老师那里也忙得很。可不是，这刚好到芒种的时节，抢种抢收的高潮啊，外面的田地上，家家户户都忙得六亲不认了。同样地，那瓢地里的菜籽啊，也全都老黄了，涨鼓鼓、沉甸甸地，扶都扶不起，碰都不敢碰，怕把那菜荚给惊动得绽开来。

挑了个大清早，趁着露水珠的潮气还能"锁"着菜荚，趁着孩子们还没到学校，有些偷偷摸摸地，伊老师约着另外两个男教师，把菜籽给"抢收"了——瓢地像被剃了头似的，秃下去，露出白白的菜桩根，虎头虎脑。

束校长把他精挑细选出来的"艺术人才"领到一间空教室，打算集中培训，推门一看，里面却堆满了菜籽秆，结实的，粗鲁的，带着令人气恼的油香气儿——束校长正满肚子想着选什么样的诗歌、唱什么样的曲子呢，猛地瞧见了，竟莫名惊诧，复又莫名惊慌，他总感到他的眼睛被这一大堆菜籽秆给勾着似的，无处安放、无处躲闪。他觉到不对：教室里堆着菜籽秆——这个场景，是经不得推敲的。他一下子又想到摄影师的那句话了。

不管了，束校长强压下心里的焦虑，在教室角落里勉强找个空处，对演出人员——三名学生讲他的节目计划。

朗诵的同学，你赶紧的，把《大堰河，我的保姆》背熟了，这是配音的磁带，拿回去熟悉熟悉——那孩子嘀咕着："我家没有录音机……"

至于唱歌，束校长还没想好。这回选出的两个孩子，各有拿手戏，一是《梅花巾》插曲,一是《红牡丹》主题曲,两个孩子也都唱得好,如何取舍呢,可真叫个难!

正在这时,伊老师急忙忙地找过来,很急迫的样子,扑面第一句话就是:"这第二熟,咱们就按原计划,花生与黄豆,间种了?我想这两天就把种子下了,赶得早、收得好!"

束校长扭头打量伊老师,从下往上看,一下子先瞅到他卷起的裤脚上、鞋面的干泥巴上,最后是头顶上,发缝里支着两根菜荚片儿。唉,什么时候开始的呀,好好的个伊老师,那样斯文的、清闲的个伊老师怎么就变成个庄稼汉了!束校长想要皱眉,可是他怎么能皱?人家伊老师,这一切,还不是为了厕所!他做校长的,该表扬、该心疼才是。

"呃,你看着办吧……"束校长终于还是没说出表扬的话来,一表扬就是肯定与鼓励了,可说真的,他不愿意伊老师这样呢。

伊老师也回过神,不是说过,他是最体恤人的,他看看那几个同学,瞧出来束校长的情况了:"节目有难度?"

"是啊是啊。"束校长很高兴伊老师转了话题,他觉得,这才是校长与教师间应当探讨的话题。于是,他如此这般地介绍了一下他碰到的取舍之难,说得特别详细,语气特别严肃、正经,多么了不得的大事情似的。好像只有这样一说,他才觉得,东风压倒西风了,对劲了。

伊老师想都没想地脱口而出:"哦,要我看呢,两首歌都上,两个人都上,各唱各的!女生唱一段《姑苏城里好风光》,男生唱一段《牡丹之歌》,然后女生再唱一段,男生再唱一段。这不就结了!就跟我瓢地里一样,种一行花生,再种一行黄豆!准没错儿!"

束校长这一听,眼前大亮,可不是,这么个好主意,怎么就没想到!他重新看看伊老师,又看看占了大半间教室的菜籽秆,突然激动了,几乎歉疚了,竟上前一步,冲伊老师伸出手去,姿势很标准地握了握手，说的还是普通话："谢谢！谢谢！"

三个孩子看得呆了，伊老师也感到十分羞怯，真的，这么些年，他从没跟束校长握过手呢。

孩子们上台的时候，束校长突然加了个道具，他找来几张《中国少年报》，卷成长筒儿，往三个学生的手里塞。这是吸取往年的经验，小孩子站在台上，若是手里空空，准会捏衣角、抓裤子，或者玩红领巾，总之，会做出一些影响效果的小动作，而有份报纸在手上，他们就可以小幅度地挥一挥，并强化某种气势和情绪。

没错，这个灵感，是从摄影师那里得来的。出发到乡上参加文艺会演之前，照相馆送相片来了，师生们都围上来看，有人看到自己头发没梳好，有人看到衣服掉了一粒扣子，束校长则看到所有照片里那些如出一辙的姿势，越看越觉得好、耐看，这么地，他受到启发了。

可是，就算束校长这么殚思竭虑了，东坝小学的演出还是……不成功的。首先，与人家的集体舞或儿童快板相比，他们的节目样式，明显土气了，还没有上台呢，几个孩子就有些畏缩，涂了过多油彩的脸上汗津津的，像刚打了一架。其次，是朗诵的配乐卡带了，试了几遍，均是不行，那孩子开过好几次头，到最后，便干巴巴如同背书了；而两首歌穿插着唱——这么新颖的形式，却偏偏没有人欣赏。总之，东坝小学的节目是一个名次都没有的。

好在束校长事先并无什么野心，况且中午饭很好，免费的——每人两个大肉包子，一个煎鸡蛋，一瓶橘子汽水。孩子们皆吃得欢欢喜喜，肉包里的油都滴到白衬衫上啦，束校长在一边看着，心情竟是好的……

正吃着呢，张干事在肉包子的葱香气中找到束校长。

果然，上面是知道了。张干事倒也客气，递给束校长一根烟："听说，你们学校自己开了块地，师生齐动员，都上了阵，都下了地……"

束校长连忙点头，这个自然不好赖的，学校么，就那么大个地方，那六分瓢地、那上面的庄稼又不能躲的，谁去都能看得见。

"种得还好吧？收成如何？"张干事这样关心起来，可瞧他那神情里，根本就是别的意思嘛——哪个同意你们用公家的地的？哪个同意校长老师不务正业的？好好的学校，怎么能弄这种事情？再说了，那些收成与产出又算哪个的？

想了一想，束校长决定好好交代。与上级任何部门打交道，他有一个经验之谈：实话实说。只有说实话才是世界上最妥当最踏实的事情："谢张干事关心。那地挺肥，刚收了一茬菜籽。我们是打算呢，一季一季种下去，用庄稼卖出钱，积少成多，然后，自力更生盖间厕所，你知道的，我们一直缺个厕所……"

张干事定睛看着束校长，眼神趔趄了一下，好像本来是要跨到束校长前面一大步的，跨到半途，又强迫自己缩了回去。张干事低头吸起烟："也没什么，就是有别的小学，也要向你们学习，把学校里的空地利用起来。乡里面全都否定了。你们这里的情况呢，他们让我专门问问……"

束校长一边听一边背后发汗，但他现在感觉到，张干事，是站在自己这边的。他便接连地点头——这是他与上面的人打交道的第二个经验：如果不知道说什么才好，点头总是没有错的。同时，点头也是他向上面示好的最高级别了，过分地受宠若惊、摇尾乞怜，他是做不出的。知识分子么，不好那样的。

"那先这样吧，我替你跟他们解释。不过记住，以后绝不要动用学生下地。那个,不行的。"张干事又丢给束校长一根烟,束校长夹到耳朵上,心里还挺美。

下午么,就是总结、表彰、合影等等,这文艺会演便算结束了。

回家路上,束校长带着头,后面三个孩子高高低低,像几棵小树似的跟在他屁股后面。正好是日落黄昏的时分,不冷不热的微风吹得每个人的衣服都鼓鼓的,走在最后面的孩子突然举起他没舍得喝的汽水,像举起了一只无线话筒,用他那还没有变音的嗓门大声唱起他练习了无数遍的《牡丹之歌》:"啊——牡丹——百花丛中最鲜艳……"那精神气儿倒比刚才在台上要强一百倍。

"你们几个,见过牡丹吗?"

"没有。"

"没有。"

"没有。"

"您见过吗,束校长?"

"我呀,也没有……咱东坝没有的。"

"可我们东坝,有无数的油菜花!"

几个孩子笑得咯咯的。束校长忽然想起来,倒一直忘了问伊老师,那菜籽,全部打出来,到底能卖几个小钱?

五

新打出来的油菜籽,深红的,泛着光,有些油腻般的,束校长肆意地抓上一大把，再慢慢从指缝里滑下去，绸缎一样——按说这也不是头一次见了，可哪次见的都没这次的好。

自从得了张干事的默认，束校长的心境一片晴好。他痴站在那里，对着菜籽摸了又摸，欣喜异常。那心情，竟然跟看到学生考满分似的。反正，只要是这学校里的出产，成绩也好，庄稼也好，他都欢喜。

伊老师可要比校长稳重得多，这只是阶段性的胜利罢了，带着那种任重道远的表情，他正在选黄豆种子，端着把小孔筛子，熟练地打着圈圈，这样，大而饱满的黄豆便一颗颗跑到上面，他再用手掬起，放到一边的盆里……

束校长在一边瞧了，却不够满意似的，他蹲到盆边，抓起黄豆种子，眼睛斜虚着，特别挑剔，恨不得一粒粒捡起来对着太阳照。其实，他也不是真要挑种子，他是要跟伊老师说句话，抒发一下他的胸臆："这段时间，你太辛苦了，毕业生的家访，你就不要下去了。我来替你跑。"

也是啊，六一文艺会演之后，全校的精力都放到了即将开始的六年级毕业考试上，这同时也是老师家访的高峰期。因为伊老师能说会道，往年，他是必定要出场的。

说起来也真有点让人伤心，老师们之所以要家访毕业班的孩子，其主要目的，是劝说家长们让孩子进入乡里的初中继续读书——全乡现在大大小小的小学有九家，初中却只有一所，并且往往连两个班都还招不满。

每回上门，家长们对老师当然非常客气，但这客气是为了接下来的拒绝，家长对老师们的固执感到有些不可思议，认为他们教书都教得有些迂了："先生啊，再读下去有什么用呢，都已经能写名字会算账了，读报纸都溜得很哩，还要学什么？我能让他读到六年级都是看在你们的面子上……还不如回来早点帮我盘盘那五亩地，多一双手，总是好的……"

这届的六年级一共 34 名学生，其中只有 8 名是家里已经同意上初中的。剩下的 26 名学生，束校长与另外一个老师各分一半，他叮嘱那老师："每一家都要走到，你不要怕费脚头、费口舌，多说合成一个，就等于给我们东坝多出了个人才，他修成了正果，我们就等于是造了七级浮屠……"

初夏的夜晚，虫鸣啾啾，露水正在无声地降落，家家户户从窗户里射出微黄的光线，敲响每个家门，就像进入了一个特定的梦境——女人还在锅台忙碌，男人则在灯下打磨钝了口的割刀，孩子从灯下抬起惊讶的目光，他发现束校长的神色显得分外郑重。校长向前探着身子，有些不自信，又有些难为情，开了口："让孩子去念初中吧，没准，几年之后，就是一个大学生呢……"

大学生？这是多么遥远的名词，遥远得都像在做梦了。孩子看看父母，又看看校长，突然袭来的倦意让他趴在桌上眯起了双眼，而他的命运，也许就在这几分钟内，在束校长与父母的低声交谈中，显露出明确的路径……

出了学生的家门，束校长总走得特别慢，一路上慢慢推算：刚才，有哪几家是有允诺的，有哪几家怕是落了空的。

走着走着，似是无意识地，还是回了学校。

月光下，他顺着每间教室走，一年级教室、二年级教室、三年级教室、四年级教室、五年级教室、六年级教室，像把整个学校重新参观了一遍似的，最后，停在教室后面的瓢地上。

那地里,伊老师已经刨出一行行的洞了,束校长知道,花生种子已拌上了水与草灰,在草垫下闷着,明天就会下地。月光下,那些小洞,带着淡淡的阴影,小嘴巴似的,张着,焦渴地等种子进去。

束校长恍然觉得,他的心,也像这六分地似的,同样有着许多的空虚的小洞,同样大张着嘴巴,焦渴地等着将许多的学生种进去——在东坝小学的这么多年,他一直有个梦想,想要在他做校长的任上,能培养出一两个出息的大人物来。哪怕那人物,大到最后,都记不得这么个东坝小学了,那也没关系,他束校长自会记得的……

可是啊,就这么个梦想,每年却都还像是燕子似的,新生报到入学的时候飞来了,毕业生离校的时候又飞走了,让他从不敢认真指望。

束校长习惯性地抬头,月光下,那长长的电线竟成了银色的一般,闪着暗哑的光,空空荡荡——这会儿,燕子们都在东坝人家的屋檐下睡着呢。

六

漫长的暑假,学校的操场顺理成章就成了周围人家的公用晒谷场,杜老头自是用得最多,新收的麦啊,玉米啊,蚕豆啊,山芋干啊,腌瓜条啊,白天摊开,晚上聚拢。一天天地,晒到最后,拿起一颗来,放到牙齿上嗑一下,"嘣"地便裂。嗯,对了,这才完全地收起,秋收冬藏,妥当地存放到他的房屋里去。

束校长有时也到学校转转,算是个检查与管理的意思,其实并无要事。小学校里能有什么,不过是些桌椅书本,哪个稀奇。再说,有杜老头在哪,操场上晒的那些东西,因要移树阴、移屋阴,隔上个把时辰,他就要给晒物翻身的——但束校长仍是要来的,这里面,有种形式主义的责任与担当,他喜欢。

巧了,这天,倒碰到伊老师。后者打扮得像个稻草人,大草帽的檐子遮得脸都看不见。他在锄草。

现在,那些花生与黄豆,都长得有半条胳膊那样高了,但在它们的字里行间,杂草也长得欢着呢。伊老师便在锄草。

伊老师见校长来了,便小心翼翼地从地里跨出来。两人站到屋阴后,略微有点穿堂风过,不那么热了。伊老师摘下帽子,脸色热得通红,身上的衣服灰不溜秋,被汗湿透了。束校长想想自己——面上的肤色、布鞋的勒口、身上的汗衫,都太白了,白得让他生自己的气,白得不能够站在伊老师面前。

但伊老师不觉得,他用草帽扇扇风,倒有情致讲起诗来:"所以说啊,古时候的文人,其实都是乡下人,你看那句,锄禾日当午,为何要当午?他懂得很呢,只有当正午太阳最毒辣的时候,锄下来的草才会真正枯死,要不然,那些个杂草,接到一点水气,就马上生根复活了……"

束校长听着,更加不安,他摸了摸,倒忘了带烟。两手空空,很对不起人似的。正为难着,却见杜老头捧着个大西瓜来了,一路滴着水:"喏,我一直吊在水井里的,你们快吃,正冰得好!"

于是便吃瓜,果然冰得激牙齿,汁水交流。这一吃,伊老师更有心境了,乃至做起远景规划:"束校长,你可知道?这个黄豆啊花生啊,特别'伤'地,你想想,根在土中,枝在土外,它们倒那样无中生有地结出花生、结出黄豆来,消耗该有多大!所以,绝不能连着种的,地会给掏空的,因此,明年呢,我打算改种大蒜、种西红柿与青椒，嘿嘿，卖到县城里菜场上，听说价格全都贵得很！"

束校长心里面直摇头，不对的，这片地，种些小五谷倒也就罢了，依稀有些古风似的。蔬菜？绝对不行，他不能想象那样一个场景：伊老师，蹲在某个地方，跟人家讨价还价，然后，拿回来一堆带着大蒜味儿的零钱！

可束校长没有说出来，只把话另外岔开："我倒问你，上次的菜籽，卖了多少钱？"

这下子倒把伊老师给问得警惕起来，他以为校长等不及了，对这片地失去耐心了，对厕所的大业有所退缩了——想了一想，他决定滑头了："校长，你别管这么细啊，反正我都记账的，你要信得过我，到年底了，我一并把收支报给你，或者，你慢慢等着，哪天我突然就跑过去告诉你：校长，钱凑齐了，咱们可以盖厕所啦……"

束校长这一听，也自觉问得唐突，倒好像不信任人家似的。他脸上一热，即刻夺过伊老师手里的草帽，拿起锄头便往地里走。其实，他还真没锄过草呢，可是，应当不太难吧。

伊老师拦住："校长，你的鞋！"

束校长低头一看，可不是，瞧布鞋的侧边沿，那一圈该死的白！但不管了，束校长要跟唐朝的李绅攀比，人家那么出名的知识分子啊，都"锄禾日当午"！他束某人也是可以作为一下的。

九月份的开学，全校皆喜气洋洋，犹如大家庭添新丁，这也是束校长最为高兴的时刻。瞧瞧吧，那一群群面色红黑、瘦小结实的小不点新生，活像新收上来的山芋，好似还带着泥巴、带着枝藤呢。跟往年一样，有胆小爱哭的，也有泼辣浑不知事的。

报到时，束校长一个个地看，问名字，记模样；做操时，他又会挨个儿地看，问名字；路上碰到打闹的，喝住，再问名字……这样，三五天下来，新生的名字他就差不多能叫得全了。全校的孩子都是这样过来，他统统记得名字，这一点，是最让大家佩服的。所以东坝人，若要讽刺一个人的记忆力，便会这样说：你看你，你以为你是人家束校长啊！

但他的记忆力在经济上不行，前面也说过，他是有意为之，总之，学校的账目，来来往往，无论大小，都是伊老师一手在管，从无差错。伊老师记账，有个特点，分得颇细：日常用度是一本，教师工资是一本，学生学费是一本，学生书本费又是一本，逢上张干事他们下来检查了，他便捧着一小摞本子，坐在那里，嘴唇抿着，要什么，他便准确地抽出一本来，翻开，只见一长串数目，顺溜地往上斜……这回，为了这六分地，自然，他又新建了个账目。

可这本账目，伊老师却记得不似其他几本那样漂亮了，下笔之际，常有犹豫，黑白之间，欲言又止。

——再过二十来天，这第二熟的花生与黄豆便可以收获了，可是，参照上次的菜籽售卖所得，可以预计到的，数目很不乐观，就算累加起来，就算以后每一年的收成都能保持这样的水准，乃至略有上扬，但，这离建一个厕所所需的费用，还是远得很，从东坝到北京天安门那样远。

说起来，筹钱建厕所这件事，大方向总是没有错的，只是，在时间上，伊老师自觉，他实在是班了束校长：在其退休之前的这五年，恐怕绝无可能了。毕竟，那厕所，要砖瓦、要水泥、要木料、要人工……为此，伊老师愁起来了，这愁，还是独个儿地愁，跟任何人都说不得。

特别是昨天，他听班主任老师给新进来的一年级新生训话，讲学校生活的各项纪律，前面各条，皆冠冕堂皇，讲到最后一条，却啰啰唆唆的完全上不得台面："上厕所，要男女分开排队，要抓紧时间，大便最好在家里解决；裤腰带要学会打活结，不会打的同学要互相帮助；上完厕所，不得在杜家逗留玩耍，更不准乱动乱碰……"伊老师在外面听了，忽然感到一阵沮丧，浑身都失了力气般的。

正在那里呆滞着呢，迎面倒见束校长笑嘻嘻地过来，他是刚刚从乡里开会回来，一路走一路在戴着护袖："伊老师！两个好消息！刚才会上宣布过了，全乡九个小学，数我们东坝小学今年新生最多！第二，乡里中学的初一年级里，我们东坝小学升上去的，排在第三，这是了不得的，以前，常常排在老末呢！看来，家访不家访不一样的！乡里叫我介绍经验，我没保密，我就全告诉他们，怎样一家一家地走……"

伊老师配合地笑笑，看束校长那欢喜模样，他实在开不了口，说任何扫兴的事情。唉，还是先自个儿含在嘴里咽在肚里吧。得，还是到瓢地去吧，侍弄得越好，应该离厕所便越近。

实际上，现在的黄豆与花生，皆已临近收获，就像停止发育的孩子，再给什么好吃好喝的，怕也是白搭，说不定还会沤了涝了。可伊老师想，用眼睛瞧着，好好地瞧，那肯定只有好处没有坏处——这个道理，在学生身上最明显。每次乡里搞单科竞赛或是模拟测试，临到考前，给学生们讲重点讲难点，倒越讲越糊涂，但是，好好瞅瞅他们，说几句轻松的打气儿话，效果却好得很！

伊老师于是便蹲在那里看。

黄豆的叶子上满是锈斑点儿，豆荚也是绿中带黄，里面圆圆鼓鼓的豆儿似乎都能看得见摸得着，这样的好太阳再晒个五六天，就会"完美"地黄了……可那些花生，城府就深了，只是埋在地里，完全不显山露水。可这个，叫伊老师喜欢，正如他喜欢山芋、藕、芋头，这一类的作物，似有一种通人性的狡黠与幽默，从小长到大，只管吃化肥喝粪水，对农人的回报，却瞒得结结实实，像在考验这弄地的人——你力气如何、你手艺如何、你舍不舍得下本钱……直到终了，把土地打开，像拉掉幕布、掀掉面纱，其根部的果实，忽然就摊手摊脚、饱胸凸肚地出来了——但愿啊，这瓢地的花生，跟东坝所有的花生一样，是肥硕的蓬勃的……

伊老师就这样看着，一边默默地祝祷。忽听得后面有轻轻的脚步声，不用回头就知道——束校长。

束校长仍然保持着残留的笑容，但他没有陪伊老师蹲下来看花生。蹲，这个动作太东坝了，他要一蹲，就不像是校长了。他把伊老师拎起来："嗳，都快要收成了，怎么你个脸倒是这样？有什么事跟我说说好了。"

伊老师却赖着不肯起，他偏要让自己矮在那里，以便传达他低落的心境："校长，我对不起你。这几天，我估算出来，这瓢地，怕要种个七八年，才能把厕所给种出来。"

束校长"嗨"了一声，向四处望望——没有东坝人经过，也看不到学生——他便叉着脚挨着伊老师蹲下来，咕咕地低声笑了："是啊，一开始我是急的，最好马上就能种出个厕所来，可现在，伊老师，你可能都不信，我倒不那么急了，我甚至想，就这么一直种下去，也未尝不可。唉，四时行焉，万物生焉，这六分瓢地呀，这么的小，却又这么的大，大得令我惭愧。看看我，太狭窄了，种下个小学生，就老指望着要长出个大学生。这其实是不对的。总之，我现在，太喜欢这片瓢地了，它比我强，我喜欢看着它长得这么实实在在的……"

"真的吗？"伊老师也低声笑起来，他信束校长的话；可他同时又认为，束校长这是在安慰他，也在安慰自己。

"可是，伊老师，我们还是没法再种下去了……其实，我到乡里开会，还带来个消息，我刚才没告诉你。"伊老师听到束校长站起来了，一边掸他的护袖。这个动作，分明是个假动作。束校长到底要说什么？

"嗯，就是关于这瓢地。乡里的意思是，这一熟收上来之后，下面，就不要再搞了，宁可野着，长草。"

束校长的声音从上面传到伊老师的耳中，特别的轻。

最后一熟的黄豆与花生，收上来，在操场的一角，晒了许多天，一直晒到十月底起秋风了，伊老师才懒懒地收起来，抓在手上看了半天，粒粒饱满，令人心疼，不看也罢！索性一股脑儿地转给杜老头，让他代卖。

他现在只是想这块地的账本，记得半半拉拉的，虽说余得不多，但毕竟，有一些钱在账上呢，不能就一直这么挂着吧。他也请示过束校长："要不，几个老师，把这钱……"

束校长马上大摇其头："啧，你怎么不懂事了！我们自己万万不可拿了这钱，一拿，那就真成问题了！放着吧，就放着吧。"

于是，那账本以及账本后面的一点钱，就一直放着。像块咸肉挂在梁上，随着越来越凉的秋风，慢慢地变得硬了、风得干了。

这之后，还发生了一件小事。归根结底还是跟厕所有关——有学生拿了杜老头家一样小东西。

是个三年级的男生，啥也不懂，小解后便进屋子东窜西窜，不意进了人家小媳妇的厢房里，一眼瞅到个药瓶儿，就拿了出来——男同学们喜欢趴在地上玩一种瓶盖子游戏，谁搜集得多，自然本钱就多，就可以做老大、玩得更痛快。

束校长平常没事喜欢在学校里四处巡逻，看到地上有片纸，捡起来，有块狗屎，铲掉，白墙上有鞋印儿，擦掉……可这天，他捡到半瓶子药，正稀奇着呢，定睛一读上面的小字，却明明白白写着"探亲避孕药"。

束校长简直受到惊吓了，连忙用手握了收到裤袋里，一面用最快的速度拼命地想：这是哪里来的？

可越是着急却越是糊涂，只得找了伊老师，把东西拿出来，两人一起研究。伊老师头脑倒是一片雪亮，连用两个"肯定"："这肯定是杜老头小媳妇的。肯定是学生在他们家拿的。"

"何以见得？"

"上半年搞计生普查，我被拉去帮忙登记，知道一些情况。我们学校三个女教师都做过手术，并且，这附近几十户人家，只有杜老头家儿子在外地当兵，两地分居的，才会用得上这个……"

"哎呀，这个……"束校长完全地噤住了，他想到那样的可能性——紧要的时辰上，杜家小媳妇伸手取药，却扑了个空，因此上，她生出个二胎，乡里计生办追根溯源，一直追查到东坝小学……

"这可怎么办呢？"束校长束手无策，像要交白卷的学生。

"这个倒也好办。一个班一个班地收瓶盖，找到相配的，再找那瓶盖的主人，然后，让他自己去还，哪儿拿的，放哪儿，就当什么事都没有。"伊老师不紧不慢地，但有下半句话，他没说：这可是个严重的信号啊！

是啊，这个事情，算是过去了。可伊老师知道，束校长也知道：这个厕所，急迫的，真的是个天大的问题啊，绝不能将息……他们一定要找到解决办法。

七

想法么，也像种子，只要在心里埋下了，总会拼命找水找土找空气，然后，弯弯曲曲地发芽。伊老师心里的种子，突然地，找到个发芽的地方了。

因快到元旦春节，跟全中国所有的地方一样，大会小会特别多，讲安全、讲计生、讲禁赌、讲过冬防冻等等。小学也是一个单位啊，要拎上去坐在下面。束校长呢，顶怕开会的，就总差伊老师去顶窝子。

好在伊老师是个全面的人才，捧个本子记录、鼓掌、表态什么的，都能做得很场面。最关键的是，他特别能领会会议精神，就算是一掠而过的话，他也能抓住其重要的言外之意。比如，这次，在一次传达县委精神的会上，他突然听到一句："某个了不得的大企业，无偿资助全乡教育资金多少多少……"

伊老师忽然感到，他藏在心里面的那粒种子，耸动了一下。

回到学校，他就找束校长紧急汇报。束校长这个人啊，就是这方面不够敏感，他张着嘴，不明白："怎么了，这句话怎么了？"

"我们可以去争取一下啊！说不定，能要到点钱……"伊老师不愿意直接说出"厕所"这两个字，这是个大计划，说出来，怕破了。就像东坝人求菩萨保佑个什么似的，只宜在心口里默默地念，不好直接说出来的。

这下，束校长懂是懂了，可他非常悲观："那些个钱！肯定是要办大事情用的，哪里轮得到我们这个……"束校长也不说那两个字。

"谋事在人么。"伊老师嘴巴收紧了，显出一点世故来，"正好到年底了，我们不如，正式地邀请张干事，下来看看工作，顺便请他吃顿饭吧。他在上面，总是能替我们说上话的。"

"吃饭？"束校长下意识地把脚往回缩了缩，离开伊老师几厘米。这是个好主意，可也是个为难处，他手里可没有请人吃喝的款项。

伊老师倒往束校长前面又凑近了几厘米："你放心。不用另外花的，我们那瓢地，账目上不是略有些菜籽的收入么，加上放在杜老头那里代卖的花生与黄豆。总之，取之于公，用之于公，没有关系的。差不多刚好能吃顿像模像样的饭。你听我的，这样做，肯定只有好处，没得坏处。"

张干事欣然答应了束校长的邀请，风尘仆仆地骑着自行车来了。张干事其实是有些歉疚的，一撑好自行车，倒先往那教室后面的瓢地里去了，他看了看地边上一圈篱笆——时日太久，红色的塑料绳也早掉色了，松散了，在风中飘。他有些感叹："束校长，这一看，就知道你是花了功夫的。"

然后，张干事才看教室。这是星期六的下午，孩子们都回去了，大扫除过后的教室，四处亮亮的还留着水印儿，黑板被擦得太干净，倒显出边角处的磕巴与裂缝。板凳都搁在桌子上：有方凳有圆凳，有长脚有短腿，像不同的孩子坐在桌子上玩儿似的——东坝小学，只有统一的课桌，板凳是学生从家里自带。学校后面的墙报，贴着一圈的作文纸，糨糊干了，那作文纸便歪斜了或是脱落了。

束校长带着两个教师陪着张干事在前面看。伊老师和另外几个教师却在杜老头家的灶间忙得团团乱转。这顿请饭，所有的酒菜，都在杜老头家操办。

杜老头大略也已知道，这饭是为了厕所呢，但杜老头还是忙得分外活跃，如同自家里的大事。他对整桌饭菜的格局提出了许多建设性的好意见，伊老师从善如流——采纳了。

酒么，不用说，洋河大曲，硬碰硬的，东坝人家招待贵客，都兴这个。

黄豆与花生，正好现成儿的，前者卤了，后者炸了，满碟装了，管够。另外切上一盘猪头肉、一盘咸鱼干，都是土产，不费钱。这四样，下酒再好不过。

仍是黄豆，杜老头拿到豆腐坊，换回上好的百叶与老豆腐。再到塘地里去挖了些慈菇，到地里割了肥得发黑的韭菜、大蒜与冬油菜。到鸡窝里杀了只鸡，捡些草鸡蛋。秋收的大米与面粉。反正，看到家里有什么现成的，便取用了——伊老师呢，不含糊，一一记在小本子上，他不会亏待人家杜老头的，这一点，老杜也是有数的。

另外，买了肉，称了鱼。

这么的，炒菜汤菜也出来了：韭菜炒百叶、小葱摊鸡蛋、大蒜回锅肉、清炒油菜、慈菇红烧肉、蒸江鱼，最后上的是三鲜鸡汤，还有油炸面饼子……虽然都是家常菜，但油足量大、用料讲究，味道很正，特别是那鸡汤，杜家小媳妇用麦秆小火足足熬了三个钟点。

找了间空教室——就是原来被伊老师堆过菜籽秆、被束校长当作排练室的那间，几张课桌一拼，一个张干事、一个束校长、八个老师，吃了没几口，就喝开了，喝了没几口，脸就都红上了，话就都多了。

这人与人之间啊，吃饭与不吃饭大不同，不吃，便永远是那么淡淡的，好似不远不近、不疼不痒，可是，若筷子勺子在同一个汤盆里碰碰，酒杯端端，一下子，就质的飞跃了。

张干事喝得不少，嘴巴明显地松了，他甚至隐隐约约地流露出来，明年，他似乎是要高升了，要从干事到助理呢！伊老师最会顺杆子爬了，他当下就举杯祝贺起来，简直显得有些轻佻，并且还那么功利，要张干事"高升后，要一如既往、多多关照东坝小学！特别是在经费计划、经费下拨方面，要体谅到东坝小学最大的最急迫的难处……"。

这话，多好呀，束校长听在耳里，像有人替他在背后抓痒，上面下面左面右面，全都挠到了——特别解苦。可是尽管如此，他还是觉得不堪，太赤裸裸了，好像都要把裤子拉下来暗示"厕所"的事情了！他连忙端起杯子来刹住伊老师的车，另外寻了些冠冕堂皇的话："张干事，年轻有为啊，前途无量……"

喝多了的张干事是糙话细话一概收下。说实话，他喜欢这桌饭，喜欢这桌上那一张张油乎乎的嘴、红扑扑的脸，喜欢听他们想什么便说什么。没错，他今天为什么要来，为什么真的要吃下这顿饭，他就是要带好消息来了，就是要让他们高兴呢！那笔资助款，已研究过了，如何分配如何下拨，亦已有了大致的意向，其中，东坝小学这里，方才束校长、伊老师含在口里一直没说出的那件事情，正是非常有希望的……

张干事便点起头，非常痛快地再次地喝，并且响亮地放了个大爆竹："放心，春节一过，下拨到位，专款专用。"

奇怪吧，连张干事都没提那两个字，也许只是因为避讳着大家在吃菜喝酒，但每个人可都听得明白极啦！老杜推门进来送酒——可不是，两瓶洋河不够，又买了一瓶来，却见一屋子的人，都笑得那样美气，老杜更加高兴了，准是这桌菜，整得太漂亮了，看他们吃得那个油亮劲儿……

临到走的时候,张干事想起什么:"对了,这是面新国旗,最近刚到的。给你们带了一面来。"

八

崭新的国旗周一就用上了。迎着寒风,吹得猎猎的,风的声音一鼓一鼓。

束校长知道,要在大城市里,每到周一,小学都会举办隆重的升旗仪式,有专门的升旗手,还有专门敲敲打打的鼓号队。但在东坝么,条件既是不同,那就不攀比了。只要旗子升起来,都一样的。

东坝小学的升旗仪式,要讲特别,没别的,就是比较早。雾气都还没有散的样子,老师与孩子们的鼻头都是红的。为了怕孩子们冻着,伊老师先领着大家绕着场子跑,并抑扬顿挫地吹哨子,还喊口号——去!去!去去去!早睡早起!锻炼身体!去!去!去去去!

正在进入冬季的大地,原本是迷迷糊糊的,可是,给整个操场的孩子一跺脚,给那哨子一打拍子,倒醒过来似的,并且,连带着,整个东坝的早晨都提前到来了。这样,东坝小学的升旗仪式,无形中便有了个舞台似的,天地为幕,无边无垠。

束校长穿上了他的蓝黑中山装,他抬头看那旗子,因为新,所以特别红,估计大老远地里做活的人们都能看得一清二楚。冬季里,整个东坝的颜色,一向颇为单调:草是黄的,地是褐的,屋顶是灰的,路是白的,没什么看头。所以,这新旗子一挂出来,真的很跳——它的这种红,东坝人没有不喜欢的。

红旗的下面，束校长让全体师生都列队站整齐了。他迎着风讲话，事先也没想好，算是即兴了，为了文雅，他仍是没有提到那两个字。

"同学们、老师们，大家看到这面新国旗了没有？这是乡里面特地送给我们东坝小学的，同时送来的还有一个天大的好消息，但是，因为时机还不成熟，我还不能完全地跟大家传达那个好消息，但我可以先透露一点，这个消息，跟大家的方便有关系。到明年，你们就瞧着吧，我们的方便就会特别方便了……我希望，大家要时刻记住乡领导对我们的殷切之情，要化感激为力量，好好地学习、天天地向上！"

束校长的话，在清凉的薄雾里，响亮极了，特别是讲到最后一句，他很自然把音量调高、上扬，这是要大家鼓掌的意思了。其实那些大同学小同学，未必就听得十分明白，但有老师带头鼓了，于是孩子们也就一起跟着鼓了！啪啪！啪啪啪！

渐渐散开的雾气里，学校操场边上站着一小圈望呆的人也慢慢清晰起来，他们——本是走在做活的路上，或是收了早工准备回家，或是骑了车子打算出门采买，因看到红旗，又听到束校长讲话，感到这是一个特别好的热闹，便纷纷地停下来瞧，何况，操场上那一群高高矮矮的里面，还有自己家那个不成材的呢。束校长讲完，他们，也跟着孩子们鼓掌了，鼓得还更加响亮、热忱，包括杜老头，他一边拍手一边谦和而满意地对边上的人点头，因他家离学校最近，这热闹便像是他自家的，是他招待大家似的……

散了这大规模的升旗仪式，束校长看看表，正好要早读了，便走到老铁钟前，拿起放在窗台上的铁棍，当当当地用力敲起来，四散着耍乐的学生们，像一群碎屑子似的，很乖地，全都被这带着铁锈的钟声给吸到教室里去了。

　　各位带课老师到班上瞧过一圈，布置下任务，就让孩子们去自读了。老师们依旧回到办公室——每日的早读课以及星期三下午的一节自习课，老师们是有时间一起说说话的，这个时候，办公室的调子是最为愉悦。他们的谈话充满了一些只有他们自己才能意会神传的小暗号小典故小谐趣，其出处，会是某个学生离奇的造句、某本参考书闹出来的笑话等等。这种极为放松的谈天说地，似乎为他们营造了一种与外界隔绝的独特氛围。特别是冬天，透过那带有水气的窗户、穿过操场，往远处看，还能见到正在寒风里劳作的乡邻——对自己这一刻的超脱与闲逸，老师们均发自内心感到珍重而惶然，最终便会掐住谈话，低下头来批改作业。

　　但今天，他们掐不住了，刚才的仪式让他们兴奋起来了，想到那"方便处"，竟一个个热烈地讨论起来：具体的位置，男门女门的朝向，做几个蹲坑，接不接电灯，索性高级一点，安个白瓷的洗手池如何？再砌一圈花坛如何？等等，讨论得不亦乐乎，好像那不仅仅是一个厕所，而是一个景观，一个可以无限美化、叠加、寄寓的理想国……

　　这种闲谈，束校长一般是不参与的，可今天，他也按捺不住了，他奇怪这么几位识文断字的老师，竟然忽略掉一个最根本的事实：电线杆。他们怎么忘了在电线杆上做文章呢！而正是关于这根电线杆，束校长有他的美学设想。

　　束校长于是也开口了，另辟蹊径："要我说啊，起码有一点，咱们得考虑到那电线杆！要知道，它是让不过去的，一让，那厕所的位置就偏了、不对了，所以，这电线杆，肯定得从厕所中间穿出来，所以嘛，电线杆四周，是要挖出个大天井的，这样也好，可以通风透气，再者，你们知道吗？不加顶，还有个最大的好处，可以看到天，看到电线，看到电线上停的燕子。你们想想看，蹲在那里，一抬头，就可以看到燕子停在线上，恰如一行谱，岂不正好有些诗情画意……"

其实，最后几句，大概才是束校长最想表达的重点，几个老师都笑起来。束校长说得的确有道理，没有错的，可是，一边蹲坑，一边看燕子，听上去，就是有点想发笑啊！

这些讨论与笑声里，少了一个人，束校长眼睛一溜，发现了。是伊老师，那家伙，肯定又到那块瓢地边上去了。要在此前，束校长必定是要跟了去陪他一会儿的，但今天，算了，让他自己待着吧。

束校长只移到北窗跟前，用手抹一抹雾气，往外看。远处的河，白白的，像是已结了冰。有人牵着牛慢慢走过。电线杆上，有两只缩着身子的瘦麻雀，大风吹得电线晃动，雀不动，也不飞走。

电线杆和雀的下面，是伊老师的背影，正绕着已经零落了的竹篱笆转，看那曾经丰饶着，而今却袒露着的瓢地。慢慢转了半圈，伊老师四处望望，忽然蹲下来，扯出几根枯黄的草茎，送到嘴里嚼了起来。

束校长呼出来的热气挡住了视线，不要看了。他知道的，那同一个地方的草茎，就是昨天，在张干事走了之后、在他留下了好消息之后，带着一丝难以解释的失落与怅然，他也曾蹲下，也扯下来嚼过。是啊，只有嚼了才知道，那细细的草茎儿，别看外面黄得焦枯，可茎儿中心，却还是泛绿的，闭了眼小心地品，略有些涩涩的草根香。

2008 年 1 月 9 日初稿
2008 年 1 月 25 日二稿
2008 年 2 月 7 日三稿

饥饿的怀抱

一

我是突然造访儿子公寓时认识 Sophia 的,不久即开始了与她的交往。而我与儿子间出现实质性的裂痕,正跟 Sophia 有关。是的,得承认,我与她年龄极为悬殊,46 岁,这超出任何的宽容度和理解力。

更何况,我们父子,从一开始就有隐蔽的积怨,这跟一个"八十块钱"的典故有关——

有了女儿之后,是否要再要一个孩子,我们一直犹豫不定。一九七九年左右,突然传来关于"计划生育"的说法:每家只许生一个。

这怎么可能呢!任何一项政策的开初,都有种笑话般的荒唐性质,大家说说笑笑,觉得那是遥远而不可思议的。可同时,又产生了一种紧迫的压力,就像现在车牌限制、黄金升值之类,任何的风吹草动,人们总会想尽办法加以变通式的囤积,以争取一点微乎其微的利益——正是在那种近乎戏谑的背景之下,带着抢上最后一班车的心态,我们急急忙忙怀了儿子，然后，与同一批突袭生养的父母一起，心照不宣地藏着掖着，半公开半秘密地生下了他。

我们被象征性地罚了八十块超生费，就此得到一条合法的人命与一个合法的户口！比之后来因计生政策而出现的诸种离奇与惨烈，这简直就是"细细的皮鞭，轻轻地打"么。很长一段时间，特别是儿子小的时候，我们常常口头禅般地挂在嘴上，带着小户人家的庆幸：八十块的儿子，多大的便宜啊！许多倒霉的父母，丢了公职、罚得倾家荡产，还是个丫头片子呢！在无数次的传播与强化中，可以想见，这个"八十块钱"的故事，如影随形地伴随着儿子，像是植入小树躯干的一种特殊药剂。

早期，儿子不甚明白，因而显得自豪，尤其有外人在场时，为了吸引注意，他会主动地提起："你们知道吗？八十块……"

到了变声期的年纪，好像是羞于开口，对这一特定的"数目"，他表现得无动于衷，连一个应景的微笑都吝于流露，这让我们失去了反复谈论的乐趣与土壤。

渐渐地，他到了都不怎么跟我们说话的青春期，八十块钱，便如同一个过时且变了调的电影插曲，只在儿子生日时，我们才会哼哼着旧事重提，他的反应则更加莫名其妙。八十块！的确好玩！他从嗓子眼里发出短促的笑……我终于意识到，儿子的眼神表明：他痛恨我口中的这"八十块"。

毕业后进入电台拿到第一笔工资，儿子就到外面租了房子——合租公寓，自由而热闹，正合他意——就此把我甩得远远的。是啊，他那么年轻，我如此之老，于他，我甚至存有一种不愿承认的心虚，似乎他正代表着崛起的、最为新鲜的力量。

料想妻子也有类似的心理障碍，早期的母性现在转化为对儿子盲目的崇敬，除了管好他的吃喝洗用，她已无法再提供什么，每次儿子周末回家，她便留声机般地按下问答键："今天想吃什么呢？床单带回来洗了吗？晚上一定要少熬夜……"

儿子总不屑地笑笑，然后专心忙自己的事情：寻找特别的声源，录音。

不知怎么回事，儿子对声音极为敏感，好好的，总会突然停下来，注意地聆听一小段特别的声音。开水沸腾之际的嘶叫；把止痛膏药从皮肤上扯开，汗毛一根根拉长，剥皮般地断裂；洗衣机里衣服的铜扣子一圈一圈地敲打滚筒；楼上一枚弹子球掉到地上，在天花板上越来越快、越来越轻地弹跳。对面人家的门铃因为电池不足，那走调的曲子总令他拍案叫绝——邻居换了新电池后，他遗憾无比。

他的这个小爱好，倒也无伤大雅，我甚至暗中欣赏：一个有点古怪癖好的人，总是要可爱一些。

但当他带着录音设备回家来，就有点过分了。两只黑乎乎毛茸茸的采音话筒，像大猩猩的手一样伸到我的嘴边——他要录我含着水吞咽降压药的动静，我清嗓子吐痰的声音。他像一个灵感出了岔子的艺术家，在家里的各个角落梭巡，试图捕捉任何一点古怪的动静：早晨拧开水龙头，弯弯曲曲的管道中水流不畅的回声；灶台上煨银耳，往里面扔冰糖，如同小石子投入最黏稠的湖面，荡漾起的"扑扑"声；脱下毛衣，头发与毛衣之间发出的静电的"啪啪"声；阳台上，大风吹起，半湿的床单鼓起风又突然放掉风，那是什么声音？我找不到确切的拟声词。

不仅仅止于这些。他还戴着墨镜跑到大街上，手里捏着一支灵敏的微型录音笔，他所录的，可以随便想象：当你走上拧麻花般的三层立交桥，当你停在早点摊子前，当你撞上两个拖着编织袋的外地人，总之，你在大街上可能碰到的一切——闭上眼睛，滤去画面，只留下声音，那天真、不和谐、脏乎乎的市井声……

然后，他把这些声音放到他的节目时段里，每天放三到四个，让听众去猜……节目竟然因此大受欢迎，不知是无所事事的人太多，还是他们全都变得足够幽默，总之，他引起了相当多的关注和参与者——儿子竟是有些名气了，提起他的名字时，人们会说："哦，那个'搞'声音的主持人！"

"搞"，是个生动的说法。

两年后，妻子去世，我被接到女儿家跟她过。我们原先的家，便从地球上消失了。老年人的生活，是不能细想的。女儿给了我一间独立的客房，对我体贴且孝顺，可是这改变不了寄居的实质与老境的悲凉。梦里，我总觉得是住在旅馆，我把换洗衣服及药物都放在一只大包里，再把大包放在柜子里，好像只要需要，就可以从失眠的凌晨里爬起，迁徙到另一个陌生的地方。

儿子更少露面了，隔上两三周，才冷不丁、赏赐般地突然出现，像住进家庭旅馆，他丢下一些需要洗涤的衣物，瘦长的身子晃来晃去，在食品柜里翻弄，一边散漫地回答姐姐殷切的询问（与母亲的那一套差不多，无外乎是吃喝起居）。他显得有些神不守舍。

渐渐地，我发现他很少主动跟我搭话，并且越来越明显，偶尔我捕捉到他的眼神，突然地一亮，飞快地从我脸上掠过去。

——这个时候，我已暗中结识了Sophia。我有些心虚，试图努力。饭后，不抽烟的我会主动递给他一根烟，拉他在沙发上坐会儿。

他皱着眉头坐下，但不看我，也不交谈。他这样跟姐姐解释："我在节目里说得太多了。"后者于是理解而佩服地笑了："可不是嘛,这声带肯定跟橡皮筋一样,需要松动松动。"

于是,他就在我的一侧,摊着脚妥当地坐着,一言不发,带着不太友好的力量。有时,他一刻不停地发送短信,或是接电话,讲一些莫名其妙的事情,训练有素的声线响亮而浑厚,脖子里的喉结上下滑动,他那突然变得快活的语调表明:在这个客厅之外,在我的想象力之外,他有一个多么广阔的天地。

偶尔,我寻找话题跟他探讨。比如,他的那些录音,为什么会获得众人如此热情而广泛的参与,其背后,是否有什么社会学或心理学层面的因素……

如果他姐姐在侧,他会以最简短的回答敷衍我;客厅若无旁人,他会不那么客气地打断我,卷着舌头,似带有某种暗示般地冲我来上那么一两句:"啊,行了行了,别累了,我烦我的神儿,你忙你的事儿,咱两不管,别非得亲亲热热。"

我勉强回应以一个父亲式的外强中干的笑,同时一再对各种细节加以回忆和确认:不可能的,他不可能知道我与 Sophia 的什么。

二

我与 Sophia 在儿子公寓的头一次碰面,起因当然是儿子——他已经连续七周没有回家,打手机也只说忙。做姐姐的因此兴奋起来,满脸夸张的忧心忡忡,请我一定要尽到义务,最好上门侦查:他是谈恋爱了呢,还是失恋了,还是工作的缘故……

因为久不出门，那天我特意穿扮得极为整齐。退休多年的人，说得轻佻点儿，似有种红颜老去的心境，对生活特别的讨好、郑重，偶尔出门办事，格外的讲究，若能博得别人一两句客气的赞赏，可以暗中得意大半天。

我敲门，开门的就是她，Sophia。

她大概是在洗头，一路上滴滴答答。我不明白儿子的公寓里怎会有女孩子，他并没谈女朋友啊——其实这是早已流行的异性合租，我以为认错了门，犹豫地报了儿子的名字。

"他不在，您请进。"她大大咧咧地把我迎了进去，又到卫生间忙碌，哗啦哗啦的水声。

我紧张地环视，还没有从异性合租的震惊中恢复过来。这是一个四室两厅的大套，风格混乱，门上的大海报、角落里的哑铃、茶几上堆着拆开的泡面，一盆龟背竹半死不活，地上的接线板四面八方拖着。瞧瞧这些吧！我陡地生出老年人常有的沧桑感触，为这些孩子的新鲜生活而暗中感慨，并想到了我那拘谨的青春期，精神与肉体，双重的一贫如洗……

女孩子不知道什么时候出来了，正把额前的头发圈成一个奇怪的花样，用夹子固定。"我叫 Sophia！"她一边自我介绍。

"索——菲——亚？"我知道一个阔嘴巴明星。

"不对，别翻译成同音中文。"她皱着眉头，好像这非常要紧，"这是法文名儿。但可以用英语音标，跟我念：S-O-PH-IA！"她噘起嘴朝我示范。

我学过几年俄语，并且儿子女儿上学后整天在家听英语磁带，真要让我发这些音并不难。但我不太乐意。现在的孩子，真莫名其妙，一个法式发音的外国名儿，能说明什么？

她忽然走近，并伸出手，从两边往中间挤我的腮："跟我念。S-O，"接着又把我的上下唇捏成鸭子，"PH，"又撑开，"IA"。

长这么大，还没有人这样掰弄过我的五官，我有些羞愧，当然，也有一丝意外的愉悦，我不得不模仿着她，从喉间发出似是而非的声音。她的手湿乎乎的，在我脸上留下一团洗发水的化学香气。

Sophia满意了，她拍拍我的肩："很好，还挺聪明的。你这个岁数，就应当多学点新东西。要不然，什么都不懂，多可怜！"接着，她把我往旁边推推，一屁股坐到沙发上，打开笔记本电脑，在上面忙活起来，一边朝我努努嘴："要玩吗？这个游戏？不难！"

我跟她见面不过短短几分钟，她对我却如此亲切随意，拍拍打打，如同多年旧识，真让我莫名惊诧。万事万物皆在加速：火车，苹果或肉猪的生长周期，南极冰川的融化。从前，两个陌生人之间，要通过几个月来克服的羞怯与距离感，现在只要一两秒吗？

我往沙发另一边挪了挪，摇头拒绝了她的提议——我全然不懂电脑。

在我退休前的三四年，电脑开始普及，但因我在单位资格较老，年纪又长，众人便都放过我。退休下来，这么些年，更加不用提了——罕见地，在如此现代化的情境下，我于个人经验中顽固地保持着对电脑的空白。渐渐地，我甚至有些自喜，认为不懂电脑、不上网，也勉强算是一种可嘉的老派风格了。

她撇撇嘴："哼，人活着，就应当享用整个世界，好吃的，好玩的。你真傻，白活这么老了。"顿了顿，又热心地补充，"这样，哪天有时间，找我，保管把你教会。"

我告辞出门时，大约是出于她的交际习惯，Sophia飞快地报了一组号码，那是她的手机，她以为我是个年轻人，可以凭空记下这么长一串数字吗？但我不愿示弱，下楼时，嘴中念念有词，终于勉强记住。存入手机时，却碰到难题，因我不知如何输入一个外文姓名。想了想，在她的名字处，我输入了"少女"一词——这两个字，有如春风，让我感到一种特别的喜悦。

路边的梧桐树偶尔飘下枯叶，大风起处，行人捂紧他们的领口，萧瑟的秋景似有言外之意。我突然明白过来，她为什么会对我亲热而放松，一定，只是把我当成个失去性别意义的老头子了。

这想法让我有些沮丧，一会儿之后，我又突感轻松。怎么说呢，就像是，有人让我到舞台当中跳一支现代舞，我没有胆量，但有人又递给我一个面具，好极了，戴上它，就可以放肆地、随心所欲地跳了。我想，我的年纪，或许，就是那么一个适宜的面具吧。

68岁，多么典型的老头子啊——我经常会在我们的聚会上注意观察我的同龄人。

我留意我们说话时的嗓音，声带松弛，带着这个岁数特有的嘶哑，气流在口腔与嗓眼里盘旋，形成空洞的回声或短暂的停顿。频繁地，为了一个想不出来的熟人名字，我们突然失语，急得双唇颤动，半天没有声音。

我们的话题，一般总是滞后的上层人事变动与高官腐败，这是从机关退休带下来的惯性，很快，我们滑到保健与养生，糖尿病的饮食与降压仪的牌子……说着，有人会掏出花花绿绿的药瓶子，像年轻人分享口香糖那样，一只只手传递着研究。灰白干燥的手上缀满褐色的老人斑。

我们中的大多数，都戴着一顶样子过时的帽子，那帽子下面，我知道，是更加过时的发式——如果还有头发，并可以做成发式的话。帽檐下面是眼皮，一层层地耷下来，眼皮与皱纹的重量，使得我们看上去总像在打瞌睡。我们喜欢相互凑近了亲热说话，嘴巴里的味道立刻冲出来，不分彼此——那不能算是口臭，最多，只是老的味道。

分手时，我们会真挚地相互拉手；一遍遍重复雷同的道别之词，相约下次见面的时间与地点，这个说完那个再说。反正有的是时间，可以没完没了地说下去，反正一转身，糟糕的记忆力就会无情地背叛我们。

聚会最终散了，变矮了的胖身体、黯淡的衣着、迟缓摇晃着的步子，进入色彩流淌充满活力的大街，成为一道破败的风景。我站住、长久地凝视他们，像在看自己的背影，一边带着恶意提醒自己：一切还会更加糟糕！有一天，我们，连走都走不了，站都站不了……

可能，我的这种反应，不仅仅是生理性的自弃，还包括对死亡的不甘、对人间美好事物的贪念。我企图寻找到一条绳子，可以把我与年轻、与美、与时代紧紧系在一起，哪怕是通过一条常人不大能够理解的途径——是的，我指的是我与 Sophia 的交往。

我到合租公寓后的下一个周末，儿子回来了一趟，他没有对我们解释他前一段时间的消失，也没有提到我的贸然上门。看来，Sophia 没有跟他说起。这让我高兴，虽然可能只是 Sophia 忘了而已。

看到儿子，我突然又想起 Sophia 了。这是我第二次想起那姑娘。

昨天，我去机关退委办有事，大院里碰到几个从前的同事，他们为了什么事正在相互争论着推搡，看到我，他们恭敬地侧过身子，招呼我"啊，您老啊！过来办事吗？慢走！"，然后，再接着刚才的话题继续高谈阔论着走了——他们的对话我字字听得明白，却偏偏弄不懂具体所知。

　　这样的情形很多，不知始于何时，人们，包括只比我小上十来岁的那些家伙，都会常常说到一些我完全插不上嘴的话题，他们所用大概是简略语或英文速写，比如 CS、BT、PS、COSPLAY、KUGOO、PPT、RAR 之类。我承认我落伍了，我从来也不敢指望自己是个永立潮头的百事通，我在意的只是众人那种理所当然的态度：好像事情就应当这样，我就活该从热气腾腾的社会中一步步退场——这让我强烈地感受到一种决绝的、毫不犹豫的抛弃，他们、这整个社会，都不要我了！

　　同事们的背影消失在拐角处，我若有所思地跟随着他们的路线，最终，面对一块被修剪得毫无生机的小花坛，我一下子想起了 Sophia——我与她认识的那短短半小时内，她竟一下子准确地抓住了我的软肋，她怜悯我，还拍过我的肩，发出由衷的感叹："你呀，应当多学点新东西。什么都不懂，多可怜！"我还记得她当时的神情，像个准备帮助弱者的志愿者……这世上，似乎竟只有初次见面的她，知道我缺少什么需要什么！

　　我记下的那个号码是准确的吗？我急得浑身冒汗。

　　等儿子走后，我出门散步，一边掏出手机，笨拙而小心地按动，终于，找到了！"少女"，我嗫动着嘴唇，完整地念出那十一位数字，带着感恩之心，像软弱地抚摸过一丛含苞待放的花朵。

　　"嗳？哪位呀？"好极了，是她的声音。我没有记错号码，我抓住了我想要的绳子！

　　听上去，她把我给忘了。幸好我是在马路上，谁也不可能笑话一个语无伦次的老头儿——我尽可能详细地把那天的情形复述一遍，她在洗头，我找我儿子，带着急于让她记忆复苏的迫切，我不得不加进许多细节：她的发夹、她脖子里的水、衣服上的湿印子等等。相信吗，这让我愉快，我感到自己的视角与语气都很像一个富有朝气的人，为了取悦一个姑娘，在努力地表现他的小情趣。

"你那天答应我的，如果想学电脑，就找你！"我故意用一种轻松的口气。

儿子的节目是晚上七点到八点半。因此，我晚饭后六点半左右到他的公寓，是最安全的——无论如何，我不愿让第三个人知道，更不要说是儿子。

Sophia开了门，她嘴里啃着一个苹果，嘎嘎响："怎么，心血来潮了?！不过，你干吗不跟你家儿子学呢？绕这么大弯！"

"他呀，他认为我太笨，不肯教，所以，我想悄悄跟人学会，给他一个反击！"我以玩笑的形式撒谎，同时，我想我给了她一个明确的暗示：此事，要瞒着儿子。

Sophia显然心领神会，她哼哼鼻子："现代版父与子！那你以后就周三来吧，正好另外两个人，这晚都在外面上课。谁都不会知道我有你这么个学生！"

刚吃完苹果，她又打开一包海苔，同时还扫荡了一小袋鱼皮花生。她那大吃大喝的痛快样子，让我又羡慕又心酸，我简直都想不起来，我什么时候有过这样的胃口和牙口。

我坐到沙发上，小心地抚摸着手提电脑，把它摆得特别端正。说实话，我有点激动，也有些恐惧，以及对自己的不解：为什么，我突然间就妥协了，想要进入抗拒多年的电脑？这样真可以延缓衰老的侵蚀？可以证明我仍然活得像模像样吗……不，算了，别找这些大而无当的借口，为什么不肯直接承认：其实，我只是想跟一个年轻人说说话！我想感受生活那热乎乎甜丝丝的劲儿！

她的手机突然发出一阵刺耳的音乐——我后来知道,这是她的定时呼叫——她迅速站起来,从包里翻出一个小东西,我知道那玩意儿,坐公交时,大部分人脖子里都挂着它,然后垂着眼皮随着车身摇摇晃晃。她把耳机拖出来,塞进耳洞。见我盯着,她慷慨地分出一只小耳机塞到我耳里:"可怜,你不会都没听过 MP3 吧?"因为耳机线不够长,她离我很近,甜美的呼吸像是清晨的时光。我一阵感动。

左耳里突然传来儿子的声音,带着夜间电波里那种特有的温和与亲昵,紧贴着耳膜,被最大幅度地放大,Sophia 甚至把音量再调高了一些,这样,他好像是在跟我大声地耳语,并同时跟 Sophia 大声耳语,跟所有的听众大声耳语……听了大约五六分钟,我嗓子发痒想要咳嗽,拨出耳塞,感到轻微的耳膜疼痛。

Sophia 皱眉看看我:"我其实比较习惯用耳机听。算了,将就你吧……"她进入她的卧室,找出一个小收音机,上面贴满了粉红贴纸。打开开关,儿子的声音立刻在整个客厅响起来。

为什么要听我儿子的节目呢?她以为我需要,出于肤浅的家庭虚荣?我该不该告诉她,我基本不听他的节目,我不愿暗中关注他的工作,那显得有些巴结,不像个父亲。

Sophia 好像看出我的疑惑,她眨眨眼睛:"看,这样你就可以放心了,你儿子一直待在直播室,他不会突然敲门进来发现你的!"

我不好再表示反对。事实上,儿子的声音,以及他在电波里所"搞"的那各种各样莫名其妙的声音,让我的心情多少下降了几度,像有个小小的冰块扔进了我心里的那杯热水。

第一节课——我坚持用这个说法,她教我常识与术语,如图标、主页面、收藏夹等等。Sophia 嘲笑我严肃紧张的样子，特别是当我从口袋里掏出一个小本子，急促潦草地记录时，她乐得直拍我，说我是个可爱的老家伙……

直到儿子的节目结束，她才关了收音机，并宣布教程结束，然后伸了个大懒腰，拿起一盒蛋卷。为了防止屑子掉到沙发上，她用手接在下巴上吃，那样子我很喜欢看。

"你可以再待一会儿，你儿子很迟才会回来。你信不信，虽然我跟他住在一个屋子里，见一面还真不容易呢！早上我走的时候，他还没起床。中午我不回来。晚上我下班，他又上节目了，等我困得睡了，他都还没回来……"

我从学习的兴奋中慢慢平静下来，终于注意到 Sophia 好像并不特别高兴，那吃个不停的样子也显得不够自然。

"嗯，Sophia，你有事？要不，我还是走吧。"我想年轻的姑娘，总会有些追求与被追求的小事件，她或许在等电话，或者要打电话，一定不欢迎有个老家伙在一边碍手碍脚。

"不，没什么事。"她只管继续吃，嘴巴嚼着，"你走了，我也是一个人坐着无聊。你呀，跟你儿子长得真挺像哦。"她若有所思地仔细端详我。

我同样打量她，并在心中努力寻找可以跨越年龄差距的共同话题。她的头发很顺滑，黄褐色，也许那是染的。灯光照在上面，像是夕阳西下时的色彩，这让我忽有所感；最主要的，是她放肆着吃吃喝喝的样子，有种奇怪的刺激性，拉扯到我的胃，而我的胃，又紧连着我的初恋，我不能不想到她，我叫她做"白薯"的，在夕阳下的石桥上……

往事像潮水一样扑打上来，淹没至顶！就价值观与理解力而言，Sophia 肯定不是一个合适的倾诉对象，但我并没有太多的选择，有时候,回忆太凶猛了,让人挣扎不出。

"Sophia,要不,我……我跟你聊一个跟吃有关的小故事怎么样?五十年前的事了。"

三

不知有没有人研究过,吃不饱的情况之下,人类在情感上的需求是会膨胀还是缩小? 1959年,我十八岁,Sophia,比你现在小三岁。我饿得几乎停止发育,但我恋爱了,这听上去多像一个病句!

我所爱慕的那位少女,总的说来,是个磕磕绊绊的姑娘,从教室的后排走到前头,不是碰到这里就是碰到那里。"啪!",我的一只空饭盒,被她碰到地上。她惊惶地回头,头发垂在眼上。而这时,她的脚又踢到了另一条桌子腿。她细瘦单薄,从侧面看过去,像是张没有馅的薄饼。

那个年月,可以用一个词加以春秋笔法:空荡荡。走出门,土地、树林、山沟;进入商店,从货架到仓库;所有的屋檐下,那些柜子与袋子,碗橱与老鼠洞。触目所及,皆像空洞的眼神或大张的嘴巴,带有黑色的阴影。有的人家在锅里放进绳子与棉布,长时间地烧煮之后,大人与孩子们一起闭着眼睛吞下去。技巧不好的人被棉花干噎而死,但送葬者一致认为他是幸福的,因为他的嗓子眼里结结实实。

好了,Sophia,这样的描述到此为止,虽然我本可以说得更加声色俱厉、活灵活现。但我知道,以你这年纪的习惯和节奏,会多么不耐烦这些铺垫,你们喜欢直奔主题。我只是想强调一下,这故事,"空荡荡"是个重要的背景。然后，才是我的初恋，病句一样的情感。

  我所钟情的那个瘦长女生，她的上衣总是短短地吊着。课间操上，伸臂动作会让她的下襟提起，边角的肌肤倏地一闪。她的腰际，是透明的粉红，又似是神秘的蓝白，在我眼光里呈现出变幻莫测的色泽，越发加剧着我的爱慕之情。

  令人沮丧的是，我并没有机会跟她独处，虽然她与我是一个村子的——女生们总是那样，身边有个亲热无比的好伴儿。Sophia，你们现在也还是这样吗？一个女生与另一个女生，互为陪伴，又似是监视，带着醋意的友情。她的那个伴儿，一直与我们同路。

  那些星期六的傍晚，我们总是三个人一起从县中出发回家。漫长的乡路，她们一左一右地走在我身边，在胃部的绞痛之下，我喜欢把她们比作吃的：一枚红薯与一枚白薯。白薯，就是我的那个姑娘，苍白而笨拙；另一个，矮小黝黑的，则是红薯。

  半途，我们常常停下，对路边的田地加以分析，哪里可能还残存着一些被遗漏的果实。为了有所收获，我们会偏离大道很远，一直走到看不到村庄与行人的大地深处。

  秋风瑟瑟，我们像挖煤人一样十指黑黑，有时，借助瓦片或棍子，三个人像小野兽一样屈着下肢移动，偶尔停下，满怀期望地刨出一个大凹洞，希望可以发现胡萝卜、土豆之类。最可能的结果往往就是几枚小而畸形的红薯，为了品尝这得之不易的美味，我们会不辞劳苦地聚拢些树叶，点起火，一边取暖，一边烤得半生不熟，连皮一起吞食。

  那卑微的人间至味，连同秋风中渐渐熄灭的小火堆，以及坐在地上仔细吃着红薯的两个瘦小少女，总让我暗中悲怆得热泪盈眶。

  Sophia，你大约不可理解，我为何会那样的难过——毕竟，这情境与我构想中的初恋背离太远。我可以接受一个女伴的点缀,可以接受长长归途的疲惫,可是,遍地翻寻食物、就地分而食之,这里面,有某种简陋与顺流而下的东西,让我产生心理上的绞痛。我总想,我与我的白薯姑娘,最起码,应该稍微浪漫一点的……

一次,碰上雨天,我与少女们对食物的搜寻不得不终止,雨水中的长途步行令我们更加狼狈。

白薯的嘴唇有些发紫,打着寒战的肩头不时碰擦到我的胳膊。我低下头,看我们三个人的脚,单薄、脏乎乎的三双解放鞋,以那忍耐而伤怀的节奏,踩着没完没了的泥泞。

另一侧的红薯,倒走得冒汗了似的,浑身热乎乎的,散发出类似咸菜的味儿,给人一种可食的感觉。这让我产生了一种突如其来的好感,我朝她看去,后者,也正抬起她那双小而含笑的眼睛,紧紧地盯着我,我慌忙掉转开眼去。

这个红薯,此前我从未认真注意过她,她个子那么小,脸色黑红,先天带着笑一般……但我认为她的气质远不及白薯。

白薯的家先到了,她抖着乌紫的嘴唇跟我们道别,慌里慌张的,差点跌倒,冰冷的指尖无意中从我的背上掠过,带来一阵灼痛。这一瞬间,我多么心疼!她回过头来,看到我眼里的悲戚与怜爱,这似乎让她十分安慰,她冲我短促地一笑,露出一排牙齿——我可以确信:正是在这个饥寒交加的雨天,她跟我一样:恋爱了!她知道我喜欢她!

因为这被呼应的幸福,我几乎忘记了胃的存在。我理解中的情感,正是没有肉身、没有欲望的,更别提吃喝拉撒……

等走到红薯的家，天已经完全黑了，雨却越下越大。红薯让我到她家喝点热水暖和一下。

此刻，从理智上讲，我并不愿意与任何人待在一起，我正强烈地渴望独处，哪怕是在风雨中。我需要好好反刍一下方才那稍纵即逝的画面，化飘渺为确凿，有可能的话，我想背上两句诗，为那初恋的降临举行私人的纪念之仪……

可是，真没出息，稍微想一想吧，在没有风雨的屋子里面，喝点什么热乎乎的——那天堂一样的场景诱惑了我。我再也迈不动半步。

好吧。带着点怨恨般地，我答应了红薯的邀请。

一回到自己的家，红薯就特别灵活了，她在灶间生了火，房间里很快升起热气。接着，她神奇地从哪个角落摸出两个黑乎乎的东西，放到蒸架上。Sophia，我说过那是五九年吗？说过我是十八岁吗？说过我们刚刚走了十几里路吗？那两个黑乎乎的东西，让我的眼睛都很难移开了！我甚至丧失了基本的礼节，都没想到要问一下，她的家里人呢。

红薯把我拉到灶下，我们像两只鸡苗那样蜷在那里，一边添柴火一边取暖。她主动跟我解释："有个亲戚过世，他们奔丧去了。"

味道从蒸气里溢出，偷偷摸摸地香起来。

那黑乎乎的香里，是榆树皮香，槐树花香，花生叶香，玉米面香，总之我能想到的好东西，它都有，全了。红薯也贪婪地吸吸鼻子："这是我妈妈的私货，她每天都想办法留下一点什么，枯的萎的黄的干的，不论什么可以吃的，她就留下来一点。然后，用一点点糙面和起来，拍结实了，做成疙瘩，能放很久。她藏的那个地方，以为我不知道呢。"红薯这样说着的时候，我觉得她突然变得好看了——一个人正在说着吃食，而且马上就可以吃到，这难道不是最动人的吗？

终于,红薯把两个小疙瘩装在小碗里递过来。我拿起其中的一个,预先想好了,要慢慢吃,但还是没控制成,"嗖"的一下,它飞到我牙齿间,瞬间没了。我吃得比任何时候都快,什么味儿都没有,嘴中重新空空荡荡。我真希望能把手伸进肚子,把那个疙瘩拿出来,再吃一次,然后第二次取出来,第三次吃,没完没了地吃不去……

红薯正把疙瘩举到嘴边,半闭着眼睛准备享用。我熟悉她吃东西的样子,我们从前在野地里烤东西吃时,她就是这样,半眯着眼,一小口一小口,细水长流。我盯着她,失控地盯着,看她的嘴唇与舌头,想象那里即将要开始的咀嚼。

她无意中看到我的神情,吓了一跳似的,犹豫了一下,突然哭起来:"你把这个也吃了吧……"她抽抽咽咽地哭着,把头扭过去,怕自己后悔似的,把黑疙瘩一直伸到我的嘴边,顶到我的牙齿上。

当第二个黑疙瘩也在我嘴中消失之后,Sophia 啊,我忽然明白:红薯她喜欢我。以黑疙瘩为证,没有比这更强烈更深沉的情感了,我怎能漠然不见!就是当时白薯在场,我恐怕也绝不会把一份吃的让给白薯!而如果是白薯呢,她会在此情此景下让给我一份吃的吗?这难道不是一个重大而科学的衡量标准?不,她不会的。每次我们烤食东西,白薯总是理所当然地挑一个看上去大那么一丁点儿的……

半个小时前,我才与白薯分手,就在那时,我刚刚感悟到初恋的存在,但这一刻,轰然倒地!与红薯的这一个黑疙瘩相比,我那个怎么能算是爱呢?还他妈的准备念诗呢!多么可耻、肤浅!

Sophia,你会笑话我吧,我知道,而今看来,不管是红薯对我,还是我对白薯,那十七八岁的爱恋,人们总会用一种过来人的世故眼光,好像那是可以藐视的,根本算不了什么。

可是，真的，在那个有着熊熊灶火的小角落，我感到自己的心，被紧紧地捏成了一团，最珍贵的东西打碎了一般，我茫然而绝望，真想趴在地上委屈地放声大哭！深不见底的饥饿中，我的初恋就这么屈辱地夭折了。

四

在 Sophia 那里，每个周三晚上，伴随着儿子的节目，以他的那些声音（装修工用气枪打钉、汽车接连开过没有盖子的窨井、濒死的大青鱼在瓷砖地上徒劳地跳跃、车库电动门缓慢地推出来再缩回去）作为背景，我学会了图片编辑、在当当网买打折维生素、与不认识的人一起玩牌等，小心体验着各种稀薄的现代化乐趣。

老实说，我并不是一个聪明的学生，而 Sophia 也绝对算不上是一个耐心的老师。她常用三字经骂我——她说起脏话来完全口不择言、暴风骤雨。但一旦我触类旁通、有所顿悟，Sophia 又会击掌而起，摸摸我的脑袋，揪揪我的白发，不知怎样高兴才好。

一开始，无论是她的脏话还是亲热，样样令我噤若寒蝉、浑身紧张，慢慢儿地，我就不以为意，甚至甘之如饴了。如果人与人之间，都可以这样随便而放松地交往，该多好！

当然，我知道人际间的庸俗哲学，所谓友谊，可能只是各取所需。我不知道 Sophia 会从我这里得到什么，但我知道，从 Sophia 这里，如我那自私的愿望：找到了贴近这个新鲜时代的曲折小路：上一次见她，是彩色的短卷儿发，下一次，则用一种新技术给"接"长了，笔直乌黑。这一次，客厅当中铺一张瑜伽练功垫，她扭曲着身子演示了几个匪夷所思的动作，再下一次，不知怎的又迷上了什么灵修课程，神秘地让我跟她一起诵念一段半通不通的祈祷词。有时，她会安静地搞些什么"十字绣"，可没几天，又颠覆了，给我展示她肩头的文身：加勒比海盗地图……

我感到我不仅仅是跟她一个人在交往，而在跟整个新世纪以来的少女们交往，她们如此耀眼夺目、变化多端，这一切，我皆欢喜极了，正是通过Sophia，我得以跟这个"万恶"的、诱人的世界如此亲近！

不过她呢，Sophia，她跟我在一起，能得到什么呢？想到这点，我不踏实了。

金钱，是我首先想到的东西。

我了解Sophia的工作，那份职业收入不高。她的工作很奇怪，叫作"商品推广"，就是在商场里不停地替来来往往的顾客们示范新产品，比如悬挂式蒸气熨斗、百用切菜刀片、无油不粘锅等等。她从一上班就开始演戏，在冰冷的购物中心里饰演一位家庭主妇，没完没了地做同一件家务活：弄皱一件衣服，再烫平；把土豆与萝卜切成复杂的花样……她描述得兴高采烈，好像这份工作甚是有趣。我听了却不是滋味，我在超市也经常会碰到一些孩子，他们站在高大的没有尽头的食品架前，单手举着一个托盘，里面放着切成小块的巧克力威化，不停地念叨："免费品尝，有奖促销……"每每此时，我总假装感兴趣地停下，与他们聊上几句。我问过他们的报酬，低得可怜。我想，Sophia也并不会高到哪里去。

而我，有一份退休金，且花费不多。除了订阅几份报刊，我不抽烟，数月不购置衣物。有时，到银行查看退休工资卡，对那缓缓增长着的数目，我甚至感到悲哀。当一个人体会不到金钱的魅力，那感觉很糟糕——打个粗鄙的比方，跟淡出的性欲很是相似。

所以我很高兴，现在终于有一个可以有效支出的地方。为了得体，我以学费的方式每次给她一个信封。然后，考虑到她喜食零嘴，每趟上门，我从不空手。为此，我不得不长时间在超市食品区选购——这让我兴奋，我像广告里的人物那样，推着购物车，出手宽绰，随心所欲，在丰沛的商品前比较、寻觅，拿起、放下，流连忘返。

零食们一般体积巨大但分量较轻，我拎着膨胀的购物袋走出超市，感到一种特别的活力，那是来自物质世界的良性刺激——带着种矫枉过正的弥补心态，背叛我大半辈子的生活习惯，不再节俭克己，不再追求物美价廉，完全不要过日子般地，尝试各种新奇的、昂贵的……

Sophia 对此总由衷地欢呼雀跃，她兴致极高地打开各种包装，左吃右喝，赞赏不已，她热烈地感谢，并邀我跟她分享。但我煞风景地摇头，带着衰弱牙口的凄惨相：太甜了，太油了，太硬了，太凉了，太黏了。

其实，我无法告诉 Sophia——在挑选与购买的过程中，我就已获得足够的满足。这让我再次联想到性欲。老年生活，对占有与享乐的欲望，如同禅意，有不可言说之味：在放弃中才能得到。

Sophia 替我遗憾，于是尽心尽责地向我汇报每一样零食的味道，她粉红的舌头，灵活地上下搅拌，表情极为享受，为了贴切地形容，她动用了许多离奇的比喻。我在一边看着、听她的报告，感到无上的快慰，好像我过去所遭受的饥馑以及与之紧密联系的痛楚初恋，皆得到了最好的抚慰。

我的往事，是我讨好她的另一个途径。

自上次讲过红薯白薯的故事，几乎每次上完课，Sophia 都会要我给她讲点陈年旧事，她表现出很有兴趣的样子。

其实，她让我看过她的 MSN 与 QQ，前者有两百多个联系人，后者有五个群及七十多个好友……在我看来，这是非常惊人的数目。在网上，她与他们，不舍昼夜，谈得极其私密而坦率，讨论男友与女友，使用昵称和别名儿，发送便坨或玫瑰，个个都像是梦中情人、闺中密友、姐妹淘、生死党（上述一些名词，都是从她处学舌而来，虽颇俗气，但只能顺手用之）……

我所存疑的是，难道我的故事比网友间的聊天要好玩吗？在那么多热闹有趣的同龄人之外，她怎么还会需要听我这么个过时人讲的过时故事？不可理解。

"当然啦！我们那些破事，其实都特没劲！" Sophia 像个挑剔的电影观众，"我想听离奇的、悲惨的事情，那才酷呢！"

她用了"酷"这个字。我一愣，但立刻说服自己忽略掉这个字对我的打击——其背后的猎奇心与冷漠感，明证了她与我之间彻底的代际隔阂与不可沟通性。

那好吧。就当自己是山鲁佐德，通过故事来无限延长她对我的兴趣与情谊，所以，我得控制好节奏与悬念，穿插乏味与高潮，尽可能地拉长我的往事……

讲故事的同时，我也在观察她……我认为她有心事，极有可能是恋爱方面的不如意。其实这个方面，我可以帮她！在这世上，走过了这么多年啊，我会教她怎样去爱别人，或者让别人怎么来爱自己……

有一次，我试着问："你呢，有没有好玩的或不好玩的故事，也跟我说说？"我小心翼翼向她的彼岸靠近。

"没有。"她极为干脆地翻翻眼睛，抓起一大筒薯片。自从我讲过红薯的故事之后,她会故意地在我面前吃各类薯片、薯条之类。"来,你随便讲。"

那好,就随便讲。

Sophia,就像你这样,而今,人们又开始吃薯条、吃窝窝头、吃玉米棒子了。粗粮细做,那些粗粮被点缀在昂贵的酒面儿上,做成心形,做成一朵花,做成带小肚脐眼的包子。注重养生之道的筷子们纷纷伸向它们,细嚼慢咽,一边提到维生素 B_2,提到粗纤维,提到降血脂。

同时,他们还会长篇累牍、相互启发着抱怨,如同化学讨论:每株绿叶蔬菜,每天都要被喷洒 200 毫升农药;来自大棚营养土的菇类菌类,肥厚的叶片里饱含激素与催生剂;手剥毛栗子,色泽锃亮,乃涂以石蜡后的视觉效果;藕与萝卜,强碱浸泡后的通体白净;蛋白质丰富的鱼类与黄鳝,有避孕药的十面埋伏;奶粉与三聚氰胺;火腿与敌敌畏;鸭蛋与苏丹红……同时,深受发福之扰的人们,还会热心地互荐减肥良方,如何尽享口腹之欢又永葆轻捷之体:吃蛋弃掉蛋黄,肉汤撇去浮油,炒菜使用橄榄油,牛奶只选脱脂……

每当这样的时候,Sophia,你知道吗?我的胃便会开始可怕地痉挛,像是来自五十年前的致命击打,那完全昏死过去的饥饿记忆呼啸而来,千百只猫开始拼命地同时抓挠……为了避免出现失态——颤抖着手扔掉筷子,冲所有那些高谈阔论的人大吼大叫,我会借故离开桌面,离开那灯光过分明亮的处所,走到侍者来来往往的走廊,站到黝黑的窗前。

餐馆的院子里,一辆挨一辆地停着车子,现在人们都开着车到餐馆吃饭了,一切如此繁华而餍足!过上一个时辰,人们会披上外套一离座,留下满桌的食物,他们得转场赶赴下一个作乐之地。

没有人注意到我的黯然,他们永不会理解,我这花白的脑袋,竟会如此脆弱;即便有人问起,而我恰好也愿意提起往事,他们准会暗中撇撇嘴可怜我:瞧,他是真的老了……

唉,只有那些跟我年纪相仿、正在走向衰老的最后一批老家伙,他们才会理解我为何会对饮食的富余与挥霍如此敏感……甚至,我产生了一种敌意:活该,现在你们就只配吃有毒食品、垃圾食品、化学食品,吃甜蜜素防腐剂与添加剂,这是报应,是规律——人类,不是死于饥馑就是死于贪婪。

在我激愤的言辞中,Sophia 放下窸窸窣窣的零食袋子,似乎感到罪过。

不。我对她做个手势,继续吃吧。她哪会知道,我对她的喜爱,有相当一部分,正是因为她惊人的好胃口。从她的好胃口到我的差胃口,再到我的"白薯"与"红薯",这里面,有种曲折、难以解释的条件反射,像看不见的绳子一样让我反复绊倒,跌得浑身青紫。

她疑惑地抓起薯片,机械地往嘴里送,手指上沾满细小的调料颗粒。

我继续我的往事。

不久,因老师、学生普遍体力不支,请假者与旷课者日甚,学校决定停课,直接放寒假。

回家的路上,背着简单的铺盖与杂物,我们三个人默默地走,深深感到前景一片茫然,刚刚开始的人生,倒像是已经到了头。我们无心像以往那样寻找吃的,事实上,正进入长冬,秋天所散落下的任何果实都被跟我们一样的细心人扫荡一空了。

  我心中十分紧张，我知道，漫长的寒假一过，她们两个，是否会再次上学、我们三个是否会再次一起走在这条泥路上，很不确定了。那么，这基本是最后的机会——我必须当着她们两个的面，宣布我对红薯的爱。这是一种报答，是我必须完成的任务，否则，我没法跟自己交代！少年时期的人往往会特别激烈，要把自己往绝对的角落里逼。

  走到一座破旧的石桥上，我们倚在桥栏上歇下。远处有一点斜阳，照得桥下冰冷的流水泛出点点碎光。我那该死的浪漫主义又动起了念头，是的，就应当在这座桥上，说出我应当说的话。

  "嗳！"我干巴巴地开了口，竭力显得自然而果断，"我要跟你们说件事。我喜欢你们当中的一个人……她是世上对我最好的人！"

  红薯、白薯都惊讶地张着嘴看着我，下午的太阳，不太暖和，但还是把她们的侧面染成淡淡的金色，曚昽而伤感。我注意到，白薯躲闪了一下，脸马上红了。我痛心地发现：事实上，我还是喜欢她，就算她永远都不会让给我一口吃的！

  但我飞快地一把抢过红薯身上的小背包，谁也不看，突然跑起来，跑得老远，一边逼着自己大喊红薯的名字。方才，红薯的表情是什么？我竟没有注意到，她猜出来了吗，我所要宣布的是喜欢她！那两块黑疙瘩呀，以及黑疙瘩背后黄金般的少女情怀……

  红薯的背包里大概有饭盒一类的东西，叮叮当当地在我的后背上响着，一路伴随着我难以描述的心跳——时至今日，只要听到铝质饭盒的碰撞声，我还是不由自主要捂起耳朵，眼前出现昔日河水的点点碎光，两个姑娘的头发呈现淡黄，她们正抬起头吃惊地盯着我，我的心则像坠入山谷的玻璃，啪啦啦摔得粉碎……

五

事先没有任何提示,儿子突然打开电视,接着我看到他出现在屏幕上,身穿颜色鲜艳的紧身小西装,衬衫领子下绕着一根又长又细的黑色布条,头发向各个方向不规则地打着圈,像刚刚被狂风吹过。他在播报天气预报。

看来,这是他最新的心血来潮。报这个气象预报的原来是个小姑娘,但电视台后来发现,每天守在电视机前看气象的不是成功男士,而是居家妇女,这样的受众,可能更会喜欢一个生机勃勃的小伙子——就这么的,儿子顺利找到了这份兼职,当然,他有一张立体感的脸,带着混乱、多变的表情,据说最为契合当下的审美。

摇摇晃晃的镜头中,儿子一脸乖巧而虚假的笑容,为了保证广告时段,正以争分夺秒的语速一一道来:降雨概率……晾晒指数……穿衣指数……晨练指数……洗车指数……郊游指数……化妆指数……啤酒指数……钓鱼指数……

我止不住放声大笑,那一连串的指数真是令人叹为观止,着实大大地胳肢了我,谁折腾出来的?如此数字化而教条主义的精准生活……

儿子坐在沙发上转着打火机,一边严肃地盯着电视里的自己,没有对我的大笑做任何反击。女儿则在一边精明地指出:别小看这三分钟的出镜,每逢双数的整点就滚动播出,又出名,钱又多,播报一周的"指数",能抵得上电台一个月的工资!

女儿显然很欣赏儿子的这份兼职,甚至翻出家里那台久不使用的录像机，把弟弟每天所播报的天气预报一一录下——如果她能够坚持下去，我们家将会有 365 天的降雨、晾晒、晨练、洗车等十来个生活指数……我甚至幻想着，很多年后的某日，后代的后代——一个少年，在贮藏室发现这些积着厚厚灰尘的老式录像带，出于好奇，比如，想到了"性、谎言、录像带"之类，那孩子会想方设法找到一台可播放旧式录像带的设备，接着，会看到几十年前的气象预报员，当年的时尚穿着与电视语言，一天接着一天，他陌生的先人在不知疲倦地做着各种手势，提醒那些旧时日的观众，风霜雪雨，阴晴圆缺，添加衣裳，预防感冒……哦，这简直太伟大了。

我想跟儿子这样开个玩笑，但他侧身坐着，疲惫而固执，神情拒我于千里之外，空气像冰疙瘩一样在我们中间凝结。

我暗中坐端正，某种心虚和不踏实感又纠缠上来，我担心他是否在为了某件具体的事情对我怀有敌意？紧接着，我又给自己鼓气，否定掉那种假设，不会的，他不可能觉察我与 Sophia 的什么——他把自己安排得太繁忙了，根本注意不了身边的任何细节。

为了获得更别致更生动的声源，儿子热衷于各种网络或民间社团活动，老游戏游版聚、雪茄客之夜、汽模家园之类。最近，他又进入一个驴友俱乐部，每两周出去活动一次，汽车后备箱里总备着帐篷、充气垫、折叠车什么的……他真的忙得很！而我，则只能从节目中出现的那些"声音"来大致了解他最近的动向……我突然想到，电视台这份违心的可笑兼职，或许只是出于经济的考虑吧，如他姐姐所说，他的收入，全花在了声音上……而这方面，他绝不会跟我开口的。

我走到窗口，看他坚硬的背影挎着个大包进入地下车库，不一会儿，他那深绿色、落有一层薄灰的"切诺基"慢慢地从出口爬上来，接着，远了。

其实，我多少也能够体味到他的境地：跟父亲不得劲，姐姐仅是提供补养，尚无女友，亦没有特别交心的哥儿们……除了那些芜杂的"声音"，他似乎尚不知该从何处入口，去与整个世界交好或妥协。

唉，他为什么不能跟我聊一聊？忘了我是一个父亲吧！真希望我们能像两个自以为是、夸夸其谈的陌生人那样，一边喝点什么，一边交换秘密或伤心事，他说一些他的，而我，说不定会鼓起勇气，原原本本地从头说起：我跟Sophia……毕竟，这要好过被动地等他发现——他准会从一个背德的角度去理解，那样，对我们原本就薄弱的关系来说，无疑将是毁灭性的一击。

似乎，也有过那么一次，我跟儿子之间，几乎是要冲破什么了。

忘了是如何开始的，我记得自己正坐在沙发上半打着盹，一边暗中研究儿子脖子里所挂的饰物，是块黑色石头，造型古怪……

儿子忽然开口："那八十块，现在想想，花它做什么呢？毫无价值！"他说得没头没脑，我几乎没有反应过来，他所指的是什么。

这个时候，我们刚刚看过他客串的电视节目，可能正是他心情最糟的时候。那个花里胡哨、满嘴胡话的气象预报员，像是刚刚在我们的客厅，紧贴着我们的鼻子，进行过一场违心的表演。儿子一动不动地笔直坐着，似乎要表明，那个人跟他毫无关系。

八十块！看来，他真的一直惦记着，像一小枚肉眼看不见的回形针，卡在他的身体里。在身体深处的某个角落，常年发炎、疼痛，或者燥热难忍。

我突然间激动而慌张，暗中颤抖，像面临一个重大的机遇——如果，这会儿，我巧妙地抓住这个话题，像外科大夫一样，以一个轻巧的手势,优美地取出那枚回形针,那样,我准会赢得一个父亲的最大荣光。

可我应当怎么说?说生命的偶然以及偶然之后的无限价值,说我对他的厚望与倚重,说他事业终将成功……我左右权衡、无所适从,看上去简直像是反应迟钝。我愈加焦急,生怕儿子以为我在怠慢他。

仓促中,我急不择言:"哦,八十块……那可是我这辈子最大的一笔财富,用它换到了你呢。"这话太像《读者》,我感到了自己的愚蠢。人们都喜欢举那样的例子:当父亲与儿子掰手腕,儿子赢了,父亲会伤感。我觉得那并不完全准确,真实的情况是:当一个父亲,在儿子面前感到智力上的匮乏时,失败之感才真正兵临城下。

儿子早已露出一种懊恼的表情,克制着没有吭声。他飞快地瞥了我一眼,好像反过来同情我似的,他的眼睛非常奇怪地闪烁了一下,咬着嘴唇,欲言又止。他想要说什么?我再一次感到一阵熟悉的不安与忧虑……但最终,他只是站起来,抬脚走了。

听着他的皮鞋一声声走远,我心中失悔至极,方才,我真该克服害羞,坐到他身边,直接告诉他一个最冷酷的常识:不是他的生命卑贱,是所有的生命都一样卑贱。

六

Sophia 推荐我看过一本书,介绍奢侈品。"很流行的,'八〇后'必读、'八〇前'也必读。"因为我总说她是"八〇后",她现在叫我作"八〇前"。

我认真地看，并做了笔记，列下那些振聋发聩的品牌：价值五万人民币的万宝龙水笔；单瓶叫价五十万美元的极品法国红酒拉斐；宾利富豪概念车，仅购置税就相当于一辆奔驰320……总之，我知道，世上有一些人正在安然地享用它们，有一些人为之耗尽心血不择手段，而另一些人，则怀着仇恨与正义之心在批判它们。他们会这样加以类比：一件阿马尼T恤，如果买成铅笔捐助失学儿童，可以用上一千年；一块最便宜的百达翡丽表是乡村教师二百年的工资；一套专为爱犬设计的博柏利冬装，相当于一个中国农民一生的穿着……

我被那些数字弄得眩晕了，物质世界永无止境的深渊真让人望而生畏，好像只要探头望一眼，就会失足摔死。可是，意义何在呢？我渴望着，能有另外一种标准、另外一张清单，可以定义或排列出情感生活的奢侈品。

当然，我知道，大多数人的情感生活，我相信都是温饱水平，撑不了也饿不死。他们跟父母友爱，跟配偶相濡，跟一两个同事谈得拢，稍有富贵、姿色或机趣的，会有婚外交往，在暧昧情色中获得短暂欣悦……但真正的情感奢侈品应该是什么？我这样想——那些不合常情的、悬殊巨大的、前景危险的，约莫可算作一种奢侈品。

比如，我与Sophia之间，一个垂垂老矣，一个最好年华，像两个截然不同的树种，生物链般地相互供给与维系，与经济、社会、名声、肉体皆无关——难道不可以完全抛开那些，回到情感，回到悲喜，回到最朴素的感知吗？人们在交往中的小时光、给予对方的小爱怜，宛若一只新生的松鼠，在晨雾中从一个枝头跃向另一个枝头，那弹荡而惬意的短暂停留……

我与Sophia的交往，渐渐从室内移到室外，从夜晚扩展到白天。

说起来这是自然而然,其实也是我有意引导——老实讲,主要还是儿子的节目。在公寓狭小的空间里,他那些来源不明、千奇古怪的声音,变成看不见的声波在墙壁与沙发间来回梭巡,简直像是无所不在的窥伺与嘲笑,总让我感到一阵阵紧迫与不安……

我曾假装无意地请求 Sophia 关掉收音机,她却同样假装随意地坚决反对:"怎么啦,蛮好玩的呀!刚才,我猜出来两个呢,倒数第二个,是超市收银台的打印机声音,叽叽叽——叽叽叽。再前面一个,是用吸管喝罐装酸奶,快要吸空的声音,哈哈,怎么样?不过,昨天我猜错了,那个汽车雨刮器的声音……"Sophia 的回答让我感到一丝苦涩与失落,原来,她在教我电脑的同时,注意力全在儿子的节目上。

但走到室外,感觉就要好得多了——我们的活动主要是吃。不消说,这是 Sophia 的爱好,我日渐萎缩的胃口,一天所吃可能还抵不上 Sophia 的一顿。我解释说这是年纪,可 Sophia 坚持认为这是我吃的品种太单调太陈旧之故。"你应该吃点昂贵而乱七八糟的东西!"她宣布。比如,这周,Sophia 决定带我去吃比萨。

类似的体验,已经不止一次。味千拉面、快三秒、冰店、烧烤铺、火锅排档……通过她的眼睛看去,整条大街、整个城市似乎都是可食的,肮脏的街角、拥挤的广场、透明的幕墙背后,处处皆是肆意吃喝的所在。这些店铺里面,Sophia 最垂涎于常青藤,这是家专门销售进口零食的商店——她可能是被那价格所激发了,八十块一条的巧克力!一百块一听的饮料!多么诱人!

记得去的那天我特意带上了工资卡,让 Sophia 尽管挑。她高兴极了,选了不少她平常舍不得买的德国甜圈、荷兰黑豆饼之类,一出店门便当街拆开品尝,而我,则在一边慈眉善目地看,有种混杂着父性与爱恋的柔情。

　　大太阳下，我无所事事，便拿起一包满是洋文的饼干来研究，算了算，里面每一块饼干刚好是二十块人民币。我下意识地撕开，取出一枚，对着阳光举起，它不透明，也无异彩。可有那么一瞬，我突然间觉得眼花缭乱，有种近乎癫狂般的迷醉——不是今昔对照、忆苦思甜的肤浅感叹，绝对不是！反而，这枚单价可观的饼干，让我油然生出庞大的崇高感与庄严感。多么伟大的物质啊，我由衷地五体投地，欢呼它的所向披靡！

　　比萨店里人头攒动，居然还得拿牌号等候。客人基本全是五颜六色的年轻人，我恨不得把自己花白的脑袋藏到腋下。人啊，就应当在什么岁数做什么事……Sophia 觉察出我的窘迫，她善解人意地一把挽起我的胳膊，自然地靠上来，这样果然好多了，我感到自己不再那么突兀——也不管别人可能会如何猜度我与 Sophia 的关系……

　　等待中，我倚着柜台看宣传单，蓝莓慕思、提拉米苏、卡布其诺、曲奇、布丁、宾治，一长串的舶来食品进入视线，译名里带有轻浮且甜腻的气息。图片上，它们以一种精确高效的方式组合排列，足以让我产生另一种逆反与抗拒——方才还略有些蠢蠢欲动的胃口，瞬间倒了。

　　胃口多么诚实！它不像大脑那样自欺欺人。我强烈地预感到：这店里的一切，我压根没法吃！它们离我饱受折磨、记忆炎凉的胃，实在太远了，远得就像我与这整个时代的距离。

　　当我们的盘子端上来，跟电视广告里一模一样，把比萨切成小块，用叉子挑起，融化了的芝士无限拉长，洋葱与鲜贝丁混杂起来的香味，奶油蘑菇汤上浮着面包屑——这一切，看上去都不坏。我却呆滞在那里。

"你怎么了？吃比萨要趁热！"Sophia 冲我瞪大眼睛，我感到她都快要骂我了。

"哦，我突然……牙疼得厉害。"我找了一个生理性借口——老年人常犯的讨厌毛病——同时托起腮帮，像托起一颗蜷缩在五十年前的心。

但一到晚上，Sophia 就不愿出去了，她总像在等待什么——等待的地点被指定在这间杂乱的合租公寓里，就算我不来的那些晚上，从她的只言片语里，我也可以得知她一直待在公寓里。这有点奇怪，Sophia 毕竟正处在最好的时光，她应当像大街上的那些少男少女，喧哗匆忙，走来走去，跟这个见面，跟那个见面。

我没有问过 Sophia，就假装她交际困难吧，所以她才会接纳我这么长时间——孤独到某种地步，人们就不会过分挑剔，就算是一只老狗侧卧在榻，也会心满意足。

现在，我们真正用在学习上的时间并不多，特别是儿子的节目响起，她就开始吃着我买来的各种零食，我则应她所求，随心所欲地讲一些旧事。有一次，我讲到计划生育与儿子的"八十块钱"，她笑啊笑的，一直笑出了眼泪——可我看出，那不完全是开心的眼泪。

现在，我越来越确信：她是个有深沉心思的姑娘。当我回忆往事，像个原罪者那样缓慢讲述时，她会把目光长久地停在我的脸庞上，带着遥远的、走了神的激情——那激情，跟我及我口中的故事毫无关系。

有一次，她突然没头没脑地问："你上次跟我说到的那个白薯，后来，有没有再碰到？一个人，到底怎么才能把初恋给忘了呢？"

"你是说……你没法忘掉你的初恋？"我听出弦外之音，立刻抓住。

"哪里，我的初恋……还没开始呢。你讲你的。"她匆匆笑了笑，催我往下讲。

是的，有一年回老家，猝不及防之中，我碰到了白薯。这一幕，我曾处心积虑地加以提防——对初恋，最大的罪过就是重逢，我深知这一点，故很少回乡。但就在我退休的最后一年，儿子突然起了兴致，说要到我的乡村看看，顺便找点有趣的声音。受宠若惊般地，我当然应下。

于是我们便重现在我的乡村里。他把车停在路边，随便往田埂里走，因是冬季，我们的衣着并不鲜艳，很快融进大地……有一些人仍在地里劳作，棉花杆上最后一批青色的果子，绽出黄白色的花芯，他们要把这些果子摘下，扯出湿漉漉的棉花，在冬阳下尽可能晒干，勉强可以算上是最后一笔微不足道的收成。

儿子走到很深的地方，他举着吊杆话筒，要录大风呼啸刮过电线杆，录小羊在野外细弱的喊叫，录黄牛突然停下、一大坨粪便轰然坠地。

可能是为了询问什么，他与地里的一个女人攀谈起来。等到我走近，他们已经说完了。我只瞥了一眼她的侧影，即刻认出，方才跟儿子搭话的农妇，尽管已是面目黝黑苍老，可的确是我的白薯——那个四肢瘦长、有着透明血管的少女！

往事在瞬间撞击而来。那座夕阳下的石桥上，最后的时刻，我违心地宣布我对红薯的喜欢，我背叛了她……

我迅速扭过头去，不要看！不要靠近，不能让她认出我来！同时，我也不应看清她满脸刀刻火灼的岁月印痕！包括她此际的侧影，如一个极易风化的标本，我应当马上毁掉！我只要记得她跟我的那一瞬间——雨天，她冰冷的指尖无意中从我的背上掠过。她冲我短暂而甜美地一笑。

"哎呀，可怜的'八〇前'，原来，从头到尾，你的这场恋爱，就仅仅是一个微笑？然后，你就一直惦记了五十年？"Sophia 大觉不可思议。

唉，她无法理解的，我也从未想过要她理解。

"真可怜！我来替白薯补偿你。"Sophia 突地站起来，一边开始解开她的衣服。

"你要干什么？"她不理我。黄色毛衣，树叶似的，以一条弧线飘落下去。

她不看我，只专注于脱衣服的动作，好像一打岔就会改变主意。最后，她褪去牛仔裤。现在，她只剩下内衣裤了，淡蓝，色泽柔和，却让我不敢睁开眼睛正视。

她摆出一个经典的三点式造型，这才开了口："好了，你不是在早操课上偷看过人家白薯吗？现在，就当我是她，完整地、好好地看看吧。让你的初恋像点样子！"

我想了想，听从了她，抬起头。

我想 Sophia 是在可怜我，我要收下这份礼物！有些人，终身都厌恶别人的怜悯，认为有所冒犯，可我不，怜悯与爱，不过是一墙之隔，我们不应当厚此薄彼。

看着这样的 Sophia，看着她少女特有的单薄与青涩，美则美矣，我内心深处却涌起浓重的不安——

Sophia 的躯体，塑像般匀称，亦像塑像那样带着悲哀的阴影。不，她一定不仅仅是为了同情我；她这个举动，冲动而缺乏逻辑，定有另一个我尚不能参透的原因，那是什么？

"好，谢谢你。我看到了……这确实是我想象中的白薯，她就是这个样子。Sophia，我的好孩子，把衣服穿上吧！"

Sophia 没有坚持，她重新穿上衣服，脸色这才开始微微发红。她蜷缩在沙发上，带着一种体力上的疲惫。这么折腾了一下子，我感到她的悲哀变得明显了。

"现在轮到你了，也跟我说说你的故事吧。"

"我……哪有什么故事，要有故事，倒好了。"Sophia 淡笑着，她在茶几上摸索，随便抓起一袋零食往嘴里塞，散落下来的碎屑掉得满沙发都是。我忽然明白，她不是饿不是馋，她只是需要吃，就像整条大街上那么多好胃口的人一样，他们需要"吃"这个动作——要么是胃里空，要么是心里空。而"吃"，似乎可以从形式上对付其中任何一个。

"那么说说这个——你怎么搬到这里，男男女女的挤在一块儿？跟父母闹叛逆？"从第一天我就想问了。她是本地人，看得出家境不坏，又是女孩子，似大可不必如此混居。

"嗨，叛什么逆呀，我不玩那个……其实，很简单的，你儿子不是总在电台里捣鼓各种声音让大家猜么，我蛮喜欢的啊！然后，就打听到他的住址，再想办法合租喽……就这么简单呗。"Sophia 若无其事地看着我，然后慢慢地把目光移到零食上，伶俐地取出什么，再清脆地吃了。她显得多么镇定，好像她的小秘密还完好无缺！

我喉咙里突然涌上一股又腥又涩的液体，苦胆汁般的。

——Sophia 每晚待在屋里不肯出门，她每晚给手机定时，收听儿子的节目，她的 MP3 和小半导体，一打开来，就固定在儿子的节目上……原来，她一直都在等儿子。包括，对我的友好接纳，她耐心地听我说话、教我电脑、凝视我的脸，都是为了间接地寻找亲近儿子的途径，哪怕这完全是缘木求鱼！我算什么呢？就像我把她当作绳子，其实，我也是她的绳子！甚至，她愿意让我看看她的身体！

不过，这就对了嘛。老人与少女，我假想中的情感奢侈品，原来如此，原来如此啊。

半导体里，儿子正放出一段窸窸窣窣的录音，如此耳熟与亲切，像是男女宽衣解带，像是手指翻过脆薄的书页，像是脚步无情地践踏过落叶。

Sophia 突然振作起来，几乎是喜悦地、如遇知音般地喊："这是撕开零食包装袋！"

七

我打定主意，为了 Sophia，只要儿子回来，我就跟他好好谈谈……当然，一旦开口，我与少女的交往也就大曝于天下，面临未知的评判。我知这方式笨又蠢，且如以身饲虎，我将在儿子面前无地自容。

但没有关系，这就是代价，也是必须抵达的终点。事实上，可以说，这也是对我私人哲学的一次莽撞践行——

活到这个岁数，在其他各种事情上面，我的参悟都是以退为进、以弱挡强，求个无欲乃刚。但对爱，我的体会却走向另一个极端：什么暗恋，什么单相思，什么只要付出不求回报，皆是无稽之谈，我觉得都是不真诚的。既是爱了，就要理直气壮地求"得"：得对方同等的垂怜与眷顾，得亲芳泽，得情意长，得手心手背连。这当中的真义，Sophia 现在一定不懂，儿子也未必懂，他们大概还以为只要顺其自然——不对，人类的各种情感，尤其是爱情，是一种艺术，术便有其技、有其道。

儿子睁大他的双眼，接着紧紧闭上，像突然被强光射到似的——这便是他对 Sophia 暗恋他的反应？或者，是吃惊于我坦然剖白"地下交往"的老脸皮厚？

我等着他用主持人的伶牙利齿来对我大加指责，等了好久，他仍然闭着眼一言不发。

我小心翼翼地观察他，等待最好的时机，以便诠释乃至过度诠释我与 Sophia 的交往。这些话，已在腹中闷得太久，我会这样跟他一二三四地交代：首先从我抑郁的垂暮心境，唯恐被时代所弃的惶然开始；接着，也是最主要的，我让他考虑一下室友 Sophia 的爱慕，难道他从来没有感知？抑或是装作不知。第三，这整件事，就算我错，但 Sophia 没有错，她只是太过痴癫，才辗转取道与我的交往……我一定要最大限度地推心置腹，以换取他最真诚的理解与回应……

我正半张嘴打算开头，儿子突然睁开眼，眼神略显空洞，语气慢条斯理。"你应该知道，为了我每晚的节目，除了现场采集，我还要在很多不便或不宜出现的地方布置采音线。比如，"儿子排开他的两只手，如数家珍，"公共厕所、地下通道、游乐场、动物园、停车场、泳池、教室、球场、饭馆之类。当然，也包括一些私人空间——姐姐的厨房或是我公寓的客厅。"

他停了一口气，等我回过神。"是的，关于你和 Sophia 的一切，我一直都在场。甚至，每个周三，做节目途中，逢到广告时段与整点新闻，略作休息时，我都可以连线听听你们……"儿子沉吟着，最后又礼貌地补充道，"你当明白，我绝非有意如此，但碰巧就是这样。"

我扭过头去，脸色涨红得发疼，但内心却又感到一种奇异的轻松。这样也好，我什么都不必说了！

儿子点上一根烟，打火机照亮他的喉结："说起来，你们俩倒真是给了我不少灵感：Sophia 吃薯片或嗑瓜子，她玩 PSP 的嘀嘀嘀，水果榨汁机的刀片飞速旋转，你以一个初学者的僵硬与蛮劲使劲敲打键盘，包括你所说过的，五十年前，胶鞋踩入雨天的泥泞，铝饭盒在书包里碰撞敲打，碎玻璃落下深涧……只是，太遗憾了，你为什么要说出来？这就不好玩儿了。"

再一次跟 Sophia 见面，去途极为艰难，短短的两条街，我来回地散步，盯着橱窗后的塑料模特长久地思虑。我想设计一个温和的处理方式，妥当地结束一切，并避免伤及 Sophia。

Sophia 笑哈哈地来开门，仍是活泼的。她好像又洗了头，肩头有一些淡淡的水印。这让我强烈地忆起了我与少女的初次见面。"剪头或洗头，都可以让心情变一下。不信你试试！"她后来这样说过。

我坐下来，像从前那样，往桌上铺陈出一大堆美食。出于惯性，Sophia 打开了一些，并恰如其分地表示了喜爱。接着开始教电脑：从网上下载电影及连续剧什么的。Sophia 大力推荐一部叫《罗马》的美国长剧。"色情！暴力！"她用欢呼的语气这样介绍。

但这一切，皆显得拖沓和无精打采，像是被迫的、为了某种表演。儿子的节目同往昔一样，仍在客厅里播放着，他的声音，像是最先进的迷彩伪装，我听不出任何的喜怒哀乐。

Sophia 听任线上的 QQ 好友不时发出咳嗽声与敲门声，突然直接谈到儿子，带着一种用力过度后的若无其事："你知道的吧，你儿子上个周末搬走了。都没跟我打声招呼，我还是听另一个室友说的。"她不再理会那些零食，手指在膝盖上轻轻地敲着，直盯着我。

唉，我心中叹息一声，感慨而徒劳地往这个熟悉的小客厅四处环视，儿子是否留下了他的两根"采集"线？此刻他仍然在场吗，在另一头谛听？啊，我希望如此，又害怕如此……对即将要开始的谈话，我感到前所未有的迷茫。

"哦，他也没跟我说他要搬走。"我在沉吟中开了口，一边用眼睛睃了一眼光电鼠标上一闪一闪的蓝光，一度，我特别讨厌这个眼睛一样的东西，但奇怪，此刻它突然给了我灵感。

"Sophia，还记得的吧，以前也跟你说过，我们父子，长期以来，不是很友好。在我面前，他总是非常骄傲，而我，则产生了对抗与攀比的心理，以及一种广泛的妒忌，你明白吗？除了一把年纪，我什么都没有，而他，什么都有。

"我很不服气。这样，就像你看到的，我全力构建并推动了与你的交往。我的目标是：他能做到的，我同样也可以。我故意在你面前强调自己的衰老，但我动用我往昔的苦难以及皱纹里的世故，以此来赢得你的信赖。本来，我还以为我成功了。"

Sophia 不安地扭动了一下身子，想打断我，大概是要责怪我不该动这种糊涂心思，我冲她武断地摆摆手，接着往下说。

"但这个幻象，在上个星期三被打破了，当你不小心流露出对我儿子的情感时。"她又要张口分辩，我再次挥手，"这跟你没关系。整个事件，归根结底，其实是父子关系，你明白吗？

羽 毛

"好,现在进入最核心的部分。我们父子长期以来的淡漠与敌意,其实,那只是表面,像繁密的浮萍,如果用手轻轻拨开,你会发现,下面有极为清洌的深水。

"我对儿子和盘道出了你的心思,我本来是想帮你一把。可是,你也看到我儿子的选择了!世界上没有比他再懂得父亲的儿子了——他干脆地退出了,让给我一个完整的空间、一个长长的台阶,供我体面地慢慢下来……现在,你能懂了吧?他为什么突然就搬走了?"

Sophia 眨着她的眼睛。我想她应该可以听懂这肤浅的情节:一个不服老的荒唐父亲,一个突发孝心的儿子,然后,他们成为尚未发生的情敌……对一个少女来说,这是说得过去的解释,甚至颇为浪漫和戏剧化。

果然,隔了一会儿,像一块奶酪慢慢融化,Sophia 终于露出羞恼而难以置信的笑,她蹦起来,在我头上胡乱地敲了几下:"你呀,拿我做什么靶子!再说,你为什么要告诉他,你让我以后怎么好意思见他,这下彻底没戏了……"

时间差不多也就结束了,我与 Sophia 愉快而轻松地道别。我们照例没有提及下一次的授课时间,因为那是约定俗成的,根本不必特意提起。

可是我知道,我不会再去见她了。这是最好的戛然而止。

附近的街心公园里,找到一条僻静的木头长椅,我坐下来,感到无限的孤独,比认识 Sophia 之前还孤独,比跟儿子闹翻那天还孤独。

如同谎言重复一千遍后的后怕,刚才与 Sophia 的谈话,仍然停留在我的耳边,乃至变为某种回声与嚣叫,停留在我的耳边,形成一种

155

凝滞且令人憋屈的压力，如同冷热两股气流，把我托举在半空，岌岌可危。

热气流。我所脱口而出的那个解释——我对儿子的理解，会不会正是事情的真相？儿子，他其实真的是体察我、明白我的？他知晓一切但保持沉默，只是为了让我能够心安理得地继续保持与 Sophia 的交往……可是，这假设又完全是个巨大的黑洞！我该相信吗？该往里跳吗？幸福地、带着对天伦之乐的信仰而跳下去？

冷气流。现在，在 Sophia 面前，我把自己说成了一个可笑而不自量力的追求者——而这，根本不是我与她情谊的实质所在。这让我很别扭，在我们的最后一次见面中，我亲手毁坏了我们曾经的那份自在与坦然。我们的友谊，就此以一个暧昧的结局烟消云散了。

对了，还有儿子，他可能同样听到了我这个版本的解释，他又如何看待这样的父亲、父亲口中的他以及我所构画的父子情谊？

如此隔阂啊。我实在难过得很。

一只肮脏的野猫跑来，在我四周打着圈，最终，它蜷缩在木椅下方睡去，发出轻微的呼呼声。我突然想起儿子曾经拿回家的那毛茸茸的采音话筒，真想打个电话给儿子啊，让他过来，坐到我身边，带着他完整的录音设备，贴近我的心跳，贴近他自己的心跳，贴近 Sophia 的心跳，甚至，再贴近这野猫的心跳，贴近所有空荡荡的怀抱，分辨那些心跳里细小的焦渴与呼唤……然后，放到他的节目里去，让这世界上的人们听听！我一定会打电话参与的，并固执地为之命名为"饥饿"。

一连串混乱的联想突然让我泛起一阵久违的胃酸，我强烈思念起五十年前那个雨天的灶间，一个少女所塞给我的黑疙瘩。

我走出去，走到最近的一家小食铺，对着殷切相迎的店员，无视她莫名惊诧的目光，喃喃念叨："玉米馍馍地瓜粥，高粱小米荞麦面……随便哪样，你们有吗？我想来上一点。"

2007 年 12 月 24 日初稿于京

2008 年 5 月 4 日二稿于宁

2008 年 9 月 16 日三稿于宁

2008 年 11 月 29 日四稿于宁

羽　毛

一

得承认,在"那"之前,我的快乐,大都来自具象的物质:通过金钱即可抵达,诸如饮食、衣饰;或是天地所赐,花与叶,山与水……这俯首可得的种种愉悦,一度让我心满意足;但"那"之后,精神的发育开始了,勃勃生气却又无影无踪的情感浓雾般将我包围,我目不视物、摇摇摆摆,鄙视起日常生活,视情感为至高无上,一切的人伦与道德似皆可为之让道。

"那"是什么,是十六岁的年纪、周围的成人、他们相互的关系、我与他们的关系,还是莫名其妙偶尔发作的皮炎?说不好,似没有合适的词可用来概括。况且,"那"是慢慢来的,惊觉时,已寻不见来时路……

我情感发育的最初启蒙者,当是郝音。

她与我父亲是同事,一所非重点初中,我父亲教语文,她教美术。

她家与我家，长期保持密切的交往。她是我心目中最为理想的女性，我希望自己长大之后，便是她那种模样。可她的调调，很难一言以蔽之……可以说两个情况。

其一，在公共场合，比如餐馆、剧院、商店，她很少直接跟侍应生服务员之类的陌生人说话。我的意思是，不论需要什么，她习惯于向身边的同行人求助，侧过头，低声地。"费老师，我想要杯白开水。""小茵，帮我问一下洗手间的位置。"等等，她那样自然而然地摆出一种派头，介乎柔弱与高傲之间。

其二，她对外界过分敏感，总会为了一丁点儿微疵而放弃整个良辰美景。比如，衬衣丢了一粒扣子，发髻略有松散，堵车时出租车司机说了几句脏话，等等，这完全微不足道吧，可她却会完全败了兴致，立时三刻便要结束原定计划，打道回府。

费老师，亦即我的父亲，他欣赏郝音这种"间接性"的表达方式及完美主义倾向，好像这是划分女人品质高下的第一条标准。他回家后总会深有感触："小茵啊，你长大后也得那样，高雅，彬彬有礼，不可亲近……"

父亲是个译制片爱好者，对经典配音对白尤其着迷。他收藏有大量的磁带，后来则是CD，全是对白精选、电影录音剪辑等等。晚饭后无事，他会打开音响，选择上一段，陶醉其中。从小到大，我耳边常常回荡着异国情调的激情澎湃、冲突中的矛盾与压抑……他对女人的审美带有一种模拟后的西方中产趣味，故而，他没有像大多数人那样，认为郝音矫揉造作，是个麻烦且冷冰冰的美人。

十六岁的年纪，多么容易受父亲的影响啊，我立刻就认为：对，那正是我的想法！我长大后就要像郝音那样！

我愈加仔细地观察郝音的一切。她一贯衣着简洁，偏取暗淡之色，饰物上则别出心裁,极尽浓烈华丽、画龙点睛之能事。她说话嗓音低沉,如四周较为吵闹或聆者精神略有涣散,则很难全部听清。当我们两家聚会时,她会应我的请求为某物来个速写——即使我也能看出,她的笔法并不特别高超,但我愿意替她辩护,她那有些走样的线条,或许是来自另一种视角……

在父亲看来,周末下午,就是供人糜烂着虚度的。

桌子上堆放着各式饼干点心,红茶热乎乎地冒着既甜且苦的味道。一向这样,父亲对诸样零食有着孩子般的爱好,拆开各种包装,兴致勃勃地一一品尝,嘴角浮现出享乐主义的弧线。

——父亲是那样一种人,一个与经济生活脱节的人,就算外面遍地黄金、人仰马翻,他仍会为了一个完整的回笼觉、一碟红亮的油炸花生米而安然不动,似乎只要有了这微小的滋味,人生即可百年安好……这么些年,他就靠教师工资不上不下地过活,完全没有金钱与事业上的野心——除了在古典译制片上,他慢悠悠地保持着陈旧的迷恋。

音响开着,是《流浪者》,丽达与拉兹在对话。音响像是我家的一个家庭成员,或空气中的 O_2,只要父亲在家,那些字正腔圆的对话便如影随形,灰尘一样,均匀地飘洒至每个角落。即使音响关闭,随便伸出手在桌子上抹一抹,仍能收集到颗粒般的话语细屑。

另一边的沙发,郝音低着头侧坐在窗下,握着支炭笔在铅画纸上涂涂抹抹,一串钴蓝色耳环偶尔闪烁,我不清楚她是否跟父亲一样爱好这些对白——已经听了太多遍数了。但不管怎样,如无例外,我们两家的周末总是这样共同度过,像同舟共济,划过一条懒洋洋的河流。

我的功课已经做完,尽可以随兴地度过这整个下午——父亲对我的学业要求不高，这使得我在学校各项竞技性的考试比赛中，均处于被人忽视的位置，我似乎不属于校园生活，亦无法置身于同龄人之间。让他们迷失在书本中吧，我宁可趴在沙发上，像只肥胖的家猫，待在由父亲、郝音以及电影对白组成的周日下午。

丽达：嘘，不许你看我，你看月亮，你看。

拉兹：不，我看云彩。

丽达：你为什么发愁哪？你为什么不看月亮而看乌云，不能告诉我吗？

拉兹：我没有不能告诉你的话，丽达。

丽达：嗯。

拉兹：我们12年没见面了。

丽达：是啊。

拉兹：这12年里有了很多变化。

丽达：这是拉贡纳特说过的话，我看，并不这样，你不觉得吗？我们还和从前一样好。

拉兹：他说得很对，你现在还不完全了解我。现在，我做什么，我是个什么人，我的生活，我的家庭，你什么都不知道，丽达。

丽达：我什么都不想知道，我就知道，你就是你，我爱你。

…………

电影对白总是那样，含蓄的表达与赤裸的深情，听得人焦躁不安，巴望发生点什么才好。我趴着不动，感到空气越来越黏稠，有东西在膨胀，丰满得快要裂开，迸出橙色的汁液。我的心开始怦怦直跳，好像突然飞身半空,从天花板俯看这个与外隔绝、自成一统的小客厅……

就是在这俯看的一秒钟之内,天赐的灵感降临,那花花绿绿映入眼帘的零食袋子、这熟悉到令人生腻的电影对白、沉默着共同静坐的男女,终于让我顿悟——这么些年,我父亲,他一直在暗恋郝音。

想到这静海深流、早就存在于身边的情感,我激动不已,好像日常生活突然变得神圣起来,垂着舞台的幕布一般!

我早该想到不是嘛!父亲是个鳏夫,与"寡妇"一词相比,"鳏夫"显得多么喜剧化,天生就该繁殖各种多情韵事……母亲故去时我仅仅两三岁,我对她毫无记忆,除了理性上的遗憾,我并无悲情,况且跟父亲在一起,一切如此快活、惬意、备受宠爱。所以,我该感恩并回报,难道我就不能为父亲也做点什么?让他抵达彼岸、实现幻梦?至于爱情,谁说我不知那其中的奥妙?我懂的,我一定能够帮助他、成全他!我糊涂而激动地想象着……

至于障碍——郝音的丈夫,是啊,我竟然忘了他!穆医生,那是个平庸的门诊大夫,在我们两家的周末小聚上,他一直在场,可总被我忽略。他要么坐在一角闷声不响,要么在厨房为大家准备水果——照严谨的比例分成小块,梨子瓣被摆得如同雪莲,葡萄们则如紫色梅花。除了医学专业,他别无所好,与他聊天,费劲而无趣,他似乎亦有自知,往往独自做出默想之态。我恶作剧地突然唤他一声,他会像瞌睡中惊醒的人,用大而朦胧的声音回答:"什么?什么!"郝音此时便会站起身来,到另一个地方去。

我暗中揣测郝音对丈夫的态度,却很难得出一致的结论。通常地,她显得淡然,只与我父亲谈天说地,议论学校里的事、某部新片子或一则教育新闻等,这是她丈夫插不上嘴的话题。我父亲兴高采烈甲承着郝音的话题,完全冷落男客人。但在另一些时候,当郝音头疼、腰酸，突感不适之时，她会不避我们父女，把头倚在穆医生肩上，那般服帖，轻声要求回家——后者神情凝重，好像她患了不治之症，庄重地与我们告别之后，几乎是半抱着妻子下楼。

真要说郝音有什么缺点，这能算一条：她身体不佳，总会毫无征兆地这里那里不舒服，这不算大毛病，但会导致我们的聚会草草收场，留下吃了一半的东西以及戛然而止的心境，可是，又得承认，这扫兴的局面，仍有种艺术化的效果……

同时，郝音身体的柔弱让我自卑，感到自己在外形上与她相差甚远。我太健壮了，脸那么圆，从侧面看，有明显的双下巴，穿上牛仔裤时，腰腹部一小圈凸出的脂肪。父亲称我为"毛茸茸"的小家伙，像是在说某种小动物。是啊，父亲从来把我当作孩子，就算他偶尔与我谈起各种事情，但每到关键处，都会摇着头省略，好像成人世界的深邃，我永难企及……这让我烦恼而急切，萌生出好战之心，我想，得尽快进入、得具有影响力，从而让父亲刮目相看。

——不知为什么，父亲对我的评价，我在他心中的位置，他对我的影响，我对他的反馈，这等等方面，我在意极了，甚至可以不惜代价。这可能跟家庭的构成有关吧：我与父亲，像是两根细细的火柴棍，共同撑着全部的屋檐，风吹雨打或是艳阳高照，皆是同进同退，说相依为命可，说是互为表里亦可，总之，我对父亲的情感，超过我所了解到的其他父女之情。

正是在这个下午，顿悟到父亲对郝音的情感之后，在热切愿望的驱使下，我定下曲线救国的策略：向穆医生靠拢。此前，对这位穆医生，我是客气的，但那客气，其实是瞧不上的、不经心的。一个毫无个性的中年男人，跟凳子椅子有什么区别？

我突然拿起一只红通通的北方大石榴冲穆医生亲昵地说："哎,能不能给我剥一下?"

穆医生正像往常那样愣着,表情僵硬,像一幅从油画上刚刚走下的肖像。我的语气和内容让他十分意外,他惊讶地看了我一眼,随即顺从地站起身到厨房去洗——我跟过去。石榴籽一粒一粒,极其琐屑,就算只吃小半个也得费上十来分钟。我想让父亲和郝音单独在一起待着。

"石榴啊,多子多福。"穆医生干巴巴地说了一句俗谚,他把自己伪装成个老人。

穆医生那样子——双手干干净净,动作精准而缓慢,神情低眉顺眼,整个人就像是几种成分摆在那里:谦和,好脾气的,没意思的……看到这样的他,不知为何,我总感到恼怒,同时夹杂着怜悯,想着怎么样才能让他有点活泼劲儿,哪怕是打他一下、刺他一下也成。有时候,一个人,太光滑太随和了,是让人生气的。

我找了个小凳坐到厨房后面的北阳台上,这里可以看到公寓小花园,几个孩子在玩轮滑。我在想,穆医生这样,从少年到中年,他一直都规矩极了吧。他总做"正确"的事,他从不知道,"犯错"乃人生的另一种趣味。看看,他很快就要老了,却还过得那么单调,永远只能坐在我家的沙发边发呆……

"喂我。"我知道这有点不像样子,但我是好心,这对穆医生,一定是稀少的体验,像给营养不良者一片他所缺乏的维生素 B_2。

穆医生揸着手,不知怎样安放才好。我若无其事地对他努努嘴,他极其短促地一笑,整个人紧紧地,绷了一会儿,终于坐到我的一侧,一粒粒剥与我。他的手指很别扭,注意绝不碰到我的唇或牙齿。

慢慢适应了,他的表情活泛了些,并逼着自己说话。"嗯,小茵,将来上大学准备学什么呢?"他扮出亲切的笑。

唉,真是典型中年人式的空泛开头啊。每次到父亲的学校去,碰到他的同事,那些人都会这样跟我寒暄,试图突出其在年龄与经验上的优越感。但穆医生看上去可真勉强,在任何人面前,他都不会有优越感的,他那样卑谦,整个人都往内收缩。

想了想,我这样告诉他,多么善意的戏弄:"我一直想学医,要知道,像你这样,我很崇敬的……"

穆医生的眼睛突然大了一下,毫不怀疑我的诚意,可他真不敢相信,他的职业竟会影响到我的理想!

"真的,你想想,思想、灵魂、艺术、政治,那些东西,有什么意义?肉体的痛苦一来,排山倒海,什么都是空谈,只有医生才能真正救苦救难!"我深思熟虑似的,甚至像在对客厅里忽高忽低传来的录音剪辑进行有力的抨击。

"小茵,想不到,你小小年纪,想得这样深刻!"穆医生完全信以为真了,几乎流露出一种感激之情!他小心地接住我吐出来的核儿,另一只手再奉上带有新鲜汁水的肉红色石榴籽。

我略觉一丝不安,但成就感更甚。瞧瞧,穆医生现在看上去多么高兴!与此同时,我还暗中帮了我父亲一把呢!嘿,一石二鸟。

我和穆医生重新回到客厅时,《流浪者》终于结束了,父亲在与郝音说话,有些絮絮而语的意思,我们进来,他们也未停下,话题不外乎道德或艺术。他们总是这样,热衷谈论这些抽象的东西,连我都觉得不切实际。也许,他们是在借此隐喻或剖白,谁知道呢,只有他们才喜欢拐弯抹角、曲径通幽。

"……不,克制才是人类真正的美德。随心所欲最后只会换来一事无成。"郝音认真地反驳，好像后面站着一个方阵的支持者。每次与父亲讨论，她总显得义正词严。她给自己的定位一直是这样：原则，理性，永远不会跟暧昧、龌龊之类的词儿扯在一块儿。

"哪里，我倒觉得，放松一些，自由一些，好好享乐，那才对呢。否则，真是罪过！是辜负上天所赐啊！这热乎乎的日子……"父亲把玩着一个未熟的青柿子，他笑眯眯的，像是在争，又像是在让，他不在乎谁对谁错，反正他自己肯定是要这样活着的，他那眼神可真美妙。我妒忌他那样看着郝音，他为什么不能与我讨论这些，我也懂的！

"可你想想，要是每个人都像你那样，整个社会不都瘫下来了……"

"不会的，自有人想名、想权、想利，他们去忙好了，我是把你当自己人，才这样劝你的……"父亲站起来伸个懒腰，米色背心后堆起一层好看的皱褶，骨头里发出一阵男子气的咯咯响。他还没有发胖，有本钱当众如此。

我想郝音不可能注意不到父亲的身形，包括他在气质、品位等诸多方面……较之于穆医生，应当是肉松面包与实心馒头的区别——我很高兴地确认这一区别：父亲的暗恋，并非自不量力。

二

元旦前一天，父亲的学校搞了一次新春联谊会，每个教工都要带上家属前往。自然，在那里，我们两家又碰面了。

天气那么冷，郝音却露出脖子，头发如赫本那样在顶上簇起，上面缀了一朵晶莹的紫荆花。郝音的装扮与举止那样出众，但她仍只待在一隅与我们交谈，这让人不由自主地产生一种感激之情，要好好照料她。父亲替她倒热饮、拿纸巾，穆医生和我去取点心与水果。

我今天也是打扮了的，因为怕冷，我穿的是条厚裙子，所配的白毛衣又太长，看上去一定臃肿透了。父亲在出门前夸赞过我，但我根本不信——他说过，对女士的外貌，永远都要说好话。父亲今天穿的是他最合体的藏青色西装，我不愿站在他身边，他同样让我自惭形秽。

好在穆医生跟我差不多，这家伙，仍然穿着件看不出颜色的夹克衫，脖子里露出厚厚的圆领羊毛衫——有时，仅仅是瞧瞧穆医生那糟糕的衣着，我就有理由推断：郝音根本不爱他。我尽可能地靠近穆医生站，一边略感庆幸与安慰。

取点心的途中，穿过一群挤挤挨挨的人，我终于问起穆医生："我今天，看上去怎么样？"

"呃？"穆医生没听清，他机械地停下来，看着我，脸上是他最常见的那种俗气劲儿。是的，我认为他俗气，除了给人看病，除了会弄些吃的喝的，他懂什么！

我突然脸红了，不是羞，是气的。我怎么这么没出息，竟然傻到要来问穆医生，他能有什么审美！

发现我的脸红，穆医生即刻着了慌，笨人的那种慌。"来来，慢慢说。"

"呃，我只是……想让你回头看看我。"我抬不起眼皮似的垂下眼来。突然地，我想捉弄他，唉，也是捉弄我自己吧，生得这么蠢相，真不如自暴自弃。

"……"穆医生愣在那里，他从我身上掉转眼去。我知道，他在费劲思量我不可捉摸的表现。

新春联谊会的最后一项，总是舞会……年轻的、中年的，胖的、苗条的，花枝招展地一个个拥上去。我愈加因自己生涩的长相及穿着而闷闷不乐，并痛恨起这个狗屁联谊会，一切都太没劲了。我坐在那里，一块接一块地吃萨其马，这是最容易发胖的零食。我想着父亲该邀请郝音了吧，父亲那身西装、郝音那长长的脖子，他们要是跳起舞来，该是多么迷人，所有的人都会看着他们的。郝音会感觉到父亲手心里那干燥的热乎劲儿，而父亲，他肯定不说话，也不看她，像外国片子里那样，老派的绅士……

想象不到的！父亲竟向我伸出手来，他亲热而随便地一拉我，两个四拍之后，我们就已经在场子的最中间了。父亲跳得很放松，基本没步子，他知道我不会跳，我们只是在踩着点子走路而已。可是我多么满足，这个晚上突然间起死回生。我太爱父亲了，他了解我，他知道我的自卑、懊恼与无聊……哪怕仅仅为了这个，我也要加倍地回报他！一定要成全他与郝音！

与父亲跳完之后，我主动上前挽起穆医生的胳膊，他像被人踩了尾巴似的窘迫。我忘了我的厚裙子与他的夹克衫，而是学着父亲，镇定地引导穆医生："没事儿，跳舞就是走路。两个人一起走。走两步荡一荡，荡一荡再走两步。瞧，这不就对了，您多灵活！我就喜欢您这样，高兴点儿！"

穆医生个子不高，鼻子正在我的额头处，他憋着不敢呼气儿，憋不住了却又突然喷出一大口气。看上去，他完全被我鼓动起来了，集中精力地与脚下的步子搏斗，一边咬着嘴唇、被鼓惑了般地微笑，这于他，便是声色犬马吧。

我心不在焉。每转一小圈，都用余光看我们的那个角落——父亲并未与郝音同舞，他们只在说话。四周围，人影晃动，话语嘈杂，可他们，竟像是坐于萋草之岸，微风拂面，神情里有种旁人不解的珍重与怡然。

我心情平静，毫无妒意，好像那正是我亲手导演的一个小场景。我就愿意这样想，事情正按照我的想法发展！多了不起的智力，我得以从中获得莫大的成就感。我甚至触类旁通，明白我的同龄人为什么孜孜于分数与名次——这同样是种途径，在少年期，我们迫切需要这些，以证明自己的成熟与庞大、谋划与实现野心的能力，诸如此类。

总之，对了嘛，这就对了。所有的人都各取所需。我想好了，接下来整个晚上，我都要跟穆医生一起跳。

就在新春联谊会的第二天，奇怪，我身上开始搔挠起来。先是领口部位，然后是手臂与小腿。皮肤上涌起一层皮鳞般的屑子，极其难看。

父亲一下子想到穆医生，瞧，医生朋友的作用。父亲头一次重视起穆医生似的，但他竟然不知道穆医生的全名及医院，出租车里，他打电话给郝音，急就章、功利主义地……

医院里，我惊愕地见到了另外一个穆医生、职业状态里的穆医生，这令我对他另眼相看，几乎忘了皮痒之苦。

——或许是那身白大褂赋予了他某种魔力，他显得自信、稳重，眼睛里露出平静的笑意。他在门口等我们，接着熟门熟路，带我们穿过各个走道与楼梯，来到他的办公室。这是中午休息的时间，但在他诊室门口，我看到病历已经摞得很高。我乖巧地表示了敬佩，他平常地点点头："是啊，有些病人喜欢挂我的号。"他的淡泊一点不像是装的，哈，奇怪，我竟然蛮喜欢他那股子熟稔的内行劲儿的呢。

父亲一向不喜欢医院，他止步在穆医生的诊室外面，像个求知者似的,看走廊里的科普橱窗。父亲就是这样,只愿唯心地放大生活中一切的快活,而对于疾病、劳顿、求助这种种麻烦,则尽可能逃之避之,好像他口袋里的硬币根本没有反面似的。

诊室里只我们两个人,但穆医生神情自若,他让我解开领口扣子,观察我脖颈上的斑点,询问我的饮食与活动。

"没什么啊,你知道的,就是昨天吃了一些萨其马。然后跟你跳了一个晚上的舞。"我说的是实话吧,可多么富有潜台词,我替自己得意,觉得自己像个成年女人似的懂得风情。但穆医生好像根本听不懂,只接着问了其他一些问题,冷静、富有智力。他的确适合做医生。

他开始写方子:"你这个,是神经性皮炎。注意保持情绪平静,忌辛辣。喏,异丙嗪和扑尔敏很有效,不过,可能有嗜睡副作用,白天上课,你吃这个,阿司咪唑。有事中午过来吧,那时没病人。"

拿了药,父亲长吁一口气,摆脱掉一个难题似的,他感激地晃动穆医生的手:"小茵以后就直接来找你吧。我中午还是老习惯,要午休。"

穆医生也晃动父亲的手,但我注意到,穆医生并不直视父亲的眼。事实上,父亲也显得较为局促,有违他一贯洒脱的风度。这两个男人,他们亲热地道别了,也各自松了一大口气。

按照规定的服用量,我每天扔掉异丙嗪、扑尔敏和阿司咪唑,第三天,如愿以偿,搔痒开始分布到腰上,而脖子与四肢上的则越抓越厚,并变得苔藓似的一块一块。我不得不请了病假,父亲为此冲我发起脾气:一来是心疼,二来,他不喜欢按部就班的生活被打乱。

为什么想要再次见到穆医生?在去往医院的途中,我想了想:最初,接近穆医生,是为了把郝音单独留给父亲,同时,也是为了给可怜的穆医生一点类似于维生素 B_2 的营养，但现在呢，这样到医院看病，并不会增加父亲接触郝音的概率，况且，医院里的穆医生，显然是圆通且自给自足的——他并不需要我，那么，我去的目的到底何在？算了，不必如此严厉地拷问，去了便去了吧。

穆医生还是那个白大褂里的穆医生。他沉着地新换了一盒苯海拉明，又另加了外搽的药膏。我主动让他看我的腰部与下肢——虽然不好看，但我还是撩起衣服，暴露出部分肌肤——他大略地扫了一眼，职业的司空见惯："没事，这是常见病。这个神经性皮炎，一般说，跟大脑皮层兴奋、情绪波动很有关系……小茵，你得自己调控。"

我突然间委屈而怨恨，他真的仅仅把我当作病人？难道我只是个毫无魅力的傻丫头片子？怪不得父亲从来只把我当个孩子……

"跟神经有关系？我就是那天跟你跳完舞，第二天就开始痒了，怎么会这样呢？"我得让穆医生认为：就因为跟他跳舞，我的大脑皮层才"兴奋"了。

"有时也跟气候或空气有关，说不定，那个晚会上，有皮毛组织或絮状飘浮物啊什么的，有些个体，是高度敏感体质……"穆医生严谨地推论。

"我痒得整夜睡不着觉，抓又不敢抓，敲敲打打也不管用……"这是生理上真实的痛苦，一边想到父亲着急而厌倦的表情，看到眼前穆医生无动于衷的样子，我失控了："穆医生，以后会留下疤吗？"

"一般不会，皮肤组织的再生与修复能力是最强的……"穆医生停下来，注意到我突然涌出的泪水。

过了好大一会儿，他才勉强开口，我一听就知道，赢了！我找到阿喀琉斯的脚踵了："小茵，你不要在这里哭。我最怕这个……"

"穆医生，我可以跟你说会儿话吗……"我蒙住眼睛，好像羞于见人。我即兴渲染出一段青涩情怀。某个男生喜欢我,而我讨厌其幼稚,我更喜欢成熟可靠的中年人……我觉得这台词拙劣而俗套,便一直蒙着眼睛。

穆医生那里没有声音,但我听到他把听诊器拿下来,又听到他站起来走了两圈。最后,他停下来。

"小茵,为什么跟我说这些?"他声音紧紧的,简直像是恨我似的。

我拿下手,发现他脱下白大褂了,他又成了周日下午在我家做客的那个穆医生,一个怯弱和不起眼的男人。他站在那里,以手撑桌,表情极为古怪。现在我知道了,穆医生,是有两种可能性的穆医生;而在两者之间进行转换的通道是:病人的泪水。

"因为我也想听到你跟我说心里话。我想知道你跟郝音老师,你们的事情……"我脱口而出——啊,目的,像一枚不为人知的宝石,藏在草丛间,我弯弯曲曲地无意识地绕着它打圈,它终于突现眼底,原来这才是我真正想要的!

还没到周末,但郝音专门来看我,买了些包装好的稀罕水果,还有几本硬壳精装书。这种小事她也尽量弄得漂亮得体。父亲赞叹不止,这最符合他的趣味。父亲到楼下接的她,他们谈笑风生地走进来,根本不像是探望一个病人。

她带着一股清新的味道在我房间坐了一会儿,没有主动找话题交谈——我想她真够坦诚的,或者她以为我很理解她,故不必掩饰她更想与父亲待在一块儿。

他们又在客厅打开了音响,像举行某种仪式。是《简·爱》。这是父亲最喜欢的一段,小时候,我常常会听着这个睡着。多少个迟暮及随之而来的夜晚啊，我在那些虚妄的情感中沉醉，淹没在颓废的芬芳里，对人间世情的多种可能性假以无穷无尽的想象。我想会的，最终，我会有一个稳妥沉闷的婚姻，但在那之前，我应当尽可能多地去体验——这是情感生活的必由之路，一旦长大，我便要踌躇满志地踏上。

罗：你忍耐一会儿，别逼着我回答！我，我现在多么依赖你！……唉，该怎么办？简！有这样一个例子，有个年轻人，他从小就被宠爱坏了，他犯下个极大的错误。不是罪恶，是错误，它的后果是可怕的，唯一的逃避是逍遥在外，寻欢作乐。后来他遇见个女人，一个二十年里他从没见过的高尚女人，他重新找到了生活的机会，可是世故人情阻碍了他，那个女人能无视这些吗？

简：你在说自己？罗切斯特先生？

罗：是的！

简：每个人以自己的行为向上帝负责，不能要求别人承担自己的命运，更不能要求英格拉姆小姐！

罗：哼！你不觉得我娶了她，她可以使我获得完全的新生？

简：既然你问我，我想不会！

罗：你不喜欢她？说实话吧！

简：我想她对你不合适！

……我从昏睡中醒来，邱岳峰磁石般的音质里，忽然听到有人在哭泣，本以为是简·爱，可是不，我听出来了，是郝音。父亲则无声无息。

我迫切地想去到客厅，但我想最好装睡，这样更为明智。等了好久，他们还是没有继续交谈，我只能无限地猜测——他们准像一对雕像，在对视，在拒绝与勉励、纵情与克制间进行徒劳的徘徊……这个黄昏，于他们，是难得的长相守吧，在电影对白的遮蔽下，如藏身于厚厚的积雪。

好的，我祝福他们。但是，他们知道感谢我吗？若不是我的小恙，他们哪里可以这么正当地在穆医生缺席的情况下聚首？这两个迟钝的、陷身隐秘激情的人，可不要让我这么酸溜溜啊。我又不是外人，我站在他们一边，可瞧瞧，他们什么都不想让我听到……

我听到父亲走动，大概是给 CD 选曲。他又回到先前的那一段儿。

罗：等等！

简：让我走！

罗：简……

简：你为什么要跟我讲这些？她跟你与我无关！你以为我穷，不好看，就没有感情吗？我也会的！如果上帝赋予我财富和美貌，我一定要使你难于离开我，就像现在我难于离开你。上帝没有这样！我们的精神是同等的，就如同你跟我经过坟墓将同样地站在上帝面前。

罗：简……

简：让我走吧！

罗：我爱你！我爱你！

简：不！别拿我取笑了！

一段又一段没完没了的对白中，天色暗下来。我眼睁睁看着家具们收敛起最后一点亮光,然后披上面纱守住秘密。最终我听到父亲说,他的声音从没有这样温柔过:"去洗个脸,我送你下楼吧。"

走时,郝音似乎在我卧室前停了一下,但没有进来跟我打招呼。她可能认为我睡了,这是一个说得过去的理由。但我想,她一定知道,我醒着。

我的搔痒处又开始强烈地发作了,他们一下楼,我就开始没命地抓挠起来,有的地方破了皮,又疼又舒服;有的地方则开始变厚,抓上去麻木无觉。我感到我这皮炎,真的很难根治了。

我想念起穆医生,一个人生病的时候,最会想念的人就是医生吧。我忽然明白了,为什么郝音每次偶有不适,便会对穆医生特别依赖:小小的暗疾,会让人多么脆弱,就是一根稻草,也会当成大树一样全身心地倚附上去……

三

父亲奇怪我的皮炎为何总不见起色,不免怀疑起穆医生的医术:"要不,咱换家医院看看?"

我为父亲看不上穆医生而生气:"哪里,我已经感觉好多了!"为此我不得不吃一点药。这其中的分寸真让我颇费心思——得把握着让皮炎略有好转,却仍需要去门诊复查。

对穆医生,我最近的表现倒可以说是相当平常,主要是由于前面的暗示已经足够,他应当早就相信:我有那么点迷上他了。

当然,我想他也习惯我频繁地光顾他的诊室。每一次,在诊室的前半段时间,他审慎地对待,过分地抱有研究的态度,好像我那皮炎真成了疑难杂症。但在后半段,他便跟我扯些别的。我前面说过,在医院里,他显得机智而有趣,配合他周围特殊的药材味道,以白色为主的色彩基调——说实话,我喜欢待在这里,看到另一个穆医生在愉快地侃侃而谈。

我很有耐心,等着穆医生哪天跟我说说他与郝音。他们这桩婚姻,太明显了,郝音的气质,与他完全不搭,他们为什么会走到一起?我有着猎奇般的期待,并且,这关乎我对父亲情感生活的设计……可能,需要一个特别的契机,才能让穆医生打开他的往事。意想不到地,倒是我的自卑无意中启动了那个按钮。

——说起我的自卑,跟以郝音作为参照物有关,我那么热爱她、赏识她、迫切想要成为她,可愈是如此,我便愈是明白我们之间的差距之大、愈加灰心沮丧……看看,不论是穆医生还是父亲,在他们眼里,我算个什么?他们总会轻巧地越过我,把目光停留在郝音的耳环上……

就在昨天,忘了是怎么开始的,我跟穆医生聊起这些:我的微胖、过重的汗毛、语速太快、不惹男性注意……这种坦白其实是艰难的,但在穆医生这诊室里,身体或心理上的任何坦露似乎都是名正言顺、不足为羞的。我甚至直接提到郝音:"穆医生,你老实说吧,在你眼中,我永远比不上她!你跟我坐在这里,其实巴不得我早点走吧……"我差点哭出来,我可以容忍父亲喜欢郝音而忽视我,但穆医生若也是如此,我好像就一文不值、十分可悲了!

"不,小茵,千万别这么想……你不是一直想知道我与她的故事吗?那告诉你好了,如果这样你会好一点……"穆医生像用糖果抚慰一个取闹的孩子。

　　他站到窗前,我注意到他不知何时已把白色外套给脱了。微黄的窗帘,像是没心没肺的旁观者,软绵绵地拂着他的侧面。

　　"初见她,就在诊室。我刚工作半年,她来看病……起初我并没有注意她的容貌,中途有同事进来有事,见到她,特别吃惊,在我耳边嘀咕:惊为天人啊!落你个美差!接着又有几位借机进进出出,用双关语开我的玩笑。在医院,这也算是种小小的消遣与游戏。

　　"我至今记得,她得的是慢性咽炎,喉部长期有异物感、灼热感,晨起咳嗽较剧,内窥可见局部红肿……这病虽然磨人,但并无大碍,没料到的是,她突然对着我哭起来!你知道吗?当时我刚刚工作,从来没病人在我面前这样哭过,绝望而又依赖……那一瞬间,像看到了折翅的天使,她泪眼涟涟、向我求助,我感到我的心都绞起来了,我想得帮她呀,我不帮她谁帮?我原本可以递张纸巾过去,但我把自己的手伸了过去,那么自然地,一直触到她的腮上,替她拭泪……恰好这时副主任进来了——是女的,富有原则,她马上严厉地大声喝斥:'小穆,你在干什么?你是医生!'

　　"她好像突然从梦中醒来,吓得止住哭,犹豫了一下,伸手打了我一个耳光,非常表演式的。

　　"我傻在那里。种种后果像匕首那样迎面刺来,我知道,我违背了最起码的职业道德,我将被通报批评、调离现职。我读了五年的医科,我乡下的父母,我的同学与熟人们,在他们眼中,我就此成为流氓、可怜虫与一个笑料。一切都结束了。

　　"我抬眼看着她,像末日降临、像等待宰割的牲口那样看着她,不知道我眼里到底是什么表情,那似乎吓住她了,我看到她明显地抖了一下,然后突然站起来,对我们副主任清晰地说:'他其实……是我

男朋友,我们刚才在闹别扭……'

"事件依然是个事件,依然以极快的速度传播,但性质截然不同了。我起死回生,甚至成为一个民间英雄般的人物,成为同事们妒忌和欣赏的对象。险情过去,我的工作与名声,完整无缺地保留住了。

"我明白,是她救了我——但只是救我而已,不会当真的。我这么个木呆呆的小医生,而她,模样那样出众,又是搞艺术的……但我还是开始追求她,这似是那种情境下的惯性动作,我不在乎我将被回绝得怎么难堪。

"她对我,是若有若无,并带着种嘲讽跟我交往,但那嘲讽的对象不是我,而是她自己。她在拿我进行试验,测量自己对世俗生活、平庸人物的接受程度。她把自己放置于自我铺设的矛盾之中:她看不上我,可她偏要把好事进行到底,只因她曾经主动担当,故她必须使这层关系像模像样。

"我们的关系最终得以转机,还是因她的小毛病——很奇怪,找不到原因,每过一阵子,如中魔咒,她总会莫名其妙地胃痛、眩晕、抽筋、流鼻血或发低烧。每到此时,她便软弱而自伤,精神上的高傲土崩瓦解。她第一个便找到我,完全地交付与我……我们在诊室里一再重逢,像不断排练同一个场景,以强化我们之间需求与被需求的关系定势。如此反复再三,郝音意识到什么,在诊室外的约会里,她若有所思地盯着我,露出迷惑而认命的神情……"

这故事甚好,我喜欢,甚至都忘了我刚刚跟穆医生说起的自卑了——瞧,郝音之嫁于穆医生,是因为一个事先张扬的大背景,然后弄假成真,带着宿命论,带着道义色彩,带着实用主义,嫁给一个医生,一个她时不时恰好需要的人。

现在我明白:为什么上次我在诊室里对穆医生哭,他会有那么大的反应，一下子从专业而变为失态？我还明白：郝音与穆医生，他们发生情感的起承转合，是有先天缺陷的，也是后天无法补养的，故而，我的父亲，他大有空间可以施展……

我心下满意，却发现穆医生表情滞重，像被水浸透的报纸那样，黑乎乎一片。"唉，小茵，我真不该跟你说这些的。这些年，我一直在想办法忘掉，都差不多快要成功地忘了。但今天这一说，我又回到过去了，我还是觉得我欠她的，欠一个天大的情分，她随便怎么样对我，都不过分……唉，我为什么老觉得自己欠她的呢……"

穆医生软塌塌地靠在窗户边，对我挥挥手，背光，我看不清他的表情："午休时间要结束了，你先回吧。"

"穆医生，相信吗？我特别理解你、懂得你！"我说得很急切，而且是真话。为了他，我愿意继续扮演某一角色——也说不上是扮演吧，我怀疑，自己的确是有那么一点中意于他了。

有时我觉得，父亲应是很寂寞的。对某种事物过分沉湎的人，都太过寂寞。电影对白——我简直都不愿意再写下这几个字了，真可怕，就那几十部译制片，麻将骨牌一样，家中无事，他每天盘来盘去，总是两个动作：要么在听，要么在选。

设身处地，度想他的生活，多么单薄，一个天天看到饱的女儿，一堆快要发霉的CD。而郝音，该是生活里唯一的一小束阳光吧，在周日的下午射进来。可他不敢轻举妄动、吐露心意，他那样的随遇而安、贪图舒适，对情感缺乏冒险精神，并且，他准以为自己配不上郝音，他害怕一旦行动，连眼下的都会统统失去……我的父亲啊，瞧瞧他吧，保养良好，洒脱快活，一肚子风雅闲情，可偏偏就这么白白浪费着！

——要在从前，尚可以算作是因我的拖累，可是这无谓的牺牲真该结束了，我都十六了，成人了，不行，得让父亲结束这耽搁太久的被动状态……

"那天，我听到了。"我把父亲从配音对白里打捞出来。

"什么？"父亲茫然着。我注意到他额头堆起的皱纹，他的魅力，还能保持多长时间？时不我待呀，得抓紧。

"郝音在客厅里对你哭，哭什么啊？你们两个，是不是在闹恋爱……"

"嗨，你这丫头，想到哪里去了。真是胡思乱想！是学校里的事，总有人怀疑她身体有问题，不会生小孩之类，然后在背后讲三讲四呗。人啊，总难免会被别人说，可你想，她那么个人，哪里受得了那些？"

"那，她怎么要跟你说呢？这种事情，跟你说有什么用？"可见，郝音对父亲不一般嘛，她明知无用，可还是想在父亲面前哭一哭！

"所以啊，我劝都不好劝的，只能陪她那么坐着……嗳，小茵，你可别乱想啊。郝音最讨厌弄些不明不白的事情。"父亲对我直摆手，好像宁可永远这么捂着盖着似的。瞧我这父亲，他很伪善不是吗？有时我就讨厌他们中年人遮遮掩掩的这一套，明明想要，偏偏不取，掩耳盗铃。

"可是，我清楚得很，你喜欢她……"我帮父亲捅开他的纸。

"那个……那个，只是一种好感……你放心，我不会对不起你的……"父亲结巴起来，甚至还脸红了。这让我感到一丝别扭。他讨饶般地看了我一眼，竟像是怕我生气。唉，这怎么能说对不起我呢，全无逻辑嘛，可与此同时，我竟因父亲这话而美滋滋的——看来，父亲还是把我看得很重的，说不定比郝音还重呢！我的小心肠被妥帖地抚慰了一下，继而涌出更强烈的报答之意，对，就得我上了，去帮父亲一把。

伴随着我忽好忽坏的神经性皮炎，我在穆医生的诊室度过一个又一个中午。这些中午，对我与穆医生，皆似沙漠甘泉，各自诉说，相互溶解。我时常连病历都不携带，就径直去找他聊天。

"有时候，我真觉得你很像她，某些方面……"有一天，穆医生不知怎么的突然这样说，我知他说的是郝音。

我真愿意他说的是真的，可是瞧瞧，我这么个胖乎乎满身搔痕的蠢相！

"你就尽管讽刺我好了，正巧，我现在的皮可厚着呢……"我自嘲地一笑，弯下腰抓膝盖内侧，指甲在干燥的疣状皮肤上发出不雅的沙沙声。

"不，不对。可能我讲反了，你跟她又似全然不同，除了都出现在这里，都对我哭过……为什么，我总感到你们是有内在联系的……"穆医生沉吟着，他自己也困惑起来。

对他的话我一时未加深思，主要是，唉，我这该死的皮炎还在神经呢！现在是后背与胳膊肘，痛可忍，痒难耐，我像被巨蟒缠住的拉奥孔那样，整个身子往后扭曲着，徒劳地够着抓。"帮我抓抓……"我不由自主地求助。

穆医生脸色一紧，他下意识地瞅瞅自己身上。好的，没有白大褂与听诊器，这是休息时间，没有任何人会进来，现在，他不是医生，我也不是来看病的……——确认了这些因素，然后，把对往事的忌惮控制在最短的时间内，他"哈"地一声假笑，完全无所谓似的："好，那你转过身，我隔着衣服替你抓抓，这样的效果是最好的。免得弄得破了，反倒容易感染。"

我把后背朝向他。嗨，多小心的人！就算隔着衣服，他也不是用手，而是用一个大号镊子！

镊子在后背发出轻微的笃笃声，停了那么一会儿，他又重复着自言自语："真的，你不像她，可总让我想起她。只要看到你，就想跟你说点什么。可是，没有道理呀，我为什么要跟你说呢……"

这漫长的铺垫多令人怜悯，穆医生何时才能直抒胸臆？我只好欲扬先抑，激他一下："没关系，以后周末到我家说也一样，我不能总这么跑来跑去，中午从学校赶来，实在太累。"

穆医生果然沉不住气了，他的敲打失去了节奏。"其实，小茵……"他大口地吸气，一个怯弱的人决定赴汤蹈火，"说实话，我很害怕到你家……每一次都是个折磨。我眼睁睁地看着你爸爸，看着他跟郝音在一块儿说说笑笑，对我爱理不理。我知道他压根看不上我，也认为我根本配不上郝音。没错，我就是没有艺术细胞，我甚至还讨厌那些电影对白呢……"我被他说得心有所动，想要转过身去看他，可他立刻警觉地闪开。他不愿与我对视。

"你恨我爸爸！是不是？"我追问，想帮他说出关键词——他需要一次这样的小小爆发吧，不如彻底一点。

穆医生却避而不答，只兀自顺着他的思路，好像一旦被打断就不会再有勇气讲完："……还有你！小茵，我知道你对我不错，可是，小茵，我在想，这不过是在青春期吧，你很快就会长大，把我抛得一干二净！或者，连青春期都不算，你其实就是在可怜我！是在跟我开个大玩笑！所以小茵啊，对你的一切，我从不敢当真……包括郝音，也一样，你知道的，我怎么可能指望得上她……总之，我十分清楚，在你们三个人那儿，我什么都不是！你们没有一个人真正在乎我，我就只能这样吧，孤零零、没滋没味的……"

从声音能听出，背后的男人不知羞耻地哭了，他仍在勉力敲打着。那泪水不是顺着脸颊，而是顺着医用镊子，一直淌到我的后背，穿过衣衫，漫漫浸润到我的皮肤上，我久患不止的奇痒，瞬间神奇地消失了。

另一些时候，我把目光停在郝音身上，她是最为关键的一个因子，我需要再琢磨琢磨——在决定做什么之前，我得细心替每个人想好他们的处境，确保计划的利他性，实现一种理想国的多赢局面。

要说起来，我与她单独的交往并不多。当然，她会带我去挑衣服，替我整理头发，有时挽着我的胳膊走路。这种时候，我总特别配合，不敢用斜逸的谈话来分散这生活化的画面。我喜欢看她置身人群中，那冷冰冰的卓然之感……我没有关于母亲的记忆，郝音这样，也并非有着怎样的母性，总之，她于我，有那样一种超越年纪与性别的魅力，使我在自卑的同时，亦想要去获得她的认同。

而她对我，我想，更多的是种怜悯与义务的成分吧，她竭力淡化这一点，但我仍能感知，她想扮作一名监护人。她不放心父亲对我的影响——其所一以贯之的生活方式：享乐主义、反对约束等等。

有时，看到我的书或杂志，她会翻一翻，然后婉转地加以诠释。她有一种能力，不管那书里所写的是关于什么，她都能百川归海地引申到她的中心议题上，讲到人生之要义、机遇与选择、是非观与上进心等等，非常的主流、土气。我不爱听，大概我已受父亲流毒甚深……可我感激她，她能这样替我着想，多好！包括父亲，也并不赞同她所说，但他从不干涉她对我的教导，可能是他也喜欢这种形式与气氛，他在一边笑眯眯地听着，满意她所扮演的角色……

但当父亲不在场，郝音对我的理论输出会略有变化。像是东扯西扯的，她会慢吞吞地谈到感情啊，精神与肉体啊之类，用一种接近于书面语的方式："小茵，我总在想，人这辈子，只要有可能，精神生活应当是开放的、任其自由，否则便如行尸走肉、死气沉沉；但对肉体，不论饮食或男女，均需节制而行，否则，人兽何异？"

我好像是心不在焉地听着，但我认为，这时她口中所说，已成了一种间接的表白，她是在告诉我：她是有羞耻心的，有原则的，她与我父亲之间，永远不会跨过界……可是，她为何要对我说这些，难道我需要这愚蠢的承诺？我那么崇敬她、以她为楷模，可她却以为我只是个普通的孩子，理解不了他们高深的情感！真让人生气，她低估了我！她越是如此，我越是要往相反的方向拽，我就是要让她跟父亲真正好上，然后，她就会知道，我其实多么现代派、多么大方……

有一次，我突然想到，她曾对我父亲哭诉过的那事——我问她："为什么不要个孩子呢，我还想做你孩子的干姐姐呢？"我笑得有些庸俗似的。天知道，我真会喜欢她为穆医生生一个孩子吗？

郝音盯着我，奇怪这问题。但她不想搪塞，想了一会儿，神情郑重而隐秘："相信吗小茵，我总觉得，我的生活还有其他的可能性，我并不见得一直要这样过的；或许，某一天就大变样了！极其偶然、没有痛苦、不伤及任何人的，像突然拐个大弯，豁然开朗，我开始了另外一种日子。有时，我觉得自己长期都在为这个做准备，在等待，要好好迎接……所以，我绝对不能跟其他人一样，随随便便就生孩子，一旦有了孩子，就等于是给生活盖了钢印，我再也逃不脱了……"

郝音的眼里闪现着一种天真的光芒，有着感人的力量——我头一次体悟到她的某种缺憾与痛楚，并萌生出自不量力的同情。我想起穆医生所说的往事，看看吧，这样的郝音，她绝对没有可能爱上过穆医生，只是在特定的背景与事件中，她与他结了婚而已。出于理性，她维系并忠实于这段婚姻，可在内心深处，她又像个小姑娘似的，还在憧憬着其他的可能性，还那么傻乎乎的，等着一次浪漫的拐弯。

所以说，我不帮她谁帮？还犹豫什么，多少块指示牌都在暗示我呀，得替她与父亲牵线搭桥……再说，我相信，连穆医生也会在内心的某个角度里默许的，那做丈夫的，不是总感到欠着郝音嘛！

哈哈，我几乎是喜滋滋地替我的计划发现了更多的理由，郝音却回过神来，她想到什么似的，表情又那么理智而洞明了："不过，最重要的一点是，只要生了孩子，就要负责任。就比如说你父亲，再怎么样，他也不愿意伤害你的，就算他能做下，我也绝对不同意……"

瞧，她把话又说回来了，她以为我在试探她，她正好借此机会再一次对我表白：我是他们的责任所在，他们绝对不会伤害我的！

得了，就把我当作绊脚石、当作脆弱的温室花草、当作屁也不懂的幼稚园小朋友吧。等着瞧，最终他们会知道，我其实是催化剂，是灵活的向日葵，是奋不顾身的救世主！

四

天气一天天变得异常寒冷了，对于陪伴的欲望总会在这种季节变得格外热切，这种时候，我与父亲都会特别期待郝音一家前来聚会，客厅的空气会因此变得厚厚的，充满坚果、小点心及各种热饮的香气。郝音喜在冬天穿白色，她的脸色会因室内的热气，呈现出少女般的淡淡红晕。父亲尽量不看她,可我在窥伺父亲,知道他实际上总在看她——我洞若观火,同时感到些微的伤心,父亲已经有很多天没有仔细看过我了吧,我上火了,脸上长了痘痘,可他从未留意。

而穆医生,自从那次替我背后抓挠、顺带着自我渲泄之后,他好像暂时获得了某种安慰与平衡——这是我能体味到的,他亦为此心怀感谢,常常找机会偿还。

有时,父亲与郝音谈话,我绞尽脑汁、用一个惊人的观点插入,可他们往往只宽容地笑笑,并不表示赞同或反对,稍停一会儿,再接着他们方才的地方往后聊……在我暗自沮丧之时,穆医生会找借口带我到厨房,然后,刻意地接着我刚才的话题,试图让我知道:他在用心听我说话!他重视我!他拿我当大人!我接纳他的好意,同时愈加五味杂陈——就是跟穆医生聊上一百句,也还不如父亲斥骂我一句呢。

这天,郝音提到正在上演的小剧场话剧,是从外地到南京的。"是部老剧目——奥尼尔的《榆树下的欲望》,也许不久就结束了。"她的口气似有些憾然。

郝音对于各种现场演出、现代展览、行为艺术等,总有数倍于常人的热情,有人讽她为附庸风雅,可我知道不是。多少次,我走在或坐在她身边,看着她的表情,总能真切地感知她的寄托与感怀:她见到的,不是她眼前的;她体味到的,亦跟那展品或演出无关——一个充满太多幻梦的人,需要时不时地攀附于与现实格格不入的冷门艺术之上,方可化解胸中积郁,从而让这烂西红柿一样的生活继续苟延残喘。

我想起她无意中涂抹的那些线条——每个周末,她走后,我会搜集她留下的纸片,画得半半拉拉,但大意可辨:纠结缠绕的灌木丛,被水草遮蔽的狭窄湖面，没有脸的女人，汩汩流血的干瘪人体。那些意向与隐喻，流露出不安、焦躁的成分……真让人奇怪，在我家的客厅，她一贯是那样的：对我亲切微笑、听父亲谈论某个配音演员的近况、赞叹某个点心的包装，可她笔下为何如此怪戾，如同出自他人之手。啊，我想起来，每次她留下这些残画，总是她的暗疾正要发作之时，她会突然地眩晕、胃痛或恶心之类，接着她会退场，似乎仅仅因为生理不适，她软弱地靠着穆医生，给自己制造出一个向现实妥协的理由：她是病弱的，故而她不得不与一名医生结婚，不得不陷于这种平庸的俗世……

郝音提到话剧的时候，父亲正打开一盒野生核桃，他冲我喊："小茵，去拿胡桃夹子。啊，胡桃夹子，要跳舞了！"真够用心良苦的！我知道父亲听到郝音说什么了，他故意不接茬，好像完全未在意，可第二天，他准会去买票，然后很平常地亮在大家面前。他经常是这样子的，他还以为只有他自己知道！为了郝音，他简直傻得破绽百出。

其实我也是喜欢话剧的，可对这场演出，我真希望出点什么事才好。

四人座位，并不正好相连，但父亲运用他可亲的外交笑容，与人调换位子，把我们凑到了一块儿，根据约定俗成的排列，我与郝音坐在中间，父亲与穆医生位于两边。

演出开始了，父亲总越过我去与郝音轻声讨论——某个演员的中气前聚后散，某句台词的断句有毛病云云——后面有人嘀咕着抗议，连我也感到难为情了，不要以为他听多了电影对白，就可以到处指指戳戳。真奇怪，父亲一向讲究公德的，怎么这次如此疏忽？

我看不下去，借故去洗手间，回来后，我跟父亲换了座儿，他要跟郝音说话就说个痛快好了。这样，我跟穆医生现在位于两边了，我遥遥地看了医生一眼，后者正腰杆笔直地盯着舞台，脸被灯光打得发蓝。我瞧出，他根本不喜欢这疾病发作般的大喊大叫，他完全走神了，或许正想着某种新奇的病相、正给人开着方子吧。哎呀，穆医生，想到他在医院里的如鱼得水，与在此地的格格不入，真想能够逗他展颜一笑呢。

父亲坐到郝音身边，却又像蹲窝的母鸡似的，不再作声了。我心中嘲讽父亲，并暗中监视他的手与肩膀，看看他与郝音是否有无意识的接触，瞧我想得多么肤浅……不久，我发现，郝音开始不安了，轻微地扭动着，最终不得不越过父亲来问我了："小茵，带我出去一下吧。"后面的人再次嘀咕，但有什么办法，谁让他碰上我们了！

洗手间里，她根本不上厕所，只一个劲地照镜子，观察自己光彩照人的正面与侧面，而她嘴里说的却是胃："哎呀，我胃不舒服，不知是不是着凉了，总犯恶心，想吐。"她的语气里，我听出来，有东西在打架——她分明想就那样坐在我父亲身边，在黑暗中，在自己丈夫身边，在对方女儿身边；可她不能够，她一贯是磊落的、光明的，她容忍不了丝毫的暧昧与冒险……

镜子面前，郝音足足耽搁了十分钟，不停地整理她的披肩。得了，我知道，准是要回去了，她就会这样，虽然表面上礼貌周全，可心里却突然地翻脸，然后不管不顾地突然扫大家的兴——但今天，只能扫父亲的吧，我与穆医生，在这个话剧场，哪里有过真正的兴致？

重新走回座位，父亲已经坐到穆医生边上，把靠外的两个位子让给我们——我们四个，是棋子吗，要把各种排列组合都试一遍？但郝音不肯进去，她在走道里做个手势：要回去了。

父亲下意识地站起来，比穆医生站得还快，他的表情无比委屈，并且满怀内疚，他明白，是他的轻浮与造次使郝音没法再看下去了，而这可是郝音提议来看的话剧，他使她失去了这一难得的享乐——舞台上演员们的神情哪里比得上父亲现在的呀！我一下子冲动起来，涌起崇高的动机：可怜的父亲，我来帮你，成全你……

　　我突然盯着穆医生看，使了大劲，动用一切我能想到的潜台词：我与你之间，是有关系的、有默契的、有需求的，甚至，是有爱与体谅的。留下来！陪着我。你不能走！我们是一条线上的可怜人！

　　后排的人们开始嘘我们，迟钝的人们啊，你们哪里知道，这才是真正的好戏呢。

　　穆医生应当是看懂我的眼神了吧，以一个很小的动作，他重新敞开已经合上的外套，又把围巾扯下一半，一边可怜巴巴地朝父亲看去。而父亲，则潦草地拍拍穆医生的肩，嘴里含糊地把我交代给他。然后，他非常恭谦地猫着腰，一路跟人打着招呼，从这一排中走出去了。郝音，已在检票处等待，她把脸朝着外面，好像不在意到底是谁送她回去。

　　几乎只有五秒钟的工夫，谁去谁留的搭配结束了。这对所有的人都算是正中下怀的选择吗？看大家配合得多么好！

　　我迅速挪过中间的两个位子，坐到穆医生边上。他一动不动，我侧头看他，觉得他脸上的皮，竟像是要裂开来一般，撑在那里。我情不自禁地把手伸过去、试图碰碰他的脸——这动作也许有点轻浮，但我发誓，我真的只是想感谢他、安慰他，穆医生愤怒而惊讶地转过脸来，由于激动，他语气急促："我这不都留下来了，你到底想要干什么呀？"

　　我的心，从胜利的喜悦中凉下来。周围有许多情侣，他们亲热地搂靠在一起窃窃私语。我坐在穆医生边上，像个什么呢？被托照看的邻家孩子吧!

说过的啊,他曾经在诊室里说过的,说我像郝音……可在他的心里,我若真抵得上郝音的一小份,他哪里会这么冷冰冰的毫不理会?曾经小下去的自卑又大了起来。哈,我还以为穆医生能瞧得上我呢,原来不是,原来压根没有!

一整个晚上,包括在送我回家的车上,他都没有再跟我多说一句话,脸上,一直那样没有表情地皮开肉绽。他可能在恨我,在想郝音与我父亲,想他们何时回的家,又是怎样回的家,但我管不了了,我的痛苦也并不比他小吧。

——这场话剧,对我们而言,砸了。好戏从来不在舞台上。

回到家中,黑灯瞎火。我料想郝音一定也没到家,我想到穆医生,他必定像根盐柱吧,呆立在空荡荡的房里——但这不在我的计划之内。好比一个人拉满了弓射出箭去,由于用力过猛,那箭到底飞往何处,他已是无法把握了:我只是让父亲把郝音送回家而已。他们盘桓在外、迟迟不归,是他们自己溢出了,像太满的水,没有容器可以装得下……

坐在客厅里,我浮想联翩,喜忧参半,不知其解——父亲与郝音之间,今晚,他们会表白吗?会发生那个吗?在这整个事情中,我到底起到了什么作用,推波助澜,还是误作红线牵?

我又想到穆医生,他后来的冷淡与愤怒是否说明:他其实早就看透我了?他从来不是真的对我感兴趣?再准确一点说,是这样:在家庭情感稳定的大前提下,他愿意跟我逗上那么两句、玩上那么几下,但若郝音真有一点儿风吹草动,他立刻就散黄儿了?总之,只要有郝音在,我就连个屁也不是!

我试图上网、玩PSP,但均无法集中精神。转了一大圈,如同被诅咒过的木偶,我机械地打开我最为厌烦的音响,不加选择,出来什么便是什么……

声音也是物质之一种——而物质,譬如酒与烟,总会让人加倍孤独——就算他们的声音,童自荣那么华丽,张欢那么明媚,可我仍然孤独,像父亲平常独自听 CD 时一样的孤独,像穆医生所吐露过的那种孤独。比起他们,我又好到哪里去?没有爱与被爱,没有人在乎——只是个孩子,被忽视的、长不大的——没有人知道,我也有一颗心,带着少年人的狂热,想要炽烈的情感,却找不到施放的对象……

朱丽叶:告诉我,你怎么会到这儿来,为什么到这儿来?花园的墙这么高,是不容易爬上来的;要是我家里的人瞧见你在这儿,他们一定不让你活命。

罗密欧:我借着爱的轻翼飞过园墙,因为砖石的墙垣是不能把爱情阻隔的;爱情的力量所能够做到的事,它都会冒险尝试,所以我不怕你家里人的干涉。

朱丽叶:我怎么也不愿让他们瞧见你在这儿。

罗密欧:朦胧的夜色可以替我遮过他们的眼睛。只要你爱我,就让他们瞧见我吧;与其因为得不到你的爱情而在这世上挨命,还不如在仇人的刀剑下丧生。

朱丽叶:幸亏黑夜替我罩上了一重面幕,否则为了我刚才被你听去的话,你一定可以看见我脸上羞愧的红晕。我真想遵守礼法,否认已经说过的言语,可是这些虚文俗礼,现在只好一切置之不顾了!你爱我吗?我知道你一定会说"是的",我也一定会相信你的话;可是也许你起的誓只是一个谎,人家说,对于恋人们的寒盟背信,天神是一笑置之的……

门开了,父亲回来了,他步履拖沓,好像蹚着没有尽头的河水。我站起身迎他——我最亲爱的父亲,他没有瞧我,不知为何,我觉得他突然瘦了一圈,一个夜晚的煎熬果真漫长,他们不会像罗密欧与朱丽叶那样,爱情乃最上等的滋补,不,于他们,极有可能是猛药,一病不起,缠绵床榻。

他坐下来,沙发上他通常的位置。父亲几次张口,但均被罗密欧挡了回去。

罗密欧:姑娘,凭着这一轮皎洁的月亮,它的银光涂染着这些果树的梢端,我发誓……

朱丽叶:啊!不要指着月亮起誓,它是变化无常的,每个月都有盈亏圆缺;你要是指着它起誓,也许你的爱情也会像它一样无常。

罗密欧:那么我指着什么起誓呢?

朱丽叶:不用起誓吧;或者要是你愿意的话,就凭着你优美的自身起誓,那是我所崇拜的偶像,我一定会相信你的。

我终于沉不住气,把音箱"啪"地关了,这听上去是有脾气的。父亲抖了一下,像被人突然掀开蒙在头上的被褥——那空气中烂熟的对白,是他取暖与逃避的所倚吧。

"你吓了我一跳,相信吗,就在刚才,突然地,我想起你妈妈了。"父亲有些怔忡,"很久没有想起来了,我都不敢动,怕一动就没了。瞧现在,她就没了……

"这样,小茵,你困吗?我们来聊聊你妈妈吧。我真怕我到年纪大了，就忘记她许多事情了。"电水壶跳了红灯，父亲冲了杯热奶茶，双手握着，贪婪地啜了一大口，"我记得，你妈妈会做扬州的大煮干丝，那可真是她的绝活儿……对了，她有一身湖蓝色的套装，你不知道，从前她穿起来，有多漂亮……"

十多年前的细节了，像个要交作业的差学生，父亲结结巴巴地在记忆的迷雾里勉力搜寻：妈妈的口头禅、某只彩金镯子、她中意的花香、婚礼上出过的洋相等等——其实这些我皆一无所知，就算他胡诌一通我也会信以为真，可父亲很较真，跟他自己用力，好像他回忆得越多越详细，就越能说明什么似的……

我默不作声只管听，我知道父亲现在需要诉说，他需要谈论在人世间消失了太久的妈妈，以稍稍平衡他的心理——现在我还无法知道，父亲与郝音今晚到底如何度过的，但他们，已不再是清白的了，这一段无法解释的空白，就算没有人去追问，父亲自己也交代不过去……同时，他还在借此来回避我可能的追问：谁都不会去打扰一个怀念亡妻的男人。

可是，他怎么就对我如此熟视无睹？若不是我留下穆医生，他能跟郝音出去吗？再说，他怎么就不好奇？我跟穆医生单独待在一块儿那么久，有没有发生什么？他都没想到，我已经长成一个大人了吗？我也可能会爱与被爱的呀！

心里的头绪像面团那样发酵着，却又发不出来，毕竟不成形啊，我拿不准该从哪头说起！

对妈妈的回忆终于告一段落，江郎才尽般地，父亲挥挥手："好了，小茵，去睡吧。我今天说了太多的话。"

我想我应该给父亲一点暗示，吞吞吐吐地，我流露出那么点意思：

"我跟穆医生,待在一起,怪怪的,他总说我像年轻时的郝音……"

"啊,睡吧睡吧,瞧你都说些什么乱七八糟的。"父亲一直把我往卧室送,他大概还是沉浸在他自己的旋涡里吧,对我毫不在意;或者,他觉得太可笑了,我怎么会像郝音呢。

就在此时,就在父亲含含糊糊地催促我睡觉的当儿,一种怀疑,凉凉地缠上来。我突然想道:不,父亲不是把我当孩子,他不是忽略我。他怎么会想不到,我与穆医生可能会发生的暧昧!他是故意不理会,他在成心拿我做挡箭牌或抵押品?他在顺水推舟地利用我?

我甚至一连串地回想起来,每次我单独到穆医生处看病,不论逗留多长时间,父亲皆不闻不问,他坚持不肯陪我;任何时候,只要我抱怨到那久不痊愈的皮炎,他都会想也不想地这样推托:那这事你找穆医生啊,跟我说没用的——他反应得那么快,似乎早就在等着、要把我推给穆医生似的。或许,我该自责,我的领悟力太迟钝,一直不明白父亲的良苦用心,我没有配合好,比如说,我在穆医生那里所应当承担的责任、所说与所为,还远远不够……

背朝着父亲,我突然清醒了,同时也特别疑惑,原来,不是我有计划,而是我被计划了。抑或是我太敏感了,以为人人都跟我一样、在戏剧般地编排生活?

五

我突然成了一个警惕的、在假想中处处树敌的人,与别人相处,总显得碍手碍脚;即使是最无心的谈话,我也急欲探寻其后的潜台词。

现在我感到事情越来越不好，我的设计如危卵欲坠，原来的支撑点都出现了可疑的裂缝。

因为一些小事，我经常跟父亲吵闹。他不止一次地嘲弄我："瞧，小茵，青春期，真像个刺猬球。"他举着一根烟，在鼻子上嗅着，神态善意而轻松。

话剧之夜后，父亲总这样，我知他必定还在被那晚的经过所缠绕，可偏偏装得这般若无其事，这真让我浑身冒火，他意识不到他的破绽与我的危险吗？我很着急，该怎样打击父亲，让他知道，我明白自己的棋子身份？

为了把话说开，最终，我拿了个狠主意，好比是以毒攻毒吧，能怎么办呢。我得跟父亲开诚布公，得让事情往前走呀——他一向是个被动的人，要是不下狠劲，他会一辈子就这么蒙着的。

"那天看话剧，你们走了之后，我和穆医生之间，发生了一件事。"我开门见山，紧紧盯着父亲。

"……"父亲也盯着我，我感到他有些害怕，可能他是不愿意我再次提到那个晚上。

"他吻了我。"我像掷出一杆标枪。

父亲被击中了，以我想不到的速度跳起来："怎么可能？他那么……"父亲脸色通红，却又不看我。

"这难道不正是你希望的吗，爸爸？"我冷静得像站在审判席上，"你愿意我跟他有点什么暧昧不是吗？这样，就等于是堵住他的嘴，你就可以跟郝音相好，别以为我不知道……"

父亲突然扇了我一个耳光，打完之后，他自己倒吓了一跳，打我的那只手摇晃着，在自己身上乱擦："对不起对不起，小茵，我不是真要打你，但你，马上收回刚才的话。你把我给说成什么了？"

打得好疼呀，疼得真舒服！

"怎么的，你不会说你不喜欢郝音吧？你已经完全忘了我了，把我丢给谁都可以是不是？只要能方便你们两个就成！"

"不要这么说……小茵，告诉我，他真的亲了你？"父亲痛苦的样子很罕见，我看到他的下颌咬合肌生硬地凸起来，那是男人要发怒的标志。我多少感到一阵欣慰：父亲还是疼我的。

"是的，瞧瞧，正因为你要送郝音，我才会跟他单独待在一块儿……爸爸，你倒说说，我的初吻，算怎么回事？是我在替你买单吗？是你与穆医生心照不宣的约定吗？哈，报复的产物，交易的价码？嗯？"排比化、戏剧化的诘问使我痛快，连害羞都忘了——毕竟，这个吻是子虚乌有的，父亲如果稍稍有点智识，是会看出我在撒谎的，一个真正被夺走初吻的少女，不会是这种表达方式。

可他已完全气糊涂了，他被我的台词绕住了——这么个对台词敏感的人！他突然穿上外套，要出门去："我去找他算账，打一架也行，小茵，你知道吗？他完全误会了，我从没做过对不起他的任何事！他怎么能拿你来……这样还算是个男人吗？"

"等一下，明天就是周末，他们会来的……"我拽住父亲，不能再把谎言扩大，只要父亲跟我坦诚相见，我不在乎他是否利用我。我早说过，为了火热纯正的情感，伦常算什么、道德算什么，什么都可以的。"爸爸，只要你跟我说老实话：你喜欢郝音！如果是这样，我心甘情愿！你不要去找穆医生了，你放他一马，将来他也会放你一马。"我说得像个外交家似的，深谋远虑。

此言再次让父亲无地自容。他站在门口，愤怒、犹豫，身体激动地摇晃，语无伦次，跟平常判若两人："小茵，这真的是两回事，你不要再扯到一起……相信我，我真的不是故意让你留下来陪穆医生的，当然，那晚的事实正好是那样。可能，那种情况下，我完全糊涂了，是一种下意识，是条件反射还是什么的……你知道，我总想找到一个真正的机会与郝音独处，你能理解的对不对……我万万没有想到，穆医生会承人之危，他这样，真太卑鄙了！"

"不要说他和我的事了。说说你跟她吧。那个晚上，你们到底……"

"没什么好说的！我现在心里乱死了。我没脸跟你谈那件事！"父亲羞惭地摇头，"小茵，我真是个最烂的爸爸，我怎么能这样呢，真丢脸！这么大年纪，还老房子着火，还害着自己的女儿。你从小跟着我，我是你唯一的亲人，却这样对你！！"父亲用手卡着脑袋，那里要崩开来似的。

"哎呀，不存在！你并没有做错什么！"我真要发狂了，父亲怎么往另一个方向走下去了，他不明白我的苦心。"爸爸，你倒是说清楚呀！你跟郝音到底如何？要不然，我留下来跟穆医生，就不值当了！"我逼着父亲，竟然都说到这份儿上了。

"你真的一定要知道？这么说吧，小茵。郝音她，与我们大多数人，想法都是不一样的。她不喜欢把事情扯开来，她的思路很怪，大概的意思是：隐秘的东西不宜进入光天化日，只要表白了的情感，就如同进入空气的豆制品，就会开始变质腐坏。而那个晚上，我偏偏表白了……唉，小茵，我大概是电影看太多了，情感这玩意儿，与我想象中的远远不一样。"

承认自己的失败是艰难的，父亲软塌塌地坐在鞋凳上，看上去简直佝偻起来，我真心疼啊。

可我想不通，为什么？郝音居然用这种狗屁不通的理由拒绝了我父亲！怎么能这样！我的父亲，多么可亲、多么有趣，那样长期地爱慕她！她的品味有问题吧，或者她为了所谓的道德在虚与委蛇？不行，我不能容忍这个结果，我得把我可怜的父亲扶起来，让他重新漂漂亮亮、精神振奋地……

好吧，关于穆医生的"吻"，看来必须众所周知了。

怀揣一个即将发布的"吻"，我去见了一下穆医生。我不知道，如果他对我好一点，我会不会改变主意。

我想他应当解释一下，为什么那个晚上对我那么煞风景，那可是我真正意义上坐在一个男人身边看一场演出。我真情愿他是那样的，以一些似是而非的小动作轻慢我，占我便宜，我会统统接受并原谅他的。可是，多么可恶，什么都没有，甚至粗暴地拒绝我的友善……

穆医生有些木木的，连白大褂也没能帮他撑起来。他机械地倒了杯水放下，不看我的眼睛，连我向他报告皮炎好转的消息也没有反应。好像这一切都不重要了，我成了过去时、过去完成时、过去将来完成时。他取下听诊器，又挂到脖子里，如此再三——看上去，他正在琢磨什么，钻到牛角尖里去了似的。

"嗳，我说，穆医生，你不会把事情怪到我头上吧？我怎么知道他们会在外面待那么久？"我在替他找退路，并且，提醒他，不该恨我……

"没有，怪你做什么，有你没你都一样，跟你一点没关系。"他表情淡然，目中无人，慢吞吞地自言自语，"那么迟了，好不容易等到她回来，却只是哭，问什么也不说……她从前也经常哭的，但都是因为小毛小病的。可这次不同，那样的双泪交流、长叹息不语……发生什么了呢？会让她那样哭？看得我也想哭了，我完全束手无策，讲什么都显得笨，做什么都多余……我真情愿她大病一场啊，那我还能施展下拳脚呢！小茵，你帮我分析分析，到底，什么情况、什么事情，才会让她那样地哭？"

原来他在想那个呀，还真是南辕北辙呢，我说他怎么对我完全视而不见呢，我还这么傻乎乎地跑来指望他对我道歉吗？真没见过像我这么笨的人啊，还真以为我跟他之间是一段忘年之情吧，蠢透了！

"哎呀，这个忙我还就帮不上。到今天，我父亲都没肯说呢，那个晚上，他们都干吗去了。"我不会告诉他郝音拒绝了父亲的！而且，我有一个新的发现：那拒绝，不是出于郝音的真心，否则她为什么要为之痛哭长夜？

现在这样，最好了，轻装上阵，一点包袱没有。

可我真不愿意啊，穆医生，你为什么不给我一点指望呢？你怎么跟他们一样，把我看作没有心没有肺、不会疼不会痛的孩子呢？我跟你说过我喜欢你的，就算为了照顾一下我的面子，你也该装一下，对我说上两句抚慰的话才对。你这样子，只会让我没了心肠的……

周日下午，就算大家都各有所思、别抱情怀，但约定俗成的习惯性力量是巨大的。无辜的夫妇像以往一样，拎着些时令点心出现在我们家中，冬阳迟暖，他们准以为那慵懒的午茶还会同样赏心悦目吧……

父亲没有备茶，连热水都没有烧，他背着身站在客厅里，完全没有招待客人的样子。郝音最先感知到什么，这是我们话剧之夜后的第一个周末，她脸色略微一变，短暂地闪过一丝疑惑，她一定以为父亲是为了话剧之夜被拒绝的事，可她又知道，父亲不应当是这么不懂事这么小气的啊！

穆医生放下点心盒子，胆怯地瞧我一眼，若有所感，他大概终于意识到：我生气了，为了那个晚上……唉，这迟来的觉悟，来不及了！

进门后的气氛就这样急转直下,父亲这时也转过身,惯常安逸避世的人发起火来显得不太连贯,他冲穆医生没头没脑地指着手:"你还有脸来?你不嫌恶心人吗?"

穆医生慌张地看了看郝音,好像真的做了什么,低下头不作声。他大概是以为,替我抓痒并说些心里话、洒几滴软弱的泪,就已经算是勾引我了,就该被父亲这样指着鼻子骂了吧。唉,他注定就是这四人角力中的弱势一方啊。

郝音狐疑地看看我,推断出事情一定跟我有关。她走近我,特别倚重我似的,把手放在我肩上,那样轻轻地一压:"小茵,你说说,到底什么事情?"

我被她的信赖震住了,又想到她的聪明,几乎就要实话实说了——没什么,根本没什么,只是我在胡闹……

父亲却截住话头,继续大发脾气:"那脏事儿小茵说不出口!穆医生,我们小茵可是喊你叔叔,她是个孩子,她懂什么!你对我有意见冲着我本来,我告诉你,我可没有对不起你!你把小茵拉进去干什么,男人之间的事,两个人就可以解决!"父亲大约想起哪段中世纪的骑士对白吧,恨不得拉着穆医生到楼下决斗似的。

穆医生倒好像突然一松,他应是听到那句——"我可没有对不起你",他身形为之一展,显得很舒服了,负荆请罪俯首帖耳,听凭父亲嚣张。

郝音急得要哭,她用力把穆医生往上提:"别这样,你到底做了什么,快告诉我!"

"他说得出吗?他好意思说吗?他有胆做,没胆说!郝音,你那么维护他、忠于他,可是你看看,他背着你都干了什么!"父亲不容穆医生分辩,他大概听不得谁真把那件事说出来,最主要的,他太自责了,女儿是因为他才被吻的,他这其实是在冲自己发脾气。

可是我偏要说,我就是要刺激他们所有的人。成年人,以为他们多么坚强吗,其实都是纸老虎。他们无聊极了,总要为了那决堤的肉欲寻找各种情感的幌子……

"算了,爸爸,不就是穆医生那晚上亲了我一下吗?有什么大惊小怪的。算了,大家扯平。说不定人家还想找你算账呢!"听上去够息事宁人吧,可我这其实是在火上浇油,替软塌的穆医生责问父亲与郝音:以为你们就是冠冕堂皇的吗?得了,四只黑乌鸦,谁也别嫌谁黑。

一个吻。

屋子里很静,父亲"唉"一声捧起脸,抬不起头了。郝音则张大嘴巴看着自己的丈夫,好像从来没见过他似的。

穆医生盯着我,真不啻天外之音吧!他绝对想不到我竟会乖张到这个程度!此事一旦认下头来,他在郝音与父亲面前,将是满盘皆输。对,在第一个瞬间,我想他会立刻跳起来反驳这无中生有的诬陷……但没有,那关键的一秒钟很快过去了——他是碍于一个少女的自尊,还是料到反驳必定无效,总之,他往相反的方向直奔而去了。

穆医生身子突然略微一抖,如淋湿了翅膀的家禽甩开满身的污水,精神陡地一振。他推开郝音的手,那语气陌生而镇定了:"没错,我是吻了小茵,我做了、我承认,那好,轮到你了,我都还没有请教费老师您呢,那天晚上,你把我们家郝音送到哪里去了?前后有三个多小时,你们都在干些什么?像个男子汉吧,要说就全部说出来!"

我低下头,谎言就这样成为事实了,妒忌之火终于把穆医生"轰"地点燃,他顺水推舟、踏歌而上,多少年的自卑、疑心与负重均在这一刻爆发了吧,他也同意"他吻了我"!这样,他正好就此机会跟我父亲把脸皮完全撕破!

"你!"郝音指着穆医生,突然及时地背过气了,她用手抻着脖子,软软地倒下来。穆医生和父亲都慌张地伸手去扶,穆医生用力搡开父亲,他示意我一起,把郝音扶到沙发上,然后熟练地解开郝音的领口,掐人中,又让我去倒水……

这场战争谁胜了?这不重要,反正,闹炸了,一切都抛到半空中,飞散了。

六

我的皮炎再次发作了,一个最平常的周日下午,它们像埋伏好的部队似的,一齐叛乱了。脖子、后背、肘部、下肢……我扭曲着身体不停地抓挠。

父亲假装不在意,好像我们从来不曾为此去找过穆医生,他竟然记得以前的那些药物,异丙嗪、苯海拉明、阿司咪唑,悄悄地买了回来,放在餐桌上。可我却总没法子吃,眼睛瞪着药,手里拿着水,甚至把药举到嘴边,却还是吃不下去——这次没有什么目的了,我只是认为我应当生病,应当遭罪,像条离开水的鱼那样,鱼鳞翻翘,张嘴濒死。

不过,说实在的,父亲现在真特别像一个慈祥而琐碎的父亲了。他经常没话找话地问长问短,甚至关心起我换季的衣服、我的功课、我接到的电话等等——我尽量周全地应付他、回答他,因我知道,他的这种无微不至,是出于他的需要,如同干渴之人需要饮水。他认为他从前鬼迷心窍，让我受了委屈，而今算是重归正道、好好做人了。唉，父亲啊，我还不知道你吗。

自然，郝音不再来了，那些通过郝音之手带来的礼物，有趣而雅致；四个人共同坐在电影对白里的场景，均不会再来了。可以想象得到，郝音在学校仍会跟父亲见面吧，他们会在人群中平淡寒暄、打打招呼，但真正体己的谈话，已是明日黄花不可再绽了——学校里的父亲，是怎样的父亲？我无从知道。我所能看到的，只是家里的他。

每个周末，特别是下午，父亲都很忙碌，他有一大堆计划，写在一张纸上：收拾报纸杂志、整理旧讲义、打扫书房、给花盆换土等等。他机械地照着计划，做一样划掉一样——傻子都能看出，他忙得多么拙劣啊。他以往的那种倜傥风度与悠闲心境，如同秋风落叶，一夜尽扫，如果再坚持说他是个有魅力的男人，就太勉强了。以前只道是，情感对女人之重要，其实，对男人也一样，心里有东西撑着、有个念想，那他就会一直有个好架子搭在那里。但现在的父亲，可谓摇摇欲坠了。甚至，连他最爱的电影对白，也失去那份殷勤了——彼时，每到闲时，他会精挑细选，根据心情或天气而择其最宜。现在，多么马虎呀，碟仓里是什么便听什么，放完了，他便无谓地停在空白里，浑不在意了。

……我们在流血，我们惨痛的伤口在流着鲜血。我们正处在，我们正处在最困难的环境中，我们在挨饿，煤和煤油的来源被切断了……安静一点同志们，安静一点同志们。被人民意志判决的叛徒们，一定要无情地消灭他们。我们让资产阶级们去发疯吧！让那些无价值的灵魂去哭泣吧！我们的回答就是这样的。加上三倍的警惕和小心，还要忍耐……同志们你们必须要记住：我们只有一条出路，那就是胜利。还有另外一条路，那就是死亡。可死亡不属于工人阶级！

张伐为列宁配的这一段儿，是在工厂的演讲，多么坚硬，又像是别有所指，并不适合在家中聆听。小茶几上没有任何吃的，父亲皱着眉头，笔直地坐着。我看着他，觉得可怜，他的情感生活，一眼望得到头，如盐碱地，不再会长出任何庄稼了。

穆医生那里，对我而言，亦算是走过的破败风景吧。什么吻不吻的，无须再解释，他不是甘之如饴吗，那就一笔带过好了。他自有他的来路，我自有我的去处。从前那些交叉的正午，那些深入而艰难的彼此吐露，不过是我计划中的阴差阳错，跟真正的情感一点关系没有！难道我真的曾经爱恋过他？否定吧！我必须否定！

这样也就很好了，就如同我曾经幻想过的那样，在年少的时候，可以有那么几段小过门般的野调子，就算是不谐音又如何，情感生活的主旋律本便是众声喧哗……总之，往前走就好，这无伤大雅的片段，转手抛掉即可，我前面的日月多着呢。再见了，穆医生！

——原本，这样的生活，也可以慢慢往前过的……人是多么卑贱而皮实呀，只要能够活着，外表还好好的、光滑着就行了，往往也就认了、顺了，谁管那些心肠里的沟沟坎坎？

但郝音偏偏要管，她以一个不告而别的姿态，打破了我们囫囵吞枣的平静……是啊，就像在从前的那些聚会上一样，为着点什么微不足道的事情，突然地，把我们全部抛下，她兀自绝尘而去了。

我们在深夜听到敲门声。父亲竟然没有我利落，他像个老人似的，只在床上连声高问："谁？谁呀？"

是我去开的门，一下子瞧见他。

穆医生像个溺水的人那样站着，头发因汗湿而贴在额上。我让他进来，他一边跨进来，一边东张西望："也不在这儿吗？她没到你们家吗？"父亲这时正好出了卧室门，穆医生竟似忘了两人曾经剑拔弩张，立刻转向父亲，颠三倒四地讲开来。

"昨天晚上还好好的，我还给她做了会儿颈部按摩呢。今天早上还好好的，我还看见她带了一个苹果去上班的呢。可晚上就没再见到她了。从下班等到现在，哪里都问过了，都不在。手机一直关着。看看，她什么都没带，除了上班的个小包包，她什么东西都还在家里。她就莫名其妙连个影子都不见了。"穆医生像在说只突然飞走的鸟。

不知为何，我突然觉得，郝音那未知的逃离，是一趟轻盈自在的旅程，她曾处心积虑，并将一去不返……

父亲脸色白了，可稍稍比穆医生冷静些。他让穆医生坐下，又让我倒水。两个人赤诚相见、有商有量地，可谓促膝而谈了。关于你跟小茵的事，她后来说什么了没有……我们来交换一下，她最近在单位、在家里有没有什么异常的谈吐举止……要不要看一下家中电脑里最新浏览过的网页，比如机票查询或城市天气之类……要么先报警吗？还是托人到移动公司查一下手机通话单……

父亲和穆医生把我撇在一边，务实地努力着，打电话、找朋友、商议、分析，徒劳无功，于事无补——他们只是需要行动吧，这样才显得镇定、有担当……可我知道，他们干什么都没有用的，如果郝音真要图谋某事，就算来个暴动，事先也不会有人觉察，事后也绝不会留下尾巴。我知道她的那股劲儿，那么苛求完美、刻意细节的。

……所有能够忙的事情都忙完了，他们两个木呆呆地坐在那里。

父亲最先开始自责，喃喃自语的，那么真诚、掏心剖腹："其实，都怪我。穆医生，老实跟你说吧，那个晚上，她拒绝了我，不是拒绝我的情感，而是拒绝我的表达……她说，最好的东西就是得不到的东西；最好的情感就是从未发生的情感……总之，我不该说出来的。一说就破了、裂了、虚无了，郝音不能容忍！我知道，她恨我打破了一切。"

穆医生则连连摇首，他根本没明白父亲的意思，更不要说明白郝音的意思，他迫不及待一口抢过话题，像酒席后争着付账："……不对，跟你没关系，我知道根子在哪里，在我身上呢！是我先背叛了她，欺骗了她！跟小茵弄得不清不楚的，你说，她怎么能想得通……不过，我同样老实告诉你，我那天没有吻小茵！可就算我什么也没做，也不冤枉，我确实动过坏念头！你知道吗，我就想借助小茵，气她一气，也气你一气，报复你们两个，我太下作了对吧？事情完全是被我弄砸的，我是活该。"

父亲同样不听穆医生，他都没注意到穆医生否认了那个吻。可笑得很，他们两个就那样，醉汉似的争抢着，各顾各，回溯，忏悔，内省……可他们一直都是在原地打圈圈，他们远没有触及他们所爱者的内核：郝音的内心、她的弱点、她的乌托邦、她的幻觉与寄托、她长期以来对现实的隐忍与妥协，以及最终选择的崩溃方式。

我倚在餐厅的门口听着、瞧着，感到一种喜剧般的荒诞。如果郝音在，父亲与穆医生必是无法相容，可她这一消失，他们反倒成了难兄难弟，如此天真地想要包揽所有的罪过。唉，无辜的男人们，转过头，看看你们身后吧，真相在此啊，这支离破碎的一切，我才是唯一的罪魁祸首……

木然无措的旁观中，我正在飞速坠落，进入世界尽头的冰冷，窒息于密实的黑暗。我焦灼地挨个儿捏着手指头，犹豫着该从哪一步开始忏悔，向他们和盘托出……其实我想，或许，以郝音的敏感，她一定早觉察到我的胡闹了，我这自"善"出发，却背道而驰的力量！她知道我太爱父亲，也敬慕她，甚至还对穆医生有好感，但所有的这些东西调到一块儿、拧成一团，反倒变味并变形了！事实上，我比她预料的还要糟糕，从元旦舞会就开始了，直至话剧之夜的"被吻事件"、父亲与穆医生交恶……我天衣无缝地编织了如此仿真的一个连环套，彻底打碎了郝音身边的一切幻象：可以软弱依赖的婚姻、丰饶有致但十分安全的友情；她对精神生活无限渴求，并竭力保持其道德正确，可偏偏，是我啊，让她身陷这不再平静的污浊！故她唯有抽身飞离，自我放逐……

但是上帝啊，一切真的全都怪我吗？谁能说得清楚啊。如果，他们不是这样的他们、各自怀抱那样的心肠与欲念，那些微妙的精神、未遂的肉体，一切哪里又真会如此！勉强给我一点可以站立的理由吧：我承认我失控的青春期与叛逆心是主谋，但他们的贪、痴、癫也是共犯——任何一样，一旦发作，皆可成为谋杀日常生活的最大动机。故而，作为一个终身为期的心灵服役者，允许我高高挂起他们的欲望吧，像一面请求宽宥的旗帜，这是我唯一的掩护与遮蔽。

电话突然响起，在深夜，那么令人心怵，我们三人全都惊恐而满怀期望地抬起头，向电话看去。

是郝音打来的吗？是警察局打来的吗？她回来了吗？她发生意外了吗？噩耗将至，终点到来？要不，这是个打错的电话吧？再或者，那电话根本就没响起，而是我们的集体无意识幻觉？

如得了臆症，我强烈地幻想并热切地祈祷：就在下一瞬，电话会带来福音，带来事情的另一种可能性，郝音会说她已在返回途中，她轻描淡写，把出逃解释为一次被神秘意识驱使的长途梦游……甚至，她夹着她常用的画夹，如同郊游归来，她向我们展示烂漫葱郁的野外风景，粗大的线条，昭示着她对浅薄生活的吐故纳新；然后，她熟练地打开父亲的音响，选择一段《人世间》或《非凡的埃玛》，让另一世界的对话将我们通通淹没，我们可以轻松地、理所当然地保持沉默，对过往的一切不闻不问，好似失语症与健忘症先后福佑……

电话还在无休无止地响着，像是永远都停不下来了，没有人动弹，亦像是永远都不会动弹了——在即将拉开的另一场幕布面前，我们呆滞在原罪的阴影里，等待命运早已编就的台词与情节。

2007年11月9日一稿于京
2008年3月15日三稿于宁
2008年5月24日三稿于宁

缺席者的婚礼

一

今天，值得纪念。公历 12 月 28 日，农历十二月初五，我三个半月大，在妈妈的肚子里，我参加了她的婚礼。

租来的蓬蓬裙礼服下，羊水荡漾的子宫里，我以逸待劳地待着，瞧着妈妈装模作样往叠成金字塔的酒杯里倾倒银色香槟，听凭爆炸开来的彩纸礼花没头没脑地飘落，给不多的客人敬酒、点烟；应和着一支俗气的三步曲，妈妈转着圈儿跳起了单人舞，像所有的新娘那样，脸上露出傻乎乎满足的笑……

因为我，妈妈的胳膊已经不像少女那样细长，礼服后露出的肩背也稍显浑厚，但这当然不会影响婚礼的顺利进行，大家在交头接耳地寻找话题，饭菜源源不断地上来，丰盛而难吃，杯盘叮当，制造出恰如其分的喜庆。

婚宴过后，在用红双喜与彩色气球装饰起来的狭窄新房里，雇来的摄像师举起机器，摇晃着黑洞洞的镜头对准大家，他用职业性的疲急热情竭力鼓动每一位在场者:"来,笑啊!将来要做成光盘的,我会用慢镜头,配上音乐,还有画外音,就像MV一样!听我的,对!咧开嘴,挥手,飞吻,伸出手做V字或OK!"

我的外婆和姨妈、本城的一些亲戚、妈妈的几位女同事,皆配合地对着镜头假笑,慎重而礼貌。我想,只有我,在镜头拍不到的地方,由衷地爆发出了胜利的大笑——

从这一刻起,我,真的成为一个生命了。

二

在我出现之前,28岁的妈妈,可以说,是个专门谈恋爱的姑娘,这么说自己的妈妈似有些不敬,但事实即是如此:从18岁就开始了,这十年间,她把所有的业余时间都花在上面,但始终未成正果。她的恋爱,有时如狗熊掰棒子,见了这一个扔掉上一个;有时花开数朵,各表一枝,在后一种情形里,不免会用上似亲实疏、放中有收、藕断丝连等可意会而难言传的技巧——不要以为我妈妈热衷并精通此道,其实,这方面,一直是我姨妈在起关键作用。

这就要说到我的姨妈了,她样子生得平常,工作也平常,要用外面人的眼光看,真是微不足道的一个已婚女人,但奇怪,她对我妈妈,却有着颇为强势的影响力。有关妈妈的一切,她都要指手画脚,而妈妈则安之若素地照单全收:大学志愿、专业选择、工作单位等等,一到这样的十字路口,妈妈就松开方向盘,听凭姨妈替她拐弯。她活得轻松而快活,两颊泛着透明的粉色——妈妈是个不太精明的美人儿,这也是她身边一直有着追求者，并得以长年恋爱的重要前提。

一度，对她们姐妹这样的关系，我感到不解、气愤与恐慌，因为那几乎让我小命不保。直到后来，后来的后来，当姨妈冲着我所在的位置大发其火而妈妈抱着肚皮眼噙热泪时，我才模模糊糊地明白一些。

——可能，这跟我外公的早逝有关，一对十几岁上就没了父亲的姐妹，彼此间在情感的依赖与吃重程度上，比之一般人家，要狠得多。加上我妈妈又是那么个胸无城府的性格，而姨妈呢，哦，她可有一套了，连我这没长出来的耳朵都能听出老茧了：记住，只有婚姻才能改变命运。知识改变命运？呸，那说的是男人！女人，能爬上去的就只有结婚这一架梯子，不信你随便往四周看看……哪怕就看看我吧，当初若好好动点脑子，也不至于像现在这样！现在她怎样了？我伸长耳朵，姨妈却总吞掉下文，代之以百感交集、不胜嘘唏的摇头。

总之，自以为勘破人间世故的姨妈忧心忡忡地赋予了自己一种先行者的道义感，要把她所得到的各种经验：跌跤处、登高处、得力处、失手处，皆一一吐出来，用到我妈妈身上。就这么地，姨妈成了妈妈婚姻的幕后推手，妈妈本人，则最多只是前台的执行者而已。某种程度上，她俩像在演双簧——舞台上，这是一门颇能逗趣的喜剧艺术；生活中，则很难说。

无数次的运筹、权衡与取舍中，那些不幸的男孩，恐怕真的可以组成一个数列方阵了——结婚这破事儿，的确需要海底捞针、众里寻他，只是妈妈的年纪眼看着就摆在这儿了。今年28，这好像还说得过去，但到29，则不大好了，再往30岁上数，那就更不能提了。唉，所谓的自由啊，那总是相对的，人们很难超脱外界的评价与约定的规则……

妈妈是否厌倦了这样的挑选过程，是否因为姨妈的李代桃僵而错过合适的人选，是否她们还要一直这样永无止境地进行下去？这很难说，毕竟，世事从来不以人的意志为转移——包括在妈妈肚子里的我，很快也会明白这个道理，它颠扑不破，万事适用。

所幸，在目前保持交往的几个人选中，有一个姓张（出于某种心理上的需要，她们提及时，一概保密地称之为Z）的人，因为他的房子与职业以及家庭，获得了姨妈相当程度的肯定。故而姨妈这样建议妈妈："其他的，暂时不要丢，因为感情这东西，变数太多……但切记也不能对Z太热络，尤其不能'那个'！要拿住！因为你是要跟他结婚的！"

关于"那个"，姨妈最多谈到这个程度，她明白得很，这件事，在现在，是拦不住的，也是不必拦的，不出乱子就好。

是的，妈妈很听话，从来没有跟Z上过床——上床的是另一个人，名叫小杆，一个没甚名堂、比妈妈还小上三岁的广告业务员。两人是在健身房对上眼的，小杆让妈妈很放松：他是个比她还随遇而安的家伙，生活像沿着小巷子的灰墙画一条粉笔线，边走边画，画到哪里算哪里。

妈妈曾装作不在意地跟姨妈提起过小杆其人：家在外地，无房无车，收入月光……姨妈听了反倒放心：这样的，反正不在我们考虑的范围之内，好合好散。你有数就行。

妈妈对小杆算是有数的，但对我的出现则完全没有数。捏着早早孕测试纸，盯着上面的那道蓝杠杠要命地渐渐浮现，手机默认的第一个快捷拨号就是姨妈。

"谁的？"

"小杆。"

"谁？"姨妈明明听清了，故意重复。"小杆！看看你！这叫什么事儿!"但这名字同时也让姨妈获得了果断,"那做掉好了,越快越好。不过别告诉他,可别让他缠上来,还弄假成真了。"

听哪,我的亲姨妈,她怎么就这样斩钉截铁!我简直就哆嗦起来,我多想能跳出来,又哭又闹地跟她争取我的生命……

当然,你要笑话我了,我现在算什么生命,不过是一个比芝麻还小的核、一群正在分裂与扩大的细胞,最多包裹着丁点儿蛋白质、水之类的玩意儿吧。可你信不信,关于有形与无形、具象与抽象,可真是有些玄妙的,纵使我没有具体的血肉躯体,可我有意识呢!我懂得爱与悲伤,并能体察到在我生命之外所发生的一切!

比如,现在,我就多么急切地在等着我妈妈跳起来激烈反驳啊。人命关天呢,可不能再由着姨妈作主吧,我可是她的亲骨肉呢!

可我的妈妈显然心神不宁,这又是一个毫无经验的十字路口,她似乎压根不清楚这件事的本质——她只在温顺地点头,明明姨妈在电话那端根本看不见,她还是傻乎乎用力点了好几下,一边还想起个问题:"可是……总要跟咱老太太说一声吧!"

听听,这就是我糊涂的妈妈呀!但我绝不怨怪她,自从我在生理学、医学或化学意义上获得了存在之后,我就永远跟妈妈心贴心了,是她赋予并激活了我,我将毫无条件地站在她的一边——她所热爱的我必恣情亲吻,她所弃绝的我绝不私留片刻。

"对,咱老太太那里,我来替你说吧……你知道她这个人的。"姨妈声音也低下来,有所顾忌一般。

她们所谓的老太太,即是我的外婆呢!我生出一股微弱的希望,也许,老人家会喜欢世界上多一个小宝宝吧。

可我大约是错了,老人家根本没有欢天喜地——几乎是厌恶地,她迅速扫了一眼我所在的位置，也就是妈妈的肚子，她显然完全无法想象也无法接受，妈妈那布满铜铆钉的牛仔裤的前拉链下面，已经有了一个我，并即将成为她孩子的孩子。这一瞥中，我的过去、现在、未来，全都打上了严重的错误的叉。

外婆的手指隔着空气冲我的方向戳过来，我感到她很用劲，手指都抖了起来："你这丫头，太荒唐了！你不是一直连男朋友都没有定的吗？"接着，她又用带着喉音的衰老声音尽可能地高声叫："把那个小子给我叫过来！叫过来！当真欺负我们孤儿寡母吗？！"

孤儿寡母？其实，那可怜的我永不会谋面的外公，去世足有二十年了，已像旧房梁上年深日久的裂纹一般，既不触目惊心，也危及不到安全，更可以说是无关痛痒的，甚至，妈妈与姨妈偶尔私下里说及，还会开个小玩笑一带而过（我不禁想道，对于我，倘若这次被"搞掉"，在若干年后，她们是否也会谈笑着提及？所以，唉，也不必太当真，一条命，活一世、活半生或从未活过，也无甚差别，我大约正可以据此自我安慰吧）。但外婆在这件事情上略有例外，外公的去世，成了她脆弱的疤兼防御外界的盾，一旦碰到应付不了的难事，她便会把自己安置到一把被欺负、被损害的破椅子上，把遥远的背景再次拉到前景。

"若你们父亲在，准会打断那小子的腿！哪会出这种丢人的事？"外婆用力把手拍在桌子上，却没什么声音，反显得凉薄。为这不够响亮的怒火，外婆终于借机哭起来，嘴角的皱纹紧蹙着，一下子难看了。

姨妈忙着替外婆抽纸巾，一边字斟句酌地劝解："那小子的确可恨，但现在跟以前不一样，开放了，不大好因为这件事就找上他的……"

"开放！那么就没有人伦了吗？喊他来！叫到我面前来！该怎么着就怎么着！赶紧地给我磕头，然后提亲！戒指啊彩礼啊酒席啊一样不能马虎！明摆着理儿在我们手上呀！有证据的！"是啊，证据就是我。外婆气恼得涨红脸，不再往下说，只冲妈妈的肚子处瞪眼，愤然里又有种特别的、欲变坏事为喜事的老年人的谋略——这些年，眼看着妈妈一天天拖成了老姑娘，早已让她寝食难安，这事情一出，外婆大概觉得倒正好可以解决妈妈的终身。

"哎呀妈！你急个什么！谁说我们就要嫁那小子了……咱们另外有更好的人！"姨妈不得不亮出一点底牌。

关于妈妈的婚事，那些数线并行以便择优的做法，姨妈从不跟外婆透露详情——外婆的那套所谓"清白端正"，是不合当下时宜、反会误事的——不如按下这"现代性"的过程省略不表，只等以后直接给她看个功德圆满方才稳妥。"总之，这件事，咱们就自己解决！免得以后传出去，那才真的坏了名声。"

"什么意思？"外婆蒙住了，有些露怯，怒气倒消了一半，看妈妈垂着头默不作声，她脑子里转了一圈，似乎懂了，"难道那个……混账家伙还不肯认头？这世界还有没有王法了！"外婆的眼睑下垂得厉害，她想不到妈妈竟会这么悲惨：被欺负完了又给扔了！她绝望而心疼地再一次往我所在的方向扫了扫。

"哪儿跟哪儿呀！是我们真的不想嫁他。"姨妈不敢说得太细，毕竟，Z那一头尚未敲定。

外婆将信将疑地摇摇头，她被悲伤与激动给搅乱了，口中只作最本能的喃喃自语："那岂不太便宜那小子了！让他白白地、快快活活地逍遥法外……再说，那个什么'更好的人'，怎么可能认了这种事？"

突然，她完全明白过来，猛地止住抽咽："你是说要……打掉？"外婆眨着眼睛，努力克制住不往我的位置处瞟，"咱们！私下的！怎么能呢？"外婆把手往里缩了缩，好像谁要逼着她去动手。

"怎么不能。必须的。"姨妈知道她这时必须像冰刀一样又冷又锋利。这个屋子里,她想只有她才是明白事理、识得时务的。

作为风暴眼,我亲爱的妈妈则像只停在枝头过夜的鸟,一声不吭缩着脖子,尽可能地缩小和包裹住自己。关于"打掉",就是到这会儿,她仍然没什么特别的概念,也无独立的意见,因为她正困扰于一个小情况:这件事,她已经不小心告诉小杆了。

也就在下班前,接到小杆的电话,小杆喊她到他的合租公寓"见见"。"回家干吗?哪有跟我一起好玩——啊。"小杆在"玩"字上生动地转了个音。

"要跟家里说个事。"

"什么事啊,跟我说好了!论力气论聪明,肯定是我强啊。"小杆继续在电话里懒洋洋地逗。他们常这样,妈妈坐在公交车上,一路用嘴巴贴着手机逗嘴,从头到尾坐完11站,直到下车,到车站牌后的超市门口,到两人亲上搂上了,手机都忘了关。

"好啊,那就跟你说,呃,就是我有了呗,有了!你明白吧?"妈妈也像往常一样,那就逗着玩儿呗,反正是他叫自己说的。

"噢。"小杆的电话空了半秒钟,"想不到,我们中大奖了……"然后他没了声音。

"你看你,没动静了吧?跟你说有什么用。我让我家里人替我拿主意。"

"也行,那你先回去吧,稍晚再打给你。"25岁的小杆,也就是促成我生命起源的精子提供方,挂了电话。

这是什么意思?妈妈倒有些愣住了,还真什么动静都没了!他怎么就不再说点什么。

羽 毛

所以妈妈到现在都还没回过神,不管外婆与姨妈在说什么,她只缩着脖子,沉浸在那让她有些不舒服的失望里。同时,这也是一种保守策略的回避,她不敢告诉姨妈:作为双簧的前台,她"不小心"做错一个动作了。

唉,妈妈呀,你都不知道你自己,世界上从来没有"不小心"——你其实就是想告诉小杆的,你指望着他能替你撑一撑、担一担的。毕竟,外婆是外婆,姨妈是姨妈,这件事上,小杆应该算是自己人的……可,说到底,世界上哪有真正的自己人啊妈妈!

外面不知何时下起了雨,雨是个特别的东西,往往会带来不一样的情景与气氛。外婆颇有感触地看着外面:这雨啊,从她那个时代一直下到现在,总是那固定的、可以把握的形态与节奏让人放心,因为很简单就可以对付——穿双雨鞋撑把伞就成了,可是,人就不是这样,事情也不是这样,其形态与关系,这些年,变得实在太厉害了。她想到自外公去世后的这么些年,她总是一个人守着,为了可以端端正正、腰杆笔直地走出去——"腰杆笔直",对一个女人,多么重要……可到了这个小女儿身上,为什么,会有这样的事情?!打掉,说得多轻巧啊,她不知道这里面的厉害,她一辈子都会被这个没生下的孩子给扯住的!她的腰杆永远直不起来了!

——能看出来,外婆是真心诚意地羡慕起外面的雨了。

姨妈咳了一声,外婆回过神,强打精神训斥我发着呆的妈妈,带着被冒犯的失败感:"你!出这种事情,叫别人还以为我们是随随便便、没有规矩的人家呢!现在好了,你一下把我前面这么多年的小心全给糟蹋了……"

姨妈打断外婆偏离主题的枝杈:"你就一万个放心,除了我们母女仨,没有任、何、人会知道。况且,现在做这个便利得很,最多一刻钟,还是无痛的,许多女孩子结婚前会做三四次呢,真不算什么。"姨妈随口编出个"三四次",一边挥挥手,像挥走某种难闻的气味,挥走那些意象:护士轻蔑地叫号,牲口般仰面躺到架子上,带血的纱布、钳子叮地扔进瓷托盘。

我想只有我一个人听出来了,就在刚刚消失在空气中的这句话里,在"做"的那个字上,姨妈打了个极小的咯噔,我知道她突然想起了作为生命的婴儿……刚刚坠地时,小羊羔一般,头发湿漉漉地贴在粉红的脑门上……

但姨妈不允许自己陷入伤感,她"腾"地、富有行动性地站起来,重重地拍打了一下我妈妈,用一种谈妥了某事后的活泼声调:"你怎么不说话?没事,我们也就是提个参考意见,最后当然还是你拿主意。但有一条,不管哪条路,定下了就再也回不了头了。"

妈妈从她的小世界里一惊,下意识地绷起肚子,她怕姨妈打在肩上的手会震着我。但这个下意识的动作,却又让妈妈羞愧起来:怎么脸皮这么厚,她没有权利这样煞有介事……

可我喜欢这个动作——妈妈已经开始爱我了。再短暂的生命,只要曾经有人爱过,都是幸福的吧。

三

夜里快十一点的样子,小杆(我暂时不想叫他做爸爸,这可以理解吧)打来了电话。妈妈仍和衣躺在床上,她在尽可能地推迟脱衣服洗澡。她不大愿意看到或碰到自己的肚皮,她甚至在蛮不讲理、不着边际地幻想:自己要不是自己就好了,随便是外面哪个不相干的人,没牙口的糟老头也好,开夜车的出租车司机也好,都比现在强一万倍啊。

小杆"哎"了一声,好一会儿没开口,手机里只模糊听到电视在报新闻。

"呀!"小杆的声音摇晃着,"刚才电视里……有个神经病冲到幼儿园砍小孩。看,那些小孩子……"小杆抽了一口气,像吃东西给烫着了。

妈妈没应声。这新闻她早上就看过了。唉,早上,早上她还是个快活的没事的人呢,还在跟同事们一起可怜报纸上的别人呢。

没隔几秒钟,小杆又报告起来。

"一辆超载大巴在峡谷翻车,死十六人,伤二十八人……"这回他平静了一些,声音不晃了,但语气很滞涩,在空气中摩擦着。

一小段广告开始了。小杆好像这才有了空,他慌里慌张、抓紧时间一样地:"你知道,我是不想结婚的,我现在结不起来……我的意思是,我不可能这么快就结婚……总之,你清楚我这个人的,我喜欢轻轻松松地过,才工作三四年啊,你理解我的意思吧……"

新闻又开始了,小杆停下来,继续转播新闻,好像他今晚被指定做这项重要的工作:"……啊!人肉炸弹,炸烂了辆卡车,上面有八名士兵!还死了两个平民!"能听到电视里有人在用外语哭喊着接受采访,接着,"美国一男子昨天杀死三个子女后自杀,四个孩子中,最大的九岁,最小的才半岁。据了解,惨剧发生前,该男子正面临……"

"嗳!我不要听新闻!"妈妈失去耐心了,他复述这些新闻到底是什么意思!其实没关系,他不打这个电话也没关系,什么都不说也可以。

"哦……对不起。你知道的，我宁可打游戏，很少看电视的。今天正好什么也干不了，完全干不了。只好看这个烂电视。想不到啊，你看看，就我俩这样说着话的工夫，就有多少人在死。这人，他妈的真太不是个人了！命这么贱，草都不如，石头都不如，烂泥巴都不如。"小杆大发感慨。

不知为何，这话突然让妈妈一阵心悸，好像这话是个汉堡包，里面还夹着层芯儿：瞧啊，死人是很平常的！不算什么的！每分每秒都有人在死……妈妈小心地摒住不均匀的呼吸，不让其传出话筒。这个小杆，到底什么意思？生命真的只是个狗屁，放了就好？

而小杆又开始沉默了。似乎在那些新闻之后，说什么都是多余了。

过了很久，在越来越漫长、漫长得令人麻木的空白里，小杆最终用自暴自弃的调子结束了通话："我知道，你今天一定很累，明天再打给你吧。"

挂了不到一秒钟，小杆又重新打来一个，语速很快："哎，还是我。我爱你。你知道的，我很爱你。"

嘿，我爱你我很爱你。放你妈狗屁。这让妈妈一下子失笑起来：小杆就是小杆，怎能指望他！拿出个什么主意！

好吧，这件事，跟小杆这个人再也没有关系了。妈妈终于有了力气，把电话撂下，一翻身起来去洗澡了。

暖和和的39度水温里，妈妈用一种生硬的近乎粗鲁的动作，压迫着抚过那什么也看不出的肚皮，我听到她半是迷惑半是恼怒地责问："你！倒说说，怎么回事啊，你算是怎么回事。"

这是我妈妈对我说的第一句悄悄话，不太温柔，可很亲切……不过这尚不足以真正宽慰我——在被医学发现后的第一个夜里，在妈妈的肚子里，我感知到正在逼近的危险。我担忧我还没有到来的生命。

中午休息的时间，姨妈打电话与妈妈谈话，像一对不够默契的双簧演员在探讨下一步的演出。妈妈的肚子里，我正使劲地，但却是微乎其微地分裂与膨胀，一边慢慢熟悉起姨妈务实而周到的嗓门，以及妈妈心不在焉的应答。

"哎，我突然想到，你先不要急着去搞掉。这件事，如果处理得好，反倒可以促使你和Z把事情给彻底定下来。"姨妈用振奋的调子，说不定还用手在空中比画了两下："很简单，事情分两条线，齐头并进地走：右脚，你跟小杆彻底分手；左脚，你跟Z，能不能加快一些，有实质性的进展？实质性的！懂吗？"

妈妈懂了："分手，这个不难……但实质性！你不知道，Z这个人，性格很慢的，而且他从没跟我提过结婚的事……"

姨妈打断她，带着憧憬地替妈妈描绘："你想想，Z可是在新区有房子的！家里还替他买了车！还有，他爸爸是公务员，退休工资很高！你一嫁过去不就可以享福？不会像我这样从头到尾都是自己一分一厘地拼。"姨妈语气里有不自知的怨尤。

妈妈犹豫着，小声地嘀咕："房子、车……"她大概只是下意识地在强化这些关键词，并不是表示抗议或谴责。

姨妈却以为是，电话里，她激动起来："你很瞧不起这想法是吧……不怪你，我在你这个岁数，也瞧不起，比你还瞧不起，所以我才会嫁给你姐夫！婚姻大过天啊，只有进来了才知道，翻云覆雨全是它。唉，时间啊，青春啊，选择啊，都是不可逆的，我是没办法了，但你有！主动权还在你手上……

"当然,欲速不达,所以你记住,在他面前,一定要骄傲,要被动……男人,哼,从来不吃送上嘴的东西。"姨妈急促地打了个粗俗的比方,来掩饰她语气中的不自然。显然,关于"那个",姨妈的策略调整了——现在,可以跟 Z "那个"了,但要"被动",而且"骄傲"。

"那么,我肚里……"妈妈忍不住打岔了,揣着一枚发了芽的黄豆,怎么做到若无其事地去跟 Z "实质性"地谈情说爱,姨妈真以为她是演员吗。

"噢,反正三个月以内,都是一样的门诊手术,不要急。你先让 Z 跟你敲定,下面再说下面的话。"

"万一,变数……"妈妈想起姨妈的其他理论。这个 Z,条件好像太完美了些,对妈妈而言,非常之抽象,似是代表一种模糊的远大理想,她从没想过真的要实现。

"我们现在不会有变数了。"姨妈庄重地反驳,"首先得跟 Z 搞定,然后考虑手术的事。总之,事情的顺序必须是这样。"

"搞不定怎么办……"

"你就非要我说得那么明白?怎么就搞不定了?还记得咱老人家的话吗,她是对的!咱们这样的人家,不一样的,绝不能有任何破绽,我们要堂而皇之、没有任何后顾之忧地解决好这件事!总之,通过……一个办法,最后得让 Z 认了这件事,得由他带你到医院去!让他带你去做手术!甚至,说不定你都不用做那个手术,孩子都留下来了!现在,明白了吗?

为了不得不进一步解释这个阴谋的内核,姨妈的语气几乎满含辛酸:"唉,你别以为这真的是件小事情,我可不能保证 Z 可以容忍他的新娘曾为别人堕过胎。一定要抹掉这一笔!"

羽　毛

"呃。"妈妈呆住了，忽左忽右的方向盘里，她的车会开到哪里？这个弯拐得这么大这么吓人，不会翻车吗？

我感到她的身体变得酸涩，我周身也随之涌上陌生的挤压，像尖尖头的三角，像冰冰冷的皮质……具体那是什么我说不清楚，但我知道妈妈的汗毛在一根根竖立。她要是现在痛恨我的存在，我一点都不会意外。

外婆突然变得笑容可掬，对邻居们十分客气，楼道里有人走过，她装作无意地打开门，与人家寒暄，最主要的，她让妈妈坐在客厅里看电视，好让每个经过的邻居都能看到。这个休息天，她还带着妈妈连赶了两家亲戚，以最大而无当的借口去小坐片刻。

她带着一种消极的情绪跟妈妈解释："你现在不是平平的瘦瘦的像个大姑娘吗，就要让他们多看看……唉，也是白折腾，这么大的事，肯定瞒不过去的，很快就要有人对我指指戳戳了！"

到了夜深人静，她不肯去睡，磨磨蹭蹭地围着妈妈，吞吞吐吐，有些不好意思般："想吃什么特别的吗？我明天给你买去……我那时怀你，半个月就犯口了，大冬天的，死活想吃茄子，半夜做梦都想。"

"我？别浪费了……"妈妈收收肚子，她想起外婆初闻消息时一瞬间闪过的嫌恶，她都出了这么大的丑了，哪有脸皮害喜要东西吃？

"我总想……你以后会后悔的，他辛辛苦苦地投了胎来，你们却不认他、不要他……唉，这可是头一个孩子！本该最金贵最让人疼的。"可能是夜晚的缘故，外婆眼里淌过指甲盖大的慈爱，好像原谅了我是个令她蒙羞的不速之客。

妈妈没有回答，但她的手却以一个非常小的幅度缓慢移动起来，最终停在侧面的肚皮上，接着，她举起两根小指头，像是无意识地敲了几下，停一会儿，再敲敲，那富有韵律的振荡传递到我所在的子宫——竟像是一种我立即可以感知的母语。妈妈，你在对我说话是吗？

事实上，这悄悄话并没有瞒住外婆，她往妈妈身边靠了靠，同样把手放到我的外面："你老实告诉我，那个作孽的小子，真的对你一点意思都没有吗？毕竟，这是他的……我的意思是，你服个软、跟那个家伙好好说，还是争取结婚算了！这样，最稳妥不过。你不知道啊，一个男，一个女，一个娃，这个一二三，总是一开始的搭配最好。"

从我这个角落听来，外婆的声音多么奇怪啊，像是从很遥远的年代传来，看来，她是把人与人的组合看成了家用电器之类的玩意儿，原配的？套装的？初始型号的？一旦搭上了，就不能变的，否则就不灵光，就会出问题，就是最大的不幸。纵使有一半变了、坏了乃至死了，那另一半也得耗着空着守着，以她本人以及外公二十年前的亡故为证……不过，不管对或不对吧，我还蛮愿意听外婆这样说的，说不定，这倒可以拽住我悬于一线的生命。

妈妈摇摇头，她懒得再说，要跟外婆去解释小杆的想法，就好比让小杆来理解外婆的想法，没有可能的——不如就由着外婆去误会好了，就让她认为小杆不要自己了吧。某种程度上，也可以说就是事实。

外婆于是由着劲儿往下说，老母鸡一般，还泼辣起来："要不，我出面去说说他？看在我一个人拉扯你们长大的分儿上，他说不定会接受了！实在不行，我到他单位找他领导、找报社找电视台，我就不信没人管这件事了！你看怎么样？"

妈妈这才急了，这更是出土文物的思路了！但为了反对，不得不就着外婆的逻辑："千万别……真闹起来，丢人的不还是我！放心，这问题到最后肯定会解决的。不是有姐在帮我吗……"想到姨妈那个相当"特别"的主意,妈妈一阵别扭,说不下去了。

外婆瞧出妈妈的不自在,愈加激动:"难道就这样让你吃哑巴亏?不行,最起码的,得让他赔偿个什么贞操费青春损失费什么的!"外婆有些拗口地说出这些词,她大概以为这已经很有时代性了。

妈妈再次徒劳地晃晃脑袋,嗨,贞操费青春损失费!什么跟什么啊!

"哦,那恐怕要不到了,我们已经分手了。"这倒是真话,妈妈打了一个哈欠,双眼涌上泪水,瞌睡了,得抓住这个瞌睡赶紧上床——今天小杆不会有电话了,或许这辈子都不会有电话了。就在上午,按照姨妈的计划,她在电话里跟他提出了"了断"。她说,他听着。完了挂电话,非常简单,简单得让妈妈握了很长时间的电话都放不下来,像排了三小时的队,却只用两分钟得了一个误诊,还看不懂那病历上的方子。

"那哪儿行!说分手就两清啦!你不好意思说,我来说!把他手机号码给我!别听你姐的,凭什么瞒他呀。让他来见我!我要跟他好好要个说法!打量我们家没男人真好欺负吗?"

老母鸡完全张开她几乎掉光毛的衰老双翅了,外婆朝着妈妈伸出手,仿佛那个号码上维系了她必须争取替"寡妇人家"争取的全部尊严。无力的妥协中,妈妈好歹也找到一个自我劝慰的理由:也行,这样,就算是老人家把这事儿捅给小杆的,而不是她说出去的……

外婆瞪着小杆,这是她头一次见到这个应该被打断腿的"小子",包括我,也是光闻其声,不见其人,不由得仔细地打量——小杆长得不赖,挺时髦儿,宽框眼镜,前额的头发几乎遮住眼睛。T恤下隐约能看到胸肌。半截的肥大运动裤，足可以塞进一只兔子。脚上那款板鞋，可能花掉他三分之一的月薪。

这完全就是一个大街上的年轻人！外婆瞟一眼 28 岁的妈妈，实在想不通她的眼光。是啊，我想起妈妈对姨妈描述小杆时说过的一句话："有的人，一辈子都不愿意，也不适合穿西装，而小杆就是这一类。"

妈妈接收不到外婆眼神里的谴责，只自顾垂着眼皮。其实，这还是"出了事"后、电话告知以及电话"了断"之后她跟小杆的第一次碰面。不过，妈妈根本不想要这个碰面，她本来是希望，她关于小杆的记忆、小杆关于她的记忆，就仅仅停留在从前那种没轻没重的打闹与目光短浅的快活里，那正是她与他之间最合拍、最宜人的一部分……但这样一见面，就像给一首挺不错的小曲儿加上了变声的拖腔，黑乎乎的大尾巴般，非常难看地拖在她与小杆的后面，使得他们从半空坠落到肮脏的地面上！唉，真的，她多么不愿意再见到他。故而，从小杆一进门，她愣就是低着头，不正眼看他，更不说一句话——这不是因为仍然喜欢他，或是喜欢变作了怨恨，只是，结束了！结束了而已！

所以，这一刻的妈妈，只一门心思地对付时间，掐秒表一样在掐数这难捱的会面：她不在乎外婆打算怎样"收拾"小杆，而小杆，对那样的"收拾"，又会怎样的水土不服……

一定是想到了当务之急，外婆很快超越了衣着打扮这些表面化的小节，她开门见山，一字一顿宣布了我的存在，像播报一条关乎国计民生的重大消息，然后继续瞪视小杆，以捕捉其面红耳赤、无地自容的反应。小杆却掠一掠头发，宽边眼镜亮亮地一闪，像签收什么邮件似的点点头："知道，这个，我知道了。"他看上去非常镇定，只有他左手的大拇指在风火轮一般飞速运动，挨个儿掐着食指、中指、无名指与小指，我想这大约是他紧张与不自在时的自我排遣，可在外婆看来，这太无礼了，简直就是厚颜无耻，他一手做下这么大的丑事，倒还有心意思在那里玩手指！

不等小杆做任何解释（也许他压根没打算说——怎么解释才好？又有什么好解释的？），外婆开始谈话了，像是掏出了她早就拟好的讲话稿，却又那么信手拈来、发自肺腑。不，她没有发火，她甚至可以说是和颜悦色，娓娓而谈。刚才，她摆出了事实，一个"当下的""新鲜的"事实，现在则开始讲道理，"泛黄的""上了灰落了尘的"道理：关于男婚女嫁、生儿育女、一日夫妻百日恩；关于做人难、做女人难、做未婚先孕的女人更难；关于三十而立、敢作敢当、男儿当自强；关于骨肉情深、血浓于水、虎毒犹不食子……没有一个词不是耳熟能详、没有一句不是千古经典的，像柔软的巴掌一样接二连三、此起彼伏地挥舞着、并汇合成了一条没完没了的河，淹没了整个晚上，以及屋子里的三个人。有时她像在自言自语，有时则回忆亲身经历，也有耳闻目睹与道听途说……

许多内容，妈妈从小听到大，是极为熟悉的，她禁不住都打起瞌睡来了，猛然间惊醒，用余光瞥见小杆原本不停相互碰撞的手指已如枯枝般死寂，他萎靡而单薄地坐着，如同一枚在语言洪流中随波逐流的贝壳……这让妈妈几乎有些同情起小杆来，从他的角度来看，这个夜晚真可以说得上是荒诞的飞来横祸吧！他不过做了点许多年轻人都在做的事情而已……

时间一定很迟了，妈妈不敢吱声，更不敢看时间，只强打起精神拖着身子去替外婆倒水润嗓子——总的来说，对这样和平的局面，她还是感到满意的，毕竟，没有令人难堪的大吵大闹、声泪俱下……

外婆接过水,举到嘴边,顺便瞅了一眼妈妈——头顶的灯光射下,妈妈的脸半明半暗,呈现出淡褐色,双颊上曾有过的无忧无虑的甜美粉红晕圈此刻荡然无存,头发披散,眼袋沉重,满面困倦,像在人世间梦游——她把她本人以及她肚里的我,赤裸地、软弱地呈现在这里,呈现在这个糟糕的、无法沟通、结局不详的夜晚……

看着这样的妈妈,外婆精心编织的架子猛然塌下来了,手中的水直泼到小杆脸上:"你看看我女儿,你看看她!好好的一个姑娘家,现在成什么样了?你若还有半分人味儿!人味儿懂吗!嗯?你若还有的话!"

小杆湿漉漉地站起,他半张着嘴,表情有些费劲,显然,他受到了一种击打,但或许不是这杯水,而是外婆最后的那一迭声"人味儿"的责问,以及透过被泼湿的头发所看到的妈妈那懊恼且惊惧的表情。

"呃……那个……再见。"小杆往门边撤退,他生硬地说再见,这是他这个晚上的第二句话,也是最后一句话。

"噢?你,你仍打算再跟我们见面吗。"外婆握着仍在滴水的杯子反问,她脸色通红,有些口吃,显然也被自己刚刚那失控的举动给吓住了。

妈妈闭上眼睛——还是弄成这样了,也许邻居们还没睡着,也许他们会猜到什么,在他们眼里,她一定成了报纸上常常刊登的那种不幸女人吧。其实她根本无所谓他们知道或不知道什么,只是,她厌恶那些俗气的、丰富的同情!包括外婆刚才的一番结束语,她奇怪自己究竟有什么好可怜的!她只是碰巧跟某人好了一场,不小心出了点意外,这又怎么样了,会死啊,天会塌下来啊!世界末日啊!

对了,还有小杆,他就不能稍微表现得漂亮一点吗,他以为我真的会像条蛇那样死死缠住他吗?好像他倒是个受害者似的,那茫然的像是无力自卫的样子实在令人沮丧!

要是没有这一次见面该多好!好在,终于结束了!不会再见了!

可惜我还没有长出脚,我没法踹踹我的妈妈,对,我完全同意她对外婆的毫不领情以及对小杆的失望;可是,我却赞同刚才小杆所说的那个词:再见。

也许吧,咱们大家有可能会再见。

四

姨妈所说的期限毕竟还是紧张的,我像一个倒计时炸弹一样在妈妈的肚子里滴滴嗒嗒地走,时刻提醒着她:连头带尾三个月之内,三个月……那么,要尽快、尽快与Z搞定。搞定,多么刺耳的一个词。

Z到底是个什么人呢,他真的会被"搞定"、被蒙在鼓里"认"了我,然后形成一个最乐观的情况:都不用妈妈去做那个手术?

——这对我太关键了。只是我完全不清楚Z这个人,最多只是从姨妈的嘴里听到那些物化的、实质性的要素,听上去显然是不错的,但为什么妈妈总对他不那么起劲儿呢。

不过马上就可以见到Z了,今天他和妈妈约好在他位于新区的房子见面。

赶赴约会前,妈妈到单位的洗手间照镜子。她谨慎地别上门,把外套脱了,苛刻地从侧面审视自己的体形,当然,没有什么,完全没有,如果忘了那张早早孕测试纸,妈妈就还是以前那个妈妈,看上去相当苗条,所穿的低腰裤依然以一个很不错的弧线横在下半腰……妈妈又往前探着身子，贴近镜面审视自己，头发的服帖与否、笑容的自如程度……当然，这一切都没有问题，镜子里的人怎么看都是个美人儿，可是这么几下子一弄，镜外人的心情却变很差了——这是怎么回事？哪一次约会曾经这样小心过？她为什么突然有了一种低声下气的委屈感？难道在Z面前，她不再是一个正被追求的漂亮姑娘吗？她一向以来的心理优势已经夷为平地了吗？

妈妈掬起一捧水洒到镜面上，把镜子弄得面目模糊，然后，她盯着肚脐眼冲我低声嘟囔："看看，怪你，都是怪你啊。"但这语气也并无特别的怨恨，我想她只是要说点什么，跟一个知情的，同时又绝对能保守秘密的人说点什么，那不跟我说还能跟谁说呢——是的，妈妈，都怪我，就算外表丝毫不差，可你已经变成另一个你了，你成了一个肚里有人、心里有事的人。你成了我的妈妈。

Z的新房子很不赖，照片墙啊，大脑袋落地灯啊，红色组合柜啊，白羊毛地毯，像是宜家样板房。"唉"，我听到妈妈在心里长叹了一声，我知道她准是想起了小杆那间与人合租的小公寓——没有装潢过的墙壁杂乱分布着临时线路、挂钩、鞋底印以及各种来历不明的污迹，简陋的窗帘遮掩掉户外更为简陋的景象。物质上的好与坏，一旦对比起来，多么鲜明而直接啊，直通通像拳头那样打过来，准确率百分之一百，妈妈挣扎地晃晃身子，让自己站得稳一些——为什么，这更增加了她的屈辱与犯罪感？

Z在厨房现磨咖啡豆，味道飘出来，接着Z招呼她，两人一起把咖啡端到客厅——某一瞬间，妈妈竟产生了一种自欺欺人、不知羞耻的错觉：一切都已过去了，风平浪静，此刻，她正是这个房子的女主人……

"原装的意大利卡拉莉斯，一直想等你来一起喝，尝尝吧！很浓！"Z又打开一盒丹麦牛油曲奇，然后把腿支起，很舒服的样子。的确，他是个慢性格的人。

妈妈也像模像样地支起她的脚，像个享受下午茶的人那样懒洋洋地笑着，把咖啡优雅地端起，但这优雅仅仅维持了半秒钟，如同被闪电击中，她猛地放下咖啡，像突然发现这是杯毒药，但几乎在同一时间，她又再次迅疾端起，满不在乎地送到嘴边，双唇却又如河蚌般紧紧抿住——短短几秒钟，妈妈脑子里来回拉据着相反的想法：喝！反正要打掉的！不能喝！万一会留下呢，咖啡会刺激到胎儿的！不，还是得正常地喝！可不能让Z疑心！管它呢，就不喝！偏不喝！疑心又怎么样，为什么要在意他！

Z毫不知情但又恰到好处地提醒了一句："当心，有点烫。要不，咱们看片子去？我昨天下载了好几个。"妈妈如蒙大赦，几乎感激起Z，立刻顺从地站起。

书房里，电脑前的空间相对要紧凑些，妈妈与Z于是靠得挺近了……我正好可以近距离地研究他。的确，真没什么好挑的，大约正与小杆相反，他正是那种一生下来就适合穿西装的人，主流的、上进的、值得信任的人……

说实话，现在我很佩服姨妈，她的计划可真不错！我知道妈妈有点接受不了，可说实话，当我进入这间屋子，环视这现成的、亮闪闪的一切，我有些动心了，甚至美不滋儿地幻想起我与妈妈在这里快活打闹的情景……

现在，他们看起电影来了。法国片子，我听不懂，里面有年轻的男女，他们一见钟情，他们吵架，他们重归于好，他们醉心地亲吻，哈，甚至上了床，很热烈地那个了……Z的一只手，不知何时搭到妈妈的肩上，尝试着小幅度的抚摸……

我发觉妈妈在出汗，一种仓皇的急迫感包裹了她，像面临着一条波涛汹涌的大河，眼见着的，一座稍纵即逝的浮桥出现了，她是不是应当不顾一切、拼了命地踏上去？妈妈眼睛盯着显示屏，一行行看着下面的中文字幕，却什么也看不进去，姨妈的叮嘱像战场上的号角那样尖锐地响起，完全压掉了片中主人公们优雅的法语：搞定！定！定定定！

仍是中午的时间，但电话是不够充分的，姨妈急忙忙地亲自赶到妈妈单位附近，她们在绿地广场上找了个背人的地方。

坐在妈妈边上，姨妈显得既糙又老相了，外套松了一粒扣子，围巾抽丝了，头发胡乱地绕在后面，一张脸干巴巴的，刚坐下就掏出一个包在面巾纸里、啃了一半的苹果，粗鲁地大口啃起来。见妈妈瞪着她，姨妈自我解嘲："我已经都这样了，还倒腾什么呀，反正这辈子不可能有任何转机了……所以，你呀，你知道吗？你其实是我的一个理想！我一定要在你身上实现我的一个梦，对，就是那种养尊处优、万事不烦、阔太太般精致漂亮的生活……"

说到这里，好像也自觉有些可笑，姨妈有些不好意思了，低下头专心把苹果啃成一个极小的、连籽都露出来的核儿。"所以，可不能松劲儿！得抓紧眼下这个最关键的时机，替咱们挣下一个好命！……好吧，快说说，昨天怎么样？有情况没？"姨妈的眼睛一点不拐弯，殷切而私密地紧紧盯着妈妈的嘴。

妈妈艰难地躲开目光，关于"那个"的情况，该怎么回答呢。

她从包里掏出个香水盒，递给姨妈。姨妈小心地接过，仔细研究，Issey Miyake，尽量流利地念出这串她不熟悉的字母，眼里闪过一丝小小的满意:"Z 送你的?很贵吧这个?礼物是重要的,很说明问题!嗯,详细说说呢。"姨妈又往妈妈这边靠了靠,像要听个什么喜讯似的,脸上随时准备展开大松一口气的笑容。

妈妈慢吞吞地拧开香水盖子,里面只剩下个瓶底了。宽阔的广场上,三宅一生的森林清香味似乎变得淡了些,但这不妨碍生物性的条件反射——嗅觉让时间按下了倒退键,我和妈妈一起回到了昨天,回到了 Z 的那套房子里。

姨妈的号角是具有效果的,妈妈下了狠心,一咬牙,使劲跳上大河中的浮桥——侧回过头,朝着 Z,她主动闭起眼。

Z 最初相当惊讶:这很不像从前那个傲不可犯的妈妈呀,但随即又产生了一种理所当然的成就感,肾上腺素开始狂乱地分泌,他心醉神迷地发出了一个吻,妈妈配合地张开嘴,非常标准,非常端庄,时间不长不短,气息不促不缓,似乎也成了碟片里的人物,是做戏给人看的,但不是给我,也许是给不在场的姨妈吧。

吻结束了,可妈妈继续闭着眼,她在激烈地考虑姨妈所说的战术:"要骄傲、要被动……男人,从来不吃送上嘴的东西……"

这很难,这太难,这完全不可能!

她竭力回忆跟小杆的过程——那样的时刻,她从来只感到身体的欢呼,感到自由的快活……难道那是可以表演和伪装的吗?完了,认输吧,承认自己是个操纵不了命运的、不幸且愚蠢的女人吧!这个前途无量的 Z,这套中产之家的房子,那来自意大利的现磨咖啡,他父亲赠予的汽车,皆跟自己无关!让那该死的浮桥万劫不复地漂走吧,她注定就得跋涉于浑浊的洪流……

妈妈绝望地睁开眼,却看到 Z 正递给她一个包装得十分雅致的盒子，体贴地轻声耳语："给，我很早就给你买了这个……洒上一点吧，会让你放松的。"同时，Z绕到妈妈的后面，耐心地轻轻亲吻妈妈的脖子。

浮桥还没有漂走？也许，事情并不像想象中的那样困难！感受着背后Z那软乎乎的爱恋，妈妈涌上一个天真的冲动：也许，我可以告诉他真相？说不定，他根本不在乎那些？他是真的喜欢我这个人，他愿意接受我的一切！

被这诚实但又冒险的灵感所激动着……妈妈低下头拆香水盒子，包装过分复杂，太好了，这就得装作全神贯注，并可以不用说话，她得让自己好好想一想，毕竟，这个"坦白从宽"，是完全超出姨妈计划的！

……包装还是拆完了，妈妈认出牌子：三宅一生，广告语是"一生之水"，很有命运感的宣传。妈妈忍不住换算，这一小瓶水，相当于小杆那间合租公寓两个月的租金，哪怕就冲这个，也得试一试，告诉他我的一切，就从小杆的那间合租公寓开始……可是，等一等！看看，"那个"事情就要发生了，水到渠成地，天衣无缝地，不如闭嘴吧，只管顺应就可以了，为什么不呢……

Z殷勤地伸手来替妈妈拧开瓶盖，一阵木槿花的淡香，像微风那样钻出来，Z兴奋而小心地喷出一丝彩虹般的弧线，并让彩虹落在妈妈的锁骨处——毫无前兆地，妈妈突然恶心了，她的早孕反应，在这个最美妙的十字路口，来临了！

哦，只差半步之遥啊，什么也发生不了了，不论是坦白还是遮蔽！

都来不及放下三宅一生，妈妈冲向了卫生间。对着马桶，她呕出一大团黄白色的黏液，酸腐的味道随之漫溢开来，刺鼻地在空中弥漫，像是世界上最富创意的耻辱柱，每一个无形的分子都在提醒妈妈：你个孕妇！你个大骗子！你个臭不要脸的！

笃笃笃。Z在敲卫生间的门，焦急、惊讶的声音："怎么了？对不起，你对香水过敏是吗？我可以进来吗？"

妈妈慌张地瞅瞅门把手，怎么能让这罪过的、作案动机般的呕吐味钻到Z无辜的鼻子里？她猛然抓起价值不菲的三宅一生，以倾倒洗涤剂般的粗暴，拼命把它往马桶里甩，封闭的空间里，三宅一生葱郁的味道无邪地散出来，并激发出新一轮更为剧烈的呕吐。

"喏，你看，就还剩这么一点。"妈妈举起那个淡黄色的圆锥体瓶子，它像钻石一样在阳光下闪闪发亮，姨妈给刺得眯起眼睛，眼角出现一大排忧患的皱纹。

妈妈往四周看了看，没关系，最近的人是个身着橙色衣的环卫工，来吧，她缩起头等待着姨妈排山倒海的责骂，骂得越狠，她心里越会好受点儿。

等来的却是长时间的沉默。

最终，姨妈苦涩的声音像香水那样飘散在风中："我知道，你肯定会吐的……其实要是我，也会吐。我们，到底还是干不了那样的事。可惜呀，那么好的Z，咱没那个福分。"

"没事，还有可能的，他一定以为我只是香水过敏。"妈妈不忍心看着姨妈这样颓丧，同时，她想起她没有告诉姨妈的那个脆弱的新想法——也许，真的可以试着对Z说出实情？

妈妈把香水瓶塞到姨妈手里，像塞给她一个小小的仍在微弱燃烧的希望。

五

果然,小杆与我们"再见"了。清晨的六点五十分,他莽撞地敲门。

"我们公司九点打卡,迟到一次五十块,所以我得早一点……"小杆对开门的外婆解释这个时间的拜访,当然,这话根本没说到重点,他赶这么早来做什么?

妈妈正急急忙忙地洗漱,刘海遮住眼睛,进进出出,好让自己根本不去理会小杆的出现。如此仓促的早晨,他的白粉笔,为什么会又画到这个小巷子里啊,还嫌他们故事的结局部分不够冗余吗?

外婆一向起得早,倒是镇定,甚至有隐约的期待,这个早晨,虽然没有听到喜鹊叫,但两只眼皮都没有乱跳,最起码,不会是坏消息……她谨慎地闭着嘴,决意不做任何轻率的言谈。

当然,这次的主讲人是小杆。

他挨着半张椅子坐下,面朝卫生间的方向,但妈妈一会儿就到厨房热牛奶了,于是他又转向厨房,可妈妈阖上了玻璃拉门。于是,他只得再次把身体微微转向外婆,整个人扭成了麻花。

"这几天,我很难受……头疼,吃饭没劲,打游戏、健身、上网都没劲!什么也干不好……从来没有这样过!恐怕只要这件事解决不好,我就会一直这样……"小杆六神无主、没头没脑地开了口,看得出,他是憋坏了,找不到人倾吐——哪怕对面坐着的是用水泼过他的人。

妈妈还在走来走去,头发顽固地挡着脸,没人看得到她的表情。

其实我最清楚，她早就洗好弄好了，牛奶麦片粥也喝完了，差不多都要迟到了，她完全可以一拎包就出门了。可她没走，她不喜欢小杆那倒了大霉的语气，好像他被噩梦给魇住了似的，她倒是要听听，小杆打算如何摆脱！

"既然这样，或许，我想，不如试试吧……结婚就是了。"犹如一个气力不足的短跑运动员，小杆迅速地抵达了他的终点，然后停下来，像等待某些反应，欢呼吗？掌声吗？但四周静悄悄的，好似所有的人都暂停了呼吸，也包括我——这么说，他打算回头了？世界上将又要增添一个安享天伦的三口之家？

小杆把扭着的身子稍微调正，接着往下说："我可以去租一个小套，反正够两个人住就行；但如果要买房的话，就算是二手房，就算光是首付，我也解决不了。当然，也可以想些办法凑钱，比如……"

小杆且说且思，脑门上鼓起几道吃力的纹路，他的手指又开始轮流敲打了，但最终停下，因他完全想不出下面该说什么"比如"，他根本没有任何"凑钱的"路子。他偷看一眼外婆，试图告饶，却吃惊地发现，外婆正客气地微笑，同时满眼是泪——仅仅一秒钟之差，外婆眼里的小杆，已是一个回头是岸、铁肩道义的准姑爷了。

外婆压制着内心里像小鱼儿一样翻滚的一千句一万句，赶紧地，乘胜追击一般，好似生怕小杆下一秒钟就失悔："那么，什么时候办事呢？可不能让我女儿大着肚子亮相，对吧？总要考虑到大家的体面……"

"呃，那个……"小杆大胆地插话，同时摇摇头，好似主动权现在已经到了他手上，"现在，我也是好不容易才想通了结婚这件事，我是男人，要负责。"他冲厨房那里看去，妈妈的身影在玻璃门处一动不动，"但做爸爸养孩子……讲老实话，这个我还不行，我觉得我自己还小呢，都恨不得还有人来养我呢！所以，我的意思是，还是别让他来了。"小杆的手指们再次轮番敲打起来，快速而坚决，没有余地。

我知道小杆说的是我，似乎我乘坐了一辆高速列车，正朝着他们风驰电掣地驶去，但关于我的接待问题，他没有找到方案，他没有这方面的准备。所以，他建议推迟我的到来，让我回去，回到细胞分裂之前，回到卵子与精子以前，回到混沌与虚无。

我的命运就这样完结了吗？我紧张地注视外婆，老人家愣在那里，她不敢再度造次，她手里没有一杯水，就算有，她也不能泼过去，她能听出来：小杆是诚实的，他尽力了，已经超越了自己，他没法做得再多了。

外婆于是选择了沉默，所能做的只是尽量绷住下巴，掩盖她不甘心的妥协。

"哗"，妈妈终于用力拉开玻璃移门，旁若无人地冲出来，带着我上班去了。

路上，她给姨妈发出了一条像是新闻简报的短信：小杆早上来求婚。

当然，在短信里，她无法，也不愿描述小杆的语气与姿态，不知为什么，这发生在清晨的求婚让妈妈跳跃性地想到了一株被移到大棚的桃树，被逼着赶着地提前嫁接、催熟。可以想见的，这样一个品种，就算勉强成活下来，必定也是反自然的、孱弱的、不够甘甜的……唉，早就该甩门而去啊，听他说什么说！他根本就是一个被迫的可疑的求婚者！

当然，关于我的去留，妈妈也未在短信中提及。或许妈妈觉得小杆的话根本是狗屁？或许，她只是想尽快把事情的进展迅速抛给姨妈或任何一个别的人——自香水引发的呕吐之后，她似是陷入了更加麻木的放任自流，就由着外婆去吧，由着小杆去吧，由着姨妈去吧，这样，她就可以获得被动式的问心无愧的宁静……

赶往单位的路上，妈妈走得急促而凶狠，弄得我在她的子宫里上下颠簸，像在无边际的大海里漂泊，前所未有的绝望让我不小心呛着了：是不是现在连妈妈也不在乎我了？

我难过地咽下那海水，很咸，像泪水一样。看来，在能够微笑之前，生命首先得先学会哭泣。

"怎么能让他知道！谁的主意？"姨妈果然追究起来，"我说过只能咱们三人知道的。看看，还真要上门来娶亲了！他这么一搅和，我们就乱了！瞒不住了！"

姨妈下班后直接赶到外婆家，带着严厉而焦虑的神情——仅仅一个星期之前，似乎还有着各样美妙的、反败为胜的可能性，现在却眼看着近乎破灭了。

对姨妈的指责，外婆接受不了，莫大功劳怎么就成了个错误："当然得告诉他，看看！问题不是解决了，他都答应结婚了！真答应了！咱们很快可以体体面面地把事儿给办了，不会有任何人笑话……"

"什么叫'答应'了！谁说咱们愿意嫁给他了！白挑了这么些年，最后倒不声不响嫁给这么个一无所有的家伙！还'答应'了！"姨妈更加气急，想到前面那么些年的折腾，难不成就为这么个寒碜的结果！

看到外婆变得紫涨的脸，姨妈只得勉强转了弯："当然，他求他的婚，咱可以不理会，要知道，只要这事过去了，咱们还会有其他更好的机会。机会，其他更好的……"

发现妈妈在看她，姨妈结巴了，是的，她当然也想起了那瓶被倒空了的香水——以 Z 为终点的计划，出现了危机，而且由于小杆的知情，密封袋给撕了个口子，那个方案已经变得太危险了！难道，她们真的又要重走一遍二万五千里长征？那些没完没了的约会、机械的自我介绍、顾此失彼的条件比较、婉转的拒绝、不甘心的放弃……

抓住姨妈的一点犹疑，外婆继续维护自己："其他、其他，你们哪里有个其他！莫非要等到我死了，你们才能找到一个合适的！再说，都出了这种事，她还是从前的她吗？咱们看合适了，人家看咱们会合适吗？从今往后，走的都会是下坡路！我就不相信，会有一个男人，眼里能揉得进这样大的沙子，还要吹锣打鼓地揉！"

"别搬旧皇历了！现在，咱大城市就跟外国一样，对这种事，大家根本都无所谓了。"姨妈用一种轻快的声音，"反正这个小杆肯定不能嫁，他像个做丈夫的人吗？就我们前面来来回回的那些个，哪一个不比他强！"

外婆不应声了，对于时代进步、道德宽松的话题，她总有些怯场，毕竟，她也经常看报纸的，知道现在"变天"了！并且，关于小杆此人，外婆也不是十分满意的——不都是没办法嘛。

妈妈正用调羹专心搅拌着她的牛奶，她最近有些失眠，睡前喝牛奶会有一些帮助。外婆和妈妈所说的，她句句听得分明，但句句不求甚解，似乎皆与她毫无干系，她像一个在单位开会的人那样百无聊赖——她举起手中的调羹，用舌头舔干净，然后把鼻尖贴近，看见自己的眼睛在调羹底部的凸面里形成了一个模糊而变形的牛眼；反过来，用凹面照，则又变成了一个尖嘴猴腮的小丑，这可真滑稽！妈妈竟然不合时宜地失声笑了出来。

姨妈此时正扬起眉头打算说点什么，似乎已经重新变得富有雄心——妈妈突然发出的笑听来颇为刺耳，把她吓了一跳，她定睛打量妈妈，以及妈妈手中那根被舔得亮闪闪的调羹，脸上的谋略渐渐化作一种不易觉察的悲凉，虽说她差不多算是说服了外婆，却突然做出了让步："也好，也不排除小杆，但我得先跟他谈谈，看看他是否真的合适……"

妈妈充耳不闻，只仰着头"咕咚咕咚"喝牛奶，像是在替我喝下消夜。但说实话，我没有咂出那醇厚的奶香——我只觉得有些不可思议，现在的焦点为什么完全成了嫁人，而不是肚子里的我？她们全都把我忘了吗？还是觉得我根本就不是个问题，反正迟早是要"咔嚓"掉的？

当然，我的妈妈还没有表态，但我并不敢，也不愿指望她，我不想让她那么累着——宁可牺牲我这黄豆大小的肉体，我也真心祝愿她能够无忧无虑的，能够从调羹变形的镜像里获得短暂的欢娱……

妈妈曾经随口对姨妈安慰过一句，说Z处仍然是有希望的对吧，她还真是金口玉言呢。

一上班，妈妈收到了Z的一大捧鲜花。跟鲜花同时到来的还有一封信，装在一个粉色信封里。一些女同事妒忌得大叫，夸赞那花儿的鲜艳欲滴。妈妈假装羞涩地笑，同时迅速藏起那封信，她简直没有勇气打开：Z会跟她说些什么？

啊哈，瞧瞧，命运这玩意儿多么古怪啊，简直如墙头草，简直如六月天，就连我这么个小小的细胞核儿，都可以感到它的喜怒无常、上天入地。但不管怎么说，我蛮喜欢Z的这束花与一封信，它预示着某种戏剧性的可能不是吗？

妈妈又躲到了卫生间，犹豫但急切地撕开信口。

……真没有想到，那天会出现那种情况。都怪我，我要向你说一万个对不起。

不过，我向你承认，我是有"那个"心思的，所以我邀你到我家，我请你看电影……你会瞧不起我吗，但这都因为你太吸引我了。我知道你出汗了，你在喘气，我能感到你很紧张，你整个身体似乎都绷紧了，可这偏偏愈加让我动心……

说实话，当时我痛恨那瓶香水，还叫什么"一生之水"！我为什么要多此一举地掏出它，它毁了我们的约会，让我们那么狼狈、尴尬。可等你一走，我冷静下来，回想起你当时的痛苦与紧张，我却万分感激起它来，它真的是我的"一生之水"，若不是它，我将会铸成大错！我会逼你做下你不愿意的事！心爱的姑娘，你是对的，现在我懂了，你不是对香水过敏，而是对"那种事"过敏，对吗？

你的拒绝太宝贵了，简直就是稀世珍品，在这个时代，已经很少有姑娘会因为这样的事而呕吐了，我多么幸运，我遇到了你，并发现了你雪莲般的品质，这正是我一直梦寐以求的纯情！而在这之前，我还以为，你会像许多漂亮女孩一样，早就那个了……而这，恰恰也正是我为什么一直没有向你求婚的原因，对不起，你能理解我的想法吗？

我错了，可我错得多么惊喜！现在，我心里没有任何障碍了，但愿不会让你觉得太仓促，我想现在就向你求婚，请你答应一定要嫁给我，我所有的一切从此都属于你！并且，我可以向你保证，我以后再也不会造次了，我们的第一次，我发誓一定会留到我们的新婚之夜。

请收下这束花，我想这鲜花你一定不会过敏吧……

一边看信，偶尔抬头看看镜子，看镜子里那张果然纯情的漂亮脸蛋，我听见妈妈在冷笑，一边咬牙切齿地在重复信里的某些词：稀世珍品、雪莲般的品质、梦寐以求的纯情、留到新婚之夜！

呸。最后，妈妈甚至啐了一口，接着，我都来不及发出一声惊叫，妈妈就以一个最带劲的动作把那封情真意切的求婚信给撕得稀巴烂，扔到蹲式便器，并用脚踩动了冲水踏板！稀里哗啦，刚才还和鲜花待在一块儿的信，转眼间便进入充斥着粪便的下水道了！哎呀，太可惜了，妈妈，Z是喜欢你的呀，Z是打算娶咱们的呀！你这回怎么就这样自作主张了，你哪儿来的冲动与胆量！为什么不把这封信交给姨妈，说不定，姨妈会有新的应对……

就在我胡思乱想之际，我突然发现，我亲爱的妈妈哭了，对着公共卫生间里那面灰蒙蒙的镜子，倔强地、不加掩饰地流起泪来。

妈妈，别哭。我真想伸出我尚不存在的小手去拭一拭你的面颊！妈妈，你就下定决心，舍了我，弃了我吧——除了你的身体，世间并无可容我之所，而如果我只是给你带来痛苦，还留着我做什么。

这已是小杆的第三次登门了，而且这次是应邀而来。他显出一点熟门熟路，外婆对他也有种特别的珍重，因为小杆是她好不容易争得的份额，眉眼与招呼里已完全认他做了自家人，尽管妈妈仍然对他视而不见——小杆抽空回想了一番，自从他那天在电话里对妈妈补充了那句"我爱你"之后，他们之间就再也没有过对话了，更不要谈目光的柔情。

不过小杆对妈妈的态度并不十分介意：他同意妈妈有生气的权利，就像他有委屈的权利，有让步的义务。他的视线光滑地从我身上掠过，我知道他准在想：快了，等到把我给解决掉了，妈妈会重新对他展开笑容，像一个未婚妻该有的甜美与合作。

小杆虽是座上客，却不知此行的意义所在，他瞅瞅姨妈不太待见的表情，转而对外婆谈起了他最近在看的一些房子。小杆到底是小杆，他掏出一张纸，全是网上搜得的房源，打印得倒是整齐，毕竟工作不久，他其实对本城也不是十分熟悉，故只能照本宣科读出那些地名，位置皆十分偏僻：网板路、集合村、所街、郭家山……并像一名尽责的中介似的，逐一说明，出租是什么价，若要买下又是什么价，语气认真到夸张的地步。他今天大约刚从健身房出来，衣服从上到下全是条纹与字母，手上还有护腕，此造型配上他煞有介事的神态以及那一串半生不熟的地名，场景竟有几分荒唐了。

外婆倒有本事一叶障目——既是认了小杆这个人，就认了他的全部。她充满兴趣地听，一一点头，时不时评点：这个贵了，这个太远了些，好似十分受用。我妈妈下半辈子的婚姻大事，正在这样一步步走近，虽则有些不如意，但总归算是颠颠簸簸地上路了。

小杆这不知是真是假的勤勉之相却一下激怒了姨妈，她忍不住冷笑着打断，接着"唆唆唆"射出一排密集弹："就凭这个，你就好结婚了？我倒问问你，你想过没有，结个婚、生个孩子，要花多少钱？孩子生下来，吃进口奶粉还是国产三聚氰胺？我妹妹的化妆品、衣服你供得起？还有，把房子租在那样偏的地方，孩子的教育怎么办？附近有重点幼儿园吗？有名校吗？将来的择校费与补习费你知道要花多少？择了名校你如何往返接送？是啊，看来你会买一部车子，再加上每月千把块养车，钟点工也考虑过了？对了，还有你自个儿的工作，就打算永远这样做个不咸不淡的广告业务员？你知道你这种职业的稳定性多差？几乎每两年就是一轮淘汰，你有计划转行吗？或是晋升到中层？或者你有个有能耐的亲戚？嗯？你老爸很厉害，手里有张很实用的社会关系网，你们小家庭将要来碰到的各种事情都可以有人替你摆平？"

姨妈几乎想都不用想，随手轻轻一撕，就毫不留情地剥出了生活中所有与物质有关的层面，好像把她这些年在艰辛中所积下的怨恨全都冲着小杆爆发了。她的语气不仅是痛心疾首，更是不加掩饰的蔑视，不是针对小杆的经济能力，而是他的无知，可能也包括外婆，以及妈妈——对物质的无知与漠视是一种让人瞧不起的幼稚不是吗。

"啊对，我差点儿忘了，你们是有爱情的对吧，要不然也不会弄出这个情况！爱情，我也有过的！但我可以告诉你们，爱情那可不是个什么东西，当不了饭吃，当不了房子住，当不了车子开。不是我说话难听，小杆，就你现在这样的心理与物质准备，玩过家家游戏，可以，但距离婚姻，只怕比到月球还远。"姨妈勉强笑了一下，说明她在打一个有趣的比方。

这中间，外婆咳嗽了好几次，她是嫌姨妈这样说话太难听太伤人了，见拦不住，只好暗中焦急地给妈妈递眼色，希望她出面拦住——可妈妈哪里会是她的同盟军，当然，妈妈也不是姨妈那一边儿的，她倒是个自由的中立的人儿，并且毫无心肝地，正用一只手悠闲而富有节奏地轻轻打着肚皮，替姨妈的台词伴奏一般，也或许，妈妈是在提醒我：好好听着点儿，听听将来的生活，那将要次第展开的残败与严峻……

其实，我能感觉到，姨妈倒不是真的对小杆有多么大的排斥，甚至在内心深处，她几乎可以承认：这样的小杆，是合情的也是无奈的。只是，作为一个过来人，她想尽可能从最严峻的角度提醒一下，好比当头棒喝……如果小杆真是个男子汉的话，他准会被激发起来，一下子跳得更高更好！

可小杆大约想不到那么深,他有些愣愣地盯着姨妈,全无遮挡地承接,感到那些话语像子弹一样硬邦邦冰冷冷地直打过来,并在体内爆炸,开始还挺疼,脸像冲了血般通红,嘴巴欲张不张的,想要分辩、解释,渐渐地,人给打成半透明的筛子了,反倒有种奇异的放松与超然。他安静地睁着他秀气的眼睛,透过那蛮新潮的宽边镜框,看姨妈挥舞着手一条条细数,似乎还颇为赞同,有些话甚至都说到了他心坎上,只是不便点头应和而已……

这样,当姨妈告一段落时,他反是面色如常,并且很快就接上话了,虽说声调有些发尖,但基本的逻辑很好:"我知道,我也理解,你一定希望我是另一个人,包括我自己,也是这么希望来着,有个好爸爸,有份好工作,有个好前程……但你看,我只是这样的一个人,其实,从一开始,我就知道自己不合适,结婚之对我,本就是个下下策……这样也好,大家都不用勉强……"

小杆的举止变得更加从容了,并且十分礼貌,他站起来冲外婆点点头:"伯母,不要怪我……"

他打算走了,并且这一次,不准备说"再见"了。

临出门前,他回头找妈妈,我不清楚他是否真的像他所说过的那样"爱"妈妈,但他的眼神是难过的、抱歉的。说到底,他也不是一个多么差劲的人,只是……怎么说呢,有些事情,跟人的好坏并没有关系……

不知道妈妈是否同意我的想法,但我知道她一直在等着小杆离开这里,像等着这条漫长大尾巴的最末梢。总之,妈妈很好看地倚着房门,两条长腿交叉地搭着,心情很好一般,冲小杆蛮有样子地挥挥手,好像这是个练习了很久的挥手、具有表演性和总结性的挥手,她甚至还给了小杆一个丰满的笑——那是小杆极为熟悉的,在他的合租公寓里，在他凌乱的床上。

这让 25 岁的小杆怔了一下，他脚底下软了半分钟，然后仍是走了，继续走他的青春路，继续把生活像白粉笔一样，想到哪里画到哪里。也许吧，在若干年之后，他到了中年，在什么地方的街头，由于某个触动，会突然记起这么件有头没尾的事，记起倚门挥手微笑的妈妈，记起她腹中那结局不明的我。

其实就走了一个人，还有三个人在嘛，要算上我，都四个人呢。但屋子突然就空洞起来，无限寥落，像好戏散场后的舞台，一地的零乱，椅子板凳全都歪歪斜斜，等着打扫与清洁，等着重整河山。

姨妈没有掩饰她的震惊与懊恼，有些结巴地，她半是解释半是自语，冲着外婆，又冲着妈妈，也冲着她自己："我只是想要激一激他的，怎么一下子给激跑掉了，这是个什么人哪，啊，什么人？怎么完全不按常理出牌的？求个婚像儿戏，悔个婚又像儿戏！"

外婆早已气得说不出话，她捋着胸口，好半天才憋出一句："你看看！你看看！好不容易捡起个蛋，让你一下子给摔碎了！这下可真完蛋了！"她声调十分悲惨，是啊，白努力了一场，白欢喜了一场，最终还是落了空，再没有人愿意娶这做下丑事的女儿。看吧，她将要一辈子被人取笑，一辈子活在别人的舌头上……

姨妈知道外婆想到牛角尖里去了，事情远没有那么绝望的，得把老人家给拽出来，也替自己挣脱一些罪过："还是那句老话，塞翁失马，焉知非福，想想看，这么没谱的个人，真要让他做个丈夫、做个父亲，不是很可怕吗？跟走钢丝似的，保不准他下一步就掉下去，完全把握不住……所以，也可以说是件好事，咱们总算没有错上加错。哎，你，倒也说句话呢！"姨妈把脸转向妈妈，"傻不楞登的干什么呢？很在乎他？你真相信爱情？别傻了！我保证，我还有很多办法，我们还有很多时间……最坏的情况不就是一个小门诊手术么，一刻钟，然后就等于什么都没有发生！对不对？你倒是说上一句啊！"

妈妈没有傻不楞登，她仍倚在门框上，仍保持着几分钟前跟小杆挥手时那个很带劲儿的造型，心情蛮好似的。

"哦。好吧，那我就说句话。"像被老师点名发言的好学生，妈妈愈加笑眯眯的，一肚子早想好的标准答案，"真的就一句话，但这是一个好办法，一劳永逸的，十全十美的，要我说吗？"她的语调特别地带着鼓惑劲儿，也特别地富有感染力。

外婆听话地点起了头，有些惭愧地，带着信赖与感慨：看看，这个一直长不大、一直让人操心的小女儿，在这节骨眼上，在她28岁的年纪上，终于有主见了。

姨妈也点头，但幅度很小，看着神采焕发的妈妈，她脑子里突然闪过一道乐观的光芒——她想到了Z，也许，东方不亮西方亮，妈妈肚子里，除了有个小黄豆豆，还有一个天大的雪中送炭的好消息……

"我既是说了，你们就要听我的，就听我这一次，就像我一直听你们的那样。这么些年，我也就做这一次主。咱们说好之后，就都不许反悔。"

"你说……"姨妈鼓励性质的笑停在了空中，因为有了不大好的预感，但她仍保持着那个半空中的笑，看着她唯一的这个亲妹妹，这么个漂亮的但白白浪费了的傻妹妹，这么个本可以踏上康庄大道却偏偏挤进了死胡同的可怜妹妹。

"我打算办一场婚礼，就跟我肚里的宝宝结婚。咱们根本不用劳动任何外人的大驾不是吗？"妈妈的眼睛笑得弯弯的，像个胜利女神，还挺美。

六

　　天，我真不知道，妈妈究竟什么时候有了这么个非常富有创意的想法，她可真沉得住气呢。我挨她这么近，我天天儿地听着她的呼吸、她的心跳、她的血液奔流，都丝毫没有感觉到，还整天在为自己的小命儿提心吊胆！我呀，真该感到羞愧，如此不了解她，不了解一个妈妈的心肠！

　　尽管可供我回忆的往事非常短暂和有限，可我还是尽可能扭过头往回看了看，这么一看，现在我想起来了，说不定，从妈妈看到早早孕测试纸上蓝色杠杠的那个瞬间就开始了，妈妈就从未想过要让我离开她的肚子，离开这个人间——否则，这本该是多么简单的一桩小事！——这样的时代啊，删除我，太容易不过，简直无声无息；保存我，则复杂而隆重，要有男方，要有家长，要有婚姻，要有房子和车子，要有教育和社会关系……真是麻烦啊，我这该死的不合理的生命，为什么要啰里啰唆牵扯那么多藤蔓！或许生命本身，便是无法承受的沉重？

　　但我妈妈偏要接纳下我这累赘的肉身，在知道了我的那一刻，她就自动升格为一个妈妈。她拨通姨妈的电话，她无意中透露给小杆，她听从外婆的建议，她甚至想要对Z做一些不那么光彩的尝试，总之，她在与生俱来的软弱、无主见的惧怕、听之任之的温顺里拼命挣扎，挣扎着向整个世界抛出了我的到来，像给生活抛出一条长长的钓鱼线，她想试一试，在这汪洋奔流、挟裹着万物的河流中，可否钓上点什么——爱？勇气？承诺？一个家？

钓到什么了吗，妈妈，除了我这个丁点儿大的饵？

如果我要一一描述外婆与姨妈的第一反应与第二反应、其歇斯底里的崩溃、艰难漫长的转化、几度反复的态势，大概得花上好几个月的时间，然而，我很快发现，事实上我并没什么好详细记录的，因为时间不等人，时间不纵容她们，时间甚至在精明地、和事佬一般地鞭打起她们——如果真的要举行一场所谓的婚礼的话，宜早不宜迟。这次，时间明显偏心于我们娘儿俩！

并且，妈妈不要她们插手任何事——一个人，一旦真的做起主，就像发育开来的身体，是再也收不回去了。妈妈变成了一个独立的、可以与世界对抗并讨价还价的人了，她不由分说地决定一切的大事小事，具体的日子，到什么酒店，请哪些客人……以及婚礼之后，我们的小家安在哪里，生活起居如何过渡和解决……她咄咄逼人、拿腔作势，那种不由分说、我行我素的劲儿因为不太熟练，因而显得相当夸张——但我理解，我妈妈正在尽情品味并享受这种新鲜的感觉。在内心深处，她大概还有些感激我吧，我是一个奇妙的契机，帮她打通了另一个通向敞亮空间的开关，她喜爱这种状态。她感到她是一个完整和强大的女人。

当然，这过程中，面对各方面相关人士或不相关人士的闻所未闻、莫名惊诧，也有诸多的尴尬与两难，一再重复的解释，以及出于经济考虑的将就与等而下之……但说到底，这些琐屑又算什么呢？它们只是外部世界的必要组成而已，丝毫影响不到妈妈飞翔起来的内心。再说，比起找一个男人来做新郎、做爸爸，这些都可以忽略不计吧。现在这样，多简单多伟大，就她与我、我们两个，铜墙铁壁的，熠熠生辉的,建成了一个自给自足的家园!

哈,我知道,你准不相信对吧,认为我在胡扯?随便你怎样想好了,这个世界啊,疯狂的、荒诞的事情多了去了,怎么这个就不可能了,要知道,人们都是如此寂寞如此无聊啊,因此总十分善于和乐于接受新鲜事物。所以,真的,情况不算太糟,对这么个既有缺席者又有多余人、噩梦或童话般的婚礼,大家竟都莫名其妙地、带着起哄与反叛的心理来配合、来参与了!一切都挺像模像样!

……正如前面一开头,我跟您所描述过的,除了规模较小之外,其俗气而热闹的形式主义景象,应该不输任何一场别的婚礼,甚至,我们的婚礼还多出一种蔑视万物的骄傲劲儿与无与伦比的狂欢劲儿!怎么着,咱就是与众不同,该来的那个人没来,不该来的这个人却来了!尤其当我亲爱的妈妈转着圈儿独舞时,纯洁的婚纱飘散开来,金银碎纸喷撒上去,她多么像一朵真正的高山上的雪莲!当然,我也在跟着她跳,配合着她的步子,在子宫的羊水里摇摆。我知道人们在看着我们,妈妈的几个女朋友甚至感动得差点儿要哭,就连摄像师的镜头也不能自已地抖动起来,像在应和我们的步子,一二三,二二三……

外婆和姨妈则真的哭了。当然,外婆不是感动,而是发自内心深处、无处诉说的绝望,从她那双苍老的载有太多旧道德的眼里看去,她始终认为妈妈正在走向一条可能终身见不到阳光的羊肠小道……她不幸的小女儿啊,为什么竟会这样过活?是否归根结底还是因为外公的去世太早?是自己这做母亲的软弱可欺、无力维护?还是因为她天生就是命当如此?想想看啊,自己也不过是守了半辈子的寡,难道她,搞不好将会是一辈子吗?外婆的泪流得更加凶猛了。

姨妈的泪,同样不是因为眼前妈妈的这支单人舞,而是迟来的本该在昨晚就流下来的——昨晚,也就是妈妈婚礼的前夕,姨妈陪着妈妈在外婆家过了最后一夜。

娘家的最后一夜,总是琐碎的,充满各种关于吃喝拉撒的叮嘱。外婆的眼睛已经红肿了好几天,为了避免明天太难堪,她在两只眼睛上各敷了半个热乎乎的鸡蛋白,坐在那里想着各种事情,脑子转得非常意识流,隔一会儿就掀开蛋白对妈妈说一句:"尿布你不用买,我用家里的旧棉毛衫棉毛裤来改,那个最软和,又省钱。""半夜起来不要照镜子,知道吧?生出来小孩子胆小。""医院可要选好,并且得靠我这里近,可别让我倒好几趟车。"等等,全是这样无关紧要的小话儿。也许,她自己也知道这些都是废话,但是,能怎么样呢?现实已经到了这一步,她还能说什么,说任何别的,只会让她的眼睛更加红肿,不值钱的眼泪滚滚而落……

妈妈好脾气地听,连我也在不懂装懂地听,好像这平常的叮嘱多么了不得一般——嘿,没错,她可是我嫡亲的外婆,这不都进入角色了么!

等到外婆终于带着一腔的浮浮沉沉去睡了,姨妈才有了她的话语空间,但她可没外婆那样的软和肠子,当然,她的本意倒是更好——是要道歉来的。很突兀、有些别扭地,她猛地道起歉来,但道着道着,就发起了火,这是一个冒着火苗的道歉,并且不是对妈妈——她直接就冲我来了:

"你个小臭东西,你个大坏东西!在你出来之前,我要先跟你打个招呼!说声对不起!别以为大姨我真就是狠毒心肠,你出来了说不定我比谁都疼你!待会儿拿给你看,我可给你带了很多音乐CD,全是最顶尖儿的古典音乐!我一听就要打瞌睡的,这给你胎教,让你从小就高雅！还有新买的积木和字母书，等你真正出来了，我还会再买、再买，我可绝不能让你过得比别的孩子差……

"知道我为什么一心一意想要拦住不要你出来吗？就因为我心疼你啊小坏蛋！你可是咱家的孩子，无论如何，我不愿意让你一出来就面对各种各样的折磨与寒酸。你将来就会知道了，这个世界啊，一切的事情都要分个上中下，我不忍心让你总在比较、总在选择、总得放弃……是的，我承认我很势利，狠心肠！可你知道不知道，小东西啊，我真替你发愁，我不知道你的明天到底会怎么样，还有你那个笨蛋妈妈，你们两个，将来到底会怎么样？我发愁得都要冒火了，真恨不得揍你一顿才好！所以，你可听好了，我把话说在这儿，你以后要是不听我的话，要是没出息，我非打你不可，狠狠狠狠地打……"姨妈的声音已经有些抖了，可她急急忙忙地发起火来，总算顺利地气得满脸通红，而没有丢人地滚下眼泪。

妈妈一言不发地抱着她的肚皮，一边替我郑重地点点头，替我接下这凶巴巴的道歉——谁说婴儿没有泪腺的，有的，我哭了，哭着笑了：世界上又多一个爱我的人了，我还愁什么呀，咱的明天指不定有多美呢。

为了给姨妈走了火的激情打个岔，妈妈打开姨妈带来的大包，拿出一盒鲜艳的散发着木头香味的积木，"哗"地倒在地上，长长短短找出几块，一下子搭成个小房子，有几分像我们明天就要搬过去住的那间狭小的新房。

妈妈冲姨妈努努嘴："看，五块就能搭一个房子！谁说一定要五十二块呢。"

姨妈这下可真生气了："你还嘴硬，五十二块的房子跟五六块的房子，能一样吗?！你给我记着，得替咱孩子慢慢挣到五十二块！爹娘老子、房子、车子……一样不许少!"

妈妈无所谓地一笑,她用那为了婚礼而涂过红蔻的指尖隔着肚皮给我打暗号——是的,我听到了,妈妈,我完全同意:五六块的小房子,一样地好!

七

好吧,夜深了,婚礼结束,曲终人散。

现在海水全部退去,只留下我和妈妈在一望无际的沙滩上。

现在世界寂静,远离尘嚣,这是我们最好的夜晚。

这也是我们共同生活的开端——旧有的纠缠们像蛇皮与腐叶那样褪去了,新鲜的未知们正排着队嘻嘻哈哈、不怀好意地向我们走来。

妈妈在灯下取下亮闪闪的耳环,脱下那轻薄的纯白婚纱,露出她迷人的身体,对着镜子,妈妈有意识地鼓起尚显单薄的肚皮,尽量豪放地向前挺。她一只手半环着我,另一只撑着后腰,假装肚子已经膨胀开来,她都没法看到自己的脚面儿,她甚至还叉开双腿练习着走了几步,走得很不雅观……

我目不转睛、如痴如醉地盯着镜子,盯着我亲爱的妈妈。这一分钟就像几个月,像人生最重要的画面,我眼睁睁看着我的妈妈正在镜子里变成一个妇人,她的长头发短了,她发胖了,她变得拖沓、衣着落伍,身后不再有爱恋的目光。她贪婪地吃与睡,向菜场的女人讨教鱼汤的烧法。她到网上购买二手婴儿车,杀起价来毫不留情,强悍而泼辣,像匹母狼。

不管怎么说，我很快就要出生了，我早就憋坏了，我将要用最最嘹亮的声音蛮不讲理地号哭一场。我有多少诅咒与赞美想要对这个世界说啊。